JOACHIM FERNAU · DIE TREUE DAKERIN

JOACHIM FERNAU

Die treue Dakerin

DREI ERZÄHLUNGEN

Herbig Verlag

Die Erzählung »Hauptmann Pax«
erschien 1953 unter dem Titel
»Bericht von der Furchtbarkeit und
Größe der Männer«

Gesamtherstellung: Druck- und Buchbinderei-
Werkstätten May & Co Nachf., Darmstadt
Printed in Germany
ISBN 3-7766-0667-3

Inhalt

DIE TREUE DAKERIN

Geschrieben 1973

Am 14. Juli wird in Paris keine Post ausgetragen; aber viele benutzen den Tag wenigstens, um Briefe, die vor einem Monat angekommen sind, zu lesen. Kein Geschäft, in das man gehen müßte, ist geöffnet, kein Telefon klingelt, kein Haussummer schnarrt; nur das Knattern der Knallfrösche auf den Straßen, das Geschrei und Gelache könnte den, der nicht mitmacht, stören. Aber das alles entfällt in Passy und ganz besonders in der Avenue Maréchal Fayolle. Sie ist einfach zu fein dazu. Sie liegt mit dem Rücken zur Stadt zwischen dem Ende der Avenue Foch und der Porte de la Muette, wenn Ihnen das etwas sagt, und hat den Bois de Boulogne vor ihren Fenstern.

Es gibt also bei aller Unlust für Monsieur M. keinen Grund, den Brief nicht zu öffnen. Er lautete:

»Vallonville, den 3. Juni
Poste restante.

Monsieur!

Bei der Lektüre Ihres jüngsten Buches bin ich auf einen Fehler gestoßen, auf den ich Sie aufmerksam gemacht zu müssen glaube. Sie schreiben auf Seite 349 »das antike Dakien, im heutigen Ungarn ...« Dakien jedoch war das heutige Rumänien.

Mit vorzüglicher Hochachtung
Maria Constanza Dragu«

Wahrhaftig!
Die Lust auf ein Öffnen weiterer Briefe war ihm genommen.
Er ging zum Eckschränkchen, holte die Zigarrenkiste heraus und betrachtete verdrossen die schwarzen Giftkolben mit den goldenen Bauchbinden. Er wählte den unansehnlichsten, holprigsten, knorpeligsten aus, kappte ihn unsorgfältig, sah mit einer gewissen Befriedigung, daß er aufgeplatzt war, und feuerte ihn in den Papierkorb. Dann ging er zum Schreibtisch zurück, nahm einen Briefbogen und schrieb:

»Paris, den 14. Juli

Madame,

bedauerlicherweise haben Sie zum Teil recht. Ich danke Ihnen für Ihre Mühe.«

Mit vorzüglicher Hochachtung? Ihr sehr ergebener? Erst dieser Fehler mit Dakien, dann dieses »gemacht

zu müssen« und dann die Zigarre – er beschloß, nur seinen Namen darunterzusetzen.
Der nächste Brief, etwa eine Woche später, fiel ihm durch seinen eigentümlichen, wenn auch ganz schwachen Duft auf. Es war kein Parfüm, wonach er roch, es war ein Geruch, wie er zufällig an Dingen haften bleibt, ein Geruch, der ihn an etwas erinnerte, was ihm aber absolut nicht einfiel.
Na schön, Geruch hin, Geruch her. Er schlitzte das Couvert (weiß, ungefüttert) auf. Der Brief lautete:

»Vallonville, den 19. Juli
Poste restante.

Monsieur!

Verzeihen Sie, daß ich Sie noch einmal belästige. Wieso habe ich nur »zum Teil« recht? Kann man überhaupt »zum Teil« recht haben?

Mit vorzüglicher Hochachtung
Maria Constanza Dragu

P. S. Ich lege eine Briefmarke bei.«

Er beschloß, um die Sache vom Halse zu haben, sogleich zu antworten:

»Paris, den 23. Juli

Madame,

Sie taten recht daran, eine Briefmarke beizulegen. Sie waren damit ganz einfach höflich. Ich bekomme im Jahr mindestens fünfhundert Leserbriefe, die zu erwidern mir die Achtung vor einem Menschen (solange ich ihn noch nicht kenne) befiehlt. Welcher Teufel aber reitet diese Menschen, mir zuzumuten, daß ich mein Entgegenkommen auch noch bezahlen muß?
Sie haben nur »zum Teil« recht, weil das alte Dakien nicht allein Rumänien umfaßte, sondern bis tief in das heutige beziehungsweise gestrige Ungarn hineinreichte. Was soll übrigens Ihre Frage? Sind Sie so jung oder so verwöhnt, nicht zu wissen, daß man fast immer nur »zum Teil« recht hat?«

Er unterzeichnete mit Behagen, jedoch wieder nur mit seinem Namen.

Eine knappe Woche danach duftete ihm ein neuer Brief entgegen.

»Vallonville, den 28. Juli
Poste restante.

Monsieur!

Ich danke Ihnen, daß Sie mir noch einmal antworteten. Sie sind genau so aufreizend, wie ich es mir gedacht habe. Ich könnte mir in den Finger beißen, daß ich Ihnen überhaupt geschrieben habe. Jedoch der Finger ist unschuldig, er wollte es bestimmt nicht, er scheut sich sowieso stets, zur Feder zu greifen, denn er ist ein rumänischer Finger, der das Französische nicht fehlerfrei beherrscht.
Oui, Monsieur, ich bin eine Dakerin. Als Rumänin konnte ich von jugendauf französisch; aber eben nur »zum Teil«, wie Sie so richtig bemerken.

Mit vorzüglicher Hochachtung
Maria Constanza Dragu

Anbei eine Briefmarke.«

»Paris, den 3. August

Madame,

wieso sind Sie Dakerin? Ich bezeichne mich ja auch nicht als Gallier, bloß weil ich in Frankreich geboren bin. Was sind Sie überhaupt für ein Geschöpf, daß Sie dauernd Streit mit mir, einem Ihnen gänzlich unbekannten Mann suchen? Ich bin versucht, in Ihnen ein junges Mädchen zu sehen, das widerrechtlich die Titulierung Madame hinnimmt. Und die Sache mit dem Finger verstehe ich überhaupt nicht.«

Diesmal unterzeichnete er sogar nur mit einer Initiale.

»Vallonville, den 11. August
Poste restante.

Monsieur!

Bringen Sie nur noch dieses eine Mal die Geduld auf, meinen Brief zu lesen; als Belohnung für meinen acte de courage, Ihnen geschrieben zu haben. Nein, nein, ich erwarte keine Antwort mehr.
Die ersten paar Zeilen an Sie wegen des (dem?) Fehlers in Ihrem Buch waren einfach und gingen ohne Aufregung vonstatten. Aber mein zweiter Brief, Monsieur, ist nur dadurch erklärlich, daß mein Großvater ein mit dem Orden »Michaelis des Tapferen« I. Klasse ausgezeichneter Hauptmann gewesen ist. Als ich damals die Briefmarke aufklebte, war ich überzeugt, daß damit meine Erbmasse vom tapferen Hauptmann her aufgebraucht war.
Woher nehme ich den Mut, noch einmal zu schreiben? Monsieur, es ist nicht Mut, es ist vollständige Hilf-

losigkeit Ihnen gegenüber. Ich werde schreiben bis in alle Ewigkeiten, sobald wieder eine Antwort von Ihnen eintrifft. Deshalb dürfen Sie es nicht mehr tun.
Als ich vor einem Jahr auf verborgenen Wegen aus Rumänien emigrierte und nach Frankreich kam, kannte ich noch keine Zeile von Ihnen. Das ist bei der Regierungsform Rumäniens und dem Geist Ihrer Bücher erklärlich. Inzwischen kenne ich alle Ihre Werke fast auswendig; ich bin immer aufs neue entzückt über Ihre Sprache, hingerissen von Ihren Gedanken und um und um gekrempelt von Ihrem Herzen. Oft genügt es mir, vor der Reihe Ihrer Bücher zu stehen und sie anzusehen, um in mir ein Gefühl aufsteigen zu lassen, daß ich wie Moses (oder wer war es?) in das gelobte Land, in ein glückliches Land hinabsähe. Ach, die französische Sprache ist so schwierig! Aber ich werde sie perfekt, ganz perfekt lernen, um der Qual, einige Stellen in Ihren Büchern mit dem Lexikon lesen zu müssen, endlich ein Ende zu machen.

An diesem Brief habe ich zwei Stunden gearbeitet. Ich schwitze.

In Bewunderung. Ja, mindestens.
Maria Constanza Dragu

Anbei eine Briefmarke.«

»Paris, den 16. August

Mademoiselle,

ich verreise für ungefähr ein Jahr und bin also hier nicht mehr erreichbar.

Ihr
M.«

Zwischen Frohlocken und einem sich leise meldenden Bedauern, das er nicht abzuschütteln vermochte, verging eine geschlagene Woche. Mehr noch; es waren fast zehn Tage, als der unbestimmte Duft aus dem Stoß Post ihm ankündigte, daß ein neuer Brief der Dakerin daliege. Er öffnete ihn nicht. Er strich drei Tage um ihn herum, kam am vierten auf den Gedanken, ihn dem Postboten wieder auszuhändigen, konnte ihn aber nicht loswerden, da er den Mann nicht erwischte. Er entschloß sich, den Brief mit Vallonville umzuadressieren und in den Kasten zu werfen.

Tags darauf war der Brief wieder da. Diesmal mit Strafporto. »Aber ich verweigere die Annahme!«

»Sie können doch nicht die Annahme verweigern, Monsieur, wenn Sie ein Schreiben schon vier Tage in Händen behalten haben! Ich bin extra die Treppen hochgestiegen; soll ich denn wirklich morgen dasselbe wieder tun?«

»Warum haben Sie ihn nicht bei der Concierge gelassen?«
»Ich wollte Sie einmal persönlich sehen, Monsieur.«
Sei es, daß ihn diese Antwort entwaffnete, sei es, daß er die Sache leid war, er nahm den Brief zurück.
»Ich hatte«, sagte der Postbote und salutierte mit der freien Rechten am Mützenschirm, »noch nie einen ›Unsterblichen‹ gesehen.«
Zurückgekehrt in sein Arbeitszimmer schlitzte der ›Unsterbliche‹ mit einem Seufzer das Couvert auf und las.

»Vallonville, den 24. August
Poste restante.

Monsieur!

Ich bin so beschämt, daß ich zwei Sonntage brauchte (an den Wochentagen habe ich sehr viel mühevolle Arbeit und kann nur abends an Sie denken), um ein bißchen Selbstachtung zurückzugewinnen. Nicht wahr, Sie sind nicht verreist? Sie sitzen vor Ihrem Schreibtisch in Paris-Passy, das ich leider nicht kenne, rauchen eine Pfeife wie auf dem Foto Ihres Gedichtbandes und ärgern sich, daß Sie den Brief nun doch aufgemacht haben.
Tun Sie es nicht. Seien Sie nicht so böse. Ich lebe davon, daß es Sie gibt und daß ich mit Ihnen sprechen darf. Ich bin kein junges Mädchen, ich bin 36 Jahre alt, ein

armseliges Geschöpf in Gottes Hand. Glauben Sie mir, daß mich die Tatsache, daß Sie ein Mann sind, nicht berührt. Sie brauchen also nie mehr zu verreisen.
Ich könnte auch sagen, Monsieur, daß es mir ganz gleichgültig ist, ob Sie abgrundhäßlich sind oder nicht. Aber ich sage es nicht, denn soviel weiß ich von den Menschen, daß es Sie kränken würde. Mir ist es auch nicht gleichgültig, und daher befriedigt es mich sehr, daß durch Ihr Äußeres die Welt nicht häßlicher anzusehen ist, sondern angenehmer. Ich habe Sie nur auf Fotografien gesehen und nie von Angesicht. Ich möchte es auch nicht. Ich versichere Ihnen, das ist die Wahrheit.
Sind Sie beruhigt?
Ich spüre, daß meine Kraft für heute erschöpft ist, und muß schließen. Sie sind anstrengend, Monsieur!

Ihre
treue Dakerin

Anbei Porto für einen Doppelbrief.«

Er las die Zeilen ein zweites Mal. Dabei verflüchtigte sich das Unbehagen, das er zuerst bei ihren Worten »armselig«, »mühevolle Arbeit« und »Geschöpf« gehabt hatte. Er las ihn zum dritten Mal ab »Ich könnte auch sagen, Monsieur«.
Dann nahm er ein Briefkärtchen und schrieb:

»Paris, den 30. August

Mademoiselle,

unterlassen Sie jetzt wenigstens, Porto beizulegen. Es wirkt wie eine Anzahlung auf meinen nächsten Brief.
Was ich noch sagen wollte – seien Sie mir nicht böse.

M.«

Der nächste Brief ließ erstaunlicherweise auf sich warten. Das holte er aber dadurch auf, daß er als Express morgens um 7 Uhr 30 ankam.

»Vallonville, den 10. September
Poste restante

Monsieur!

Ich bin ganz außer mir vor Freude! Ich habe mit der Fingerspitze, mit dem kleinsten Spitzchen meines Fingers, mit einem Hauch meines Fingers Ihr Herz berührt! Ich muß gleich noch ein zweites Ausrufungszeichen dahinter setzen, so vergnügt bin ich! Ich bin es so sehr, daß ich bei dem Gedanken, ich könnte Ihnen böse sein, vor Lust lache.
Können Sie das verstehen? Nein, nicht wahr? Sie möchten wissen, was für ein dummes Lachen das ist. Es ist

nicht dumm, es ist das glücklichste, das es gibt. So hat Petrus gelacht, als er auf den Wellen des Meeres wandelte, und so unser Fürst Stephan, als er zum erstenmal vor den Fresken von Voronet stand. Petrus, Stephan und ich haben alle etwas gemeinsam: Uns widerfährt etwas, vor dem das Aussetzen des Verstandes die hellste Freude bereitet. Ich habe das (im Kleinen) als Kind zum erstenmal erlebt: vor einem weißen, mit Watte belegten Weihnachtsbaum.
Die Spitze meines Fingers brennt, ich werde eine Blase bekommen. Dies schreibe ich, damit Sie, cher Monsieur, Grund zu einem nächsten wütenden Brief haben.

Ihre treue Dakerin«

Er antwortete:

»Paris, den 14. September

Kein Kommentar. Ich muß nachdenken.

M.«

Er dachte wirklich nach. Da er diese Tätigkeit jedoch mit Beschäftigungen unterbrach, die ihm das Leben so behaglich machten – mit rauchen, Kaffee trinken, spazierengehen, mit dem Hund spielen, im Boeuf-sur-le-toit essen, in die Comédie gehen, durch den Louvre schlendern, allein oder zu zweit schlafen, Musik hören, ein Bad nehmen, Fingernägel feilen, schimpfen – da er also das Nachdenken mehr unterbrach als verträglich, kam er drei Tage lang zu nicht mehr Gedanken an die Dakerin, als er sie auch an die Verpflichtung seiner Unsterblichkeit verschwendete; und das waren wenige. Noch nie hatte die französische Post so gut funktioniert wie gerade jetzt. Der nächste Brief aus Vallonville traf buchstäblich mit gewendeter Post ein.

»Vallonville, den 15. September
Poste restante.

Cher Monsieur!

Ich bitte Sie, denken Sie nicht nach! Es bereitet mir Sorge, Sie könnten mich und mein ganzes Leben ergründen. Ich bin ein Trabant, der in Ihr Schwerefeld geraten ist. Was geht es das Kraftfeld an? Ich bin sicher, Monsieur, daß sich die galaktische Mitte keinerlei Gedanken über unsere Erde macht.
Hoffentlich erreichen diese Zeilen Sie noch rechtzeitig!

Ihre treue Dakerin«

»Paris, den 16. September

Mademoiselle,

werfen Sie bitte nicht mit Ihren bruchstückhaften Kenntnissen um sich! Die galaktische Mitte ist ein Vakuum. Reizend! Wirklich!
Schlafen Sie gut, wenn Sie es jetzt noch können.

M.«

»Vallonville, den 21. September
Poste restante.

O Monsieur!

Vielen Dank für Ihren Gutenachtkuß! Ich habe wunderbar geschlafen.
Es tut mir weh, Sie belehren zu müssen; andererseits haben Sie es verdient, denn Sie sind ein arrogantes Ekel. Ach Gott, wie ich Sie liebe! Ich bin der glücklichste Mensch der Welt.
Seien Sie nicht ungeduldig, Monsieur, wenn es ein langer Brief wird.
Ich habe viele Jahre gebraucht, um zu wissen, daß fast alle Menschen ohne das Licht einer Sonne leben können. Als ich noch ein junges Mädchen war, sah ich in den Erwachsenen nicht wie die heutige Jugend nur einen überalterten Zustand von Lebewesen, sondern Wissende.

Ich war gespannt auf das Älterwerden, gespannt auf den Augenblick, wo auch ich in völliger Harmonie mit dem Leben sein würde: Ich habe damit nicht gemeint, es könne keinen Ärger, keinen Zank, keine Sorgen mehr geben; ich meinte etwas anderes, etwas, wonach ich mich schrecklich sehnte: das Begreifen, was das Leben ist und was mein Herz ausfüllen soll.

Ich habe in Bukarest das Abitur gemacht, und die Lehrer gaben mir das »Zeugnis der Reife«.

Ich war nicht reif, in keinem Sinne. Vor allem war ich nicht reif, ins Leben zu treten.

Damals habe ich begonnen, alles zu lesen, was ich erreichen konnte. Ich wollte nichts wissen von dem, was der Deutsche Goethe »Hebel und Zangen« genannt hat, ich wollte wissen, ob mir einer der großen Geister die Antwort auf die alten, einfachen Bauernfragen geben konnte, auf die Fragen, woher wir kommen, wohin wir gehen und was das Leben ist. In jenen Jahren ging mir, und zwar mit Schrecken, auf, daß die Menschen um mich herum lebten wie kosmischer Staub, der als bewegungslose Wolke im All lagert. Sie müssen mir glauben, daß ich nichts nachträglich hineingeheimnisse, wenn ich sage, daß ich todunglücklich war. Solange mir die Fragen nach mir selbst und meinem Schicksal nicht klar waren, hatte ich kein Verhältnis zu den Mitmenschen, keins zum Staat, keins zum Zusammenleben, keins zum Leben, keins zum Gesetz und keins zur Ethik. Können Sie das verstehen?

Die anderen um mich herum konnten es nicht, und so

wurde ich immer schweigsamer und verschlossener. Ich las, an den Abenden und in den Nächten, Hegel und Rousseau, Schopenhauer, Kant und Pascal, Locke und Lamettrie – was für ein mühseliger Weg und was für quälende Nächte –, ich las auch Comte, ich las schließlich Plato und Freud, Kierkegaard und Croce. Keine Antwort, keine Antwort.

Ich bitte Sie, Monsieur, sagen Sie mir ein einziges Mal, daß das junge Mädchen Maria Constanza Dragu Sie rührt; mir würde dann leichter fallen, einem Mann alles gebeichtet zu haben.

Ich war schon zweiundzwanzig Jahre alt, als ich begriff, daß alle Philosophien gar nicht Antwort auf meine Fragen geben wollten, sondern nur auf ihr Verhältnis zu diesen Fragen. Und das ist das klügste, was sie tun können. »Ich sage dir nicht, was das Leben ist, Maria Constanza, weil dir das niemand sagen kann, jedoch ich sage dir, wie du es ansehen kannst.« Das taten sie; aber sie taten es, als ob es keine Katastrophen, keine Kranken, keine Bettelnden, keine Verbrecher und keine bösen Tanten gäbe, nur theoretisches Leben. Immer wenn ich nachschlagen wollte, was man mit bösen Tanten machen sollte, fand ich nichts. Lächeln Sie, Monsieur? Ach, Sie haben leicht lächeln!

Ich wandte mich von den Philosophen, den »Wissenden«, ab zu den nur Ahnenden, den Dichtern. »Wie muß ich denken, was darf ich fühlen, Pan Tolstoj, um der Kraft, die das Leben auf dieser Erde will, nicht entgegenzuleben?«

»Was darf ich nehmen, was muß ich geben, Herr von Goethe, um ein Mensch unter Menschen zu sein?«
»Wen muß ich hassen, was muß ich lieben, Mister Shelley? Mister Eliot, was?«
»Wie stark muß ich sein, wie schwach darf ich sein, Herr Hamsun?«
»Was kosten Tränen, Senor Unamuno?«
Als ich meine Heimat verließ, habe ich auch alle Bücher zurückgelassen. Das ist ein Augenblick, in dem man weiß, was einem geblieben ist.
Ich dachte damals, es sei mir viel geblieben, Stückwerk, aber viel Stückwerk. Um so mehr, als ich schon in Rumänien einen Schritt getan hatte, wie er heilsamer nicht denkbar ist. Bitte, fragen Sie mich nie danach. Es handelt sich um keinen Mann. (Ich schäme mich, das hinzugefügt zu haben, aber es ist besser so. Mich hat noch niemals ein Mann berührt.)

Es ist eine Stunde vergangen und Mitternacht vorüber, seit ich dies schrieb. Ich kann nicht weitersprechen, ich komme über den letzten Satz nicht hinweg. Ich wüßte niemanden, dem ich ihn lieber geschrieben hätte, aber er setzt mir sehr zu.
Darf ich Ihnen morgen den Schluß, den wunderschönen Schluß berichten?

Gute Nacht
Ihre treue Dakerin«

*»Vallonville, den 22. September
Poste restante.*

Cher Monsieur!

Ich habe eine ruhige Nacht und einen leichten Tag hinter mir, für beides bin ich sehr dankbar, und wenn ich nicht wüßte, daß Sie gerade in diesem Augenblick vielleicht meinen gestrigen Brief lesen, der sicher voll schlechtem Französisch war, dann wäre mir noch viel fröhlicher zumute. Denn mein heutiger Bericht wird mir nichts als Freude bereiten.

Ihnen natürlich nicht. In Ihrer krankhaften Sucht, als Pfeffersteak von Ihren um Atem ringenden Lesern pur verspeist zu werden, werden Sie wütend sein, wenn ich Sie streichle.

Aber ich verzeihe Ihnen. Ich fühle mich heute so stark wie ein zehnjähriger Bengel, der weiß, daß ihn sein Vater weiter ernähren muß.

Im Februar dieses Jahres – es ist also weniger als zweihundert Tage her – fiel mir zum erstenmal ein Buch von Ihnen in die Hände; es war Ihr »Abscheu und Bewunderung für die Menschen«. Ich habe es ohne große Erwartung zu lesen begonnen und am Schluß benommen aus der Hand gelegt. Mir war, als hätte ich auf den Kopf einen Schlag bekommen, durch den ein Schleier vor meinen Augen zerriß.

Ich lief – oui, Monsieur! – ich lief zur selben Stunde los, um zu erfahren, was Sie noch geschrieben hatten. Ach,

es gab im Regal der Buchhandlung einen halben Meter Bücher von Ihnen, und ich war im Geld so knapp. Eins kaufte ich mir; Ihre französische Geschichte.
In drei halben Nächten hatte ich es ausgelesen, in drei weiteren Abenden zum zweitenmal.
Dann kaufte ich von Monat zu Monat alles von Ihnen, was ich erreichen konnte, auch Ihre Gedichte, auch Ihre drei Aufsätze über die Liebe im »Forum«, auch Ihre Serie über »Voltaire als Vogeltränke« in France littéraire. Oft habe ich wochenlang warten müssen, ehe meine Suchaufträge in Erfüllung gingen. Jeden Morgen wartete ich auf den Postboten oder ging mittags in die Buchhandlung, in der Hoffnung, mit dem »Forum« oder mit den alten Nummern des France Littéraire triumphierend abziehen zu können.
Am 3. Juni, als ich Ihnen den ersten Brief schrieb, hatte ich alle Ihre Werke gelesen. Ich legte das letzte Buch aus der Hand »erschöpft, wunschlos und glücklich wie nach einem langen Koitus«. Es sind Ihre Worte (»Forum«), nicht meine, aber sie fielen mir sofort ein; so groß muß die Ähnlichkeit sein.
Die allerersten Seiten – was sage ich – die allerersten Sätze, die ich ängstlich abhorchte wie ein Arzt, lachten mich aus und antworteten (und taten, als sei das rein gar nichts): Ich kann dir nicht sagen, du törichte Leserin, woher das Leben kommt und wohin es geht, ich kann dir nur sagen, was es ist. Ich kann dir nur sagen, wann die Engel im Himmel dir Beifall klatschen werden, und dein Stephan auch.

Aber Monsieur! Monsieur! Das ist es ja, wonach ich dauernd gesucht habe!
Wissen Sie denn selbst nicht, wer Sie sind?

Antworten Sie mir darauf nicht, Monsieur; die Vorstellung ist so schön, daß auch Sie zum Zahnarzt gehen müssen, daß ein Radio Sie ärgert, daß die Pfeife verstopft ist, daß Sie einen Strafzettel bekommen haben, und daß schon wieder ein Brief da ist

von Ihrer Ihnen ewig treuen
Dakerin«

Es dauerte lange (elf Tage), ehe er ihr eine Antwort schickte.

»Paris, den 1. Oktober

Liebe Maria Constanza,

oder wie soll ich Sie nennen? Sie sind mir inzwischen so nahegerückt, daß ich Sie fast wie einen aufgetauchten Fehltritt von mir empfinde. Und wie es einem so ergeht: es rührt mich, daß Sie mein Fleisch und Blut sind; fast wäre ich (wenn es mir charakterlich läge) stolz darauf; und bedrücken tut mich nur, daß mir jede Erinnerung an eine Liebesstunde abgeht, da ich Sie drucktechnisch gezeugt habe.

Aber ich habe. Kein Zweifel. Und deshalb, liebe Maria Constanza, werde ich für Sie von nun an immer erreichbar sein.
Schreiben Sie mir alles, was Sie wollen.

Herzlich
Ihr M.«

Er hatte tatsächlich das eigenartige Gefühl, ein Mensch wäre in sein Leben getreten. Er hatte auch deutlich das Gefühl der Verpflichtung. Nicht, daß er Verpflichtung scheute, aber er hätte sie sich gern selbst ausgesucht.
Es traf sich ganz gut, daß die Vorarbeiten zu seinem neuen Buch noch im ersten Stadium, im sogenannten Pfeifenstadium steckten. Das war zwar stets eine an ihm zupfende, rupfende und nörgelnde Zeit, jedoch keine arbeitsame.
Natürlich würde er die Korrespondenz, so angenehm der Nachgeschmack auf ihre Briefe war, einschränken. Das Hin und Her durfte nicht zu einem festen Teil seines Lebens werden; ganz unmöglicher Gedanke.
Er hatte eigentlich vor, über das Mädchen nicht nachzugrübeln, und schon gar nicht, sie sich vorzustellen. Aber da er nicht gewillt war, ihr jemals zu begegnen, fand er es einen gefahrlosen Zeitvertreib, einen Bleistift zu nehmen und die Dakerin zu entwerfen.
Er saß in einem Sesselchen am Fenster, die Beine hochgelegt, auf dem Schoß das dicke »Echo de Paris«,

dessen breiter Rand sich so gut zum Kritzeln eignete. Er hatte eine kurze Chacom zwischen den Lippen und paffte vor sich hin. Gelbe Blätter wehten im herbstlichen Nieselwind vom Park herüber und klatschten an die Scheiben. Die Zentralheizung knackte, der Tabak knisterte, der Kaffee dampfte, die Uhr tickte, der Hund schnarchte – es war alles, wie es zu sein hatte.

Er begann, Figürchen zu zeichnen. Vielleicht – sann er – hat sie schwarzes Haar und eine Adlernase; sie ist Romanin; vielleicht hat sie gotischen Einschlag oder vandalischen (300 n. Chr.). Sie konnte auch hunnisch aussehen (400 n. Chr.). Er entwarf einen hunnischen Reiter mit dünnem Bart. Auch türkisches Blut war denkbar (Odaliske mit Schleier), slawisches sogar ganz sicher.

Dann fiel ihm auf, daß alles, was er gezeichnet hatte, noch im zarten Backfischalter stand. Er zischte verachtungsvoll und legte die Zeitung weg.

Sechsunddreißig Jahre. Das war die Sache.

Das Telefon klingelte.

Das ist sie, durchzuckte es ihn. In diesem Moment konnte er kontrollieren, daß es ihn unangenehm berührte. Indes, sie war es nicht.

Er stopfte sich eine neue Pfeife und schaute aus dem Fenster.

Sechsunddreißig Jahre. Jungfräulichkeit ist in hohem Maße eine Sache der Nachfrage. Sie könnte ein Leiden haben. Wenn sie einen Buckel hat, ist sie Erzieherin. Alle französischen Erzieherinnen haben, sofern sie nicht

ehemalige gefallene Mädchen sind, einen Buckel, das ist vollkommen klar.
Sie könnte auch stottern und mit den Lidern zucken. Dann ist sie zweifellos Psychiater. Aber schützt Stottern vor Sünde? Vielleicht in Rumänien.
Auch fünfzehn Jahre Zuchthaus würden vieles erklären. (Beinahe wäre er zur Bücherwand gegangen, um nachzuschlagen, wofür man fünfzehn Jahre bekommt. Zum Glück für seine Selbstachtung stockte er noch früh genug.) Und dann – da er wieder ernsthaft nachdachte – fiel ihm ein, daß sie eine unglückliche Schülerin Sapphos sein könnte. Das Wort »unglücklich« strich er in Gedanken wieder. Er schaukelte ein Weilchen in dieser Vorstellung, bis er es langweilig fand. Ihre Gestalt zerrann ihm im Nebel; der Wunsch, nichts zu wissen, gewann wieder die Oberhand.
Er ließ sich neuen Kaffee machen, wechselte von Pfeife zu Zigarre und legte eine Schallplatte auf.
Dann holte er sich aus dem Nebenzimmer zwei Büroordner, setzte sich ans Fenster und begann, seine Steuererklärung zu machen.
Nach einer Weile hörte er, wie in der Diele die Briefkastenklappe knarrte und Post zu Boden klackste.

»Vallonville, den 3. Oktober
Poste restante.

Cher Monsieur!

Ich danke Ihnen für Ihren Brief; Sie haben mich sehr glücklich gemacht. Bitte nennen Sie mich aber nicht Maria Constanza, nennen Sie mich Mademoiselle. Sie können nicht wissen, wie schön das für mich klingt; ich kann es aus Ihrem Munde – Briefe, meine ich – nicht oft genug hören. Ich muß es nicht erklären, nicht wahr? Das Schöne ist, daß Sie über mich als Frau nicht nachdenken und nichts zu ergründen versuchen. Ich fühle mich geborgen – nein, ich meine nicht »verborgen«, ich meine wirklich geborgen. Ich habe nichts zu verbergen; in meinem bisherigen Leben nichts und körperlich nichts; ich bin nicht buckelig und nicht häßlich, und wenn Sie mich, wie mein kleiner Spiegel, nackend sähen, brauchten Sie sich nicht der Frau zu schämen, die Sie so sehr verehrt.
Sie schreiben, daß Sie stets für mich erreichbar sind. Ja, das haben Sie geschrieben.
Und ich denke immer noch darüber nach, warum das Schicksal so grausam zu mir ist, mich diesen Satz lesen zu lassen. Monsieur, Sie sind gütig, aber Sie sollen wissen, daß uns eine unüberbrückbare Schranke trennt. Ich werde Sie nie sehen, nie hören, nie Ihren Weg kreuzen.

Ihre hoffnungslos verliebte
Dakerin«

Er setzte sich sofort hin und schrieb wütend:

»Paris, den 5. Oktober

Mademoiselle,

ich mache gerade die Steuer, verstehen Sie? Nehmen Sie sich zusammen, verdammt noch mal!

M.«

»Vallonville, den 8. Oktober
Poste restante.

Ja, ja, ja. Schon gut. Aber fluchen Sie gefälligst nicht.

Ihre treue Dakerin«

Dieser Brief kam am elften an, einem Mittwoch, an dem Frankreich in der Qualifikationsrunde zur Fußball-Weltmeisterschaft Rußland mit 1:0 schlug. Das Spiel wurde in der Television übertragen. Ein gutes Spiel. Er hatte dabei drei Pfeifen geraucht und war sehr zufrieden.
Er war auch mit ihrer Antwort zufrieden. Er fand, daß die wenigen Worte einen versteckten Reiz hatten.
Er ließ den Brief bis zum Sonntag liegen; dann schrieb er:

»Paris, den 15. Oktober

Mademoiselle!

Ich habe mir vier Tage Zeit gelassen, über die Zeile, die Sie mir als Letztes schickten, nachzudenken. Wenn es wahr ist, daß Sie mich lieben, so haben Sie Anspruch darauf, sehr ernst genommen zu werden, denn ich wüßte keine gröbere Verletzung der Liebe, als ihr Lächeln nicht zu erwidern, wenn sie einem begegnet, oder sie, wenn sie auch nur »vorübergeht« wenigstens durch Ziehen des Hutes zu grüßen.
Wenn Sie jedoch ein überspanntes Frauenzimmer sind, dann verdienen Sie, daß ich Ihnen meinen Hund für einige Wochen schicke. Er ist ein nüchterner Mensch und war auch mein verdienstvoller Erzieher.
Mademoiselle, Sie sind zu gebildet und zu geistreich, auch zu fröhlich, um sich einer Täuschung hinzugeben und mit ihr zufrieden zu sein; ich muß also annehmen, daß alles, was Sie mir in Ihrem Brief vom (lassen Sie mich nachsehen) vom 3. Oktober schrieben, Wahrheit ist. Schrecklich! Womit habe ich verdient, daß ich Sie unglücklich und hoffnungslos werden lassen muß? Und ich muß es, Mademoiselle, weil ich mit dem gleichen Ernst natürlich auch Ihren Wunsch respektiere, mir nie zu begegnen. (Um der Wahrheit die Ehre zu geben: Ich bin auch voll ausgelastet, wie man im Verkehrswesen zu sagen pflegt. Stört Sie diese robuste Bemerkung nicht wenigstens?)

Mademoiselle, es gibt vieles an Ihnen, was ich nicht verstehe. Ich frage nicht; ich mache Ihnen lediglich einen milden Vorwurf, mich vor Fragen gestellt zu haben. Konnten Sie nicht widerstehen? Das ist es, worüber ich nachdenke.
Ich kann es nicht glauben.

Ich schreibe Ihnen morgen weiter.
Adieu, Mademoiselle
M.«

»Paris, den 16. Oktober

Mademoiselle,

ich setze mein Schreiben fort.
Mir ist wohler. Ich werde Ihren Briefen wieder mit der gleichen Unbefangenheit gegenüberstehen wie vorher. Ich werde daran denken, daß es in Ihrem Leben etwas gibt, über das Sie nicht hinwegkommen und das in Ihre Briefe einfließt, als müßten Sie es mir immer wieder erklären, ohne es erklären zu dürfen.
Ich ahne, daß Sie dadurch unglücklich sind; zugleich aber fühle ich (und lese es ja auch), daß Sie glücklich sind. Mademoiselle: wenn das, was Sie Ihre Liebe zu mir nennen, Sie glücklich und froh macht, dann lieben Sie in Gottes Namen drauflos!

Ich wiederhole noch einmal, Sie können mir alles schreiben, was Sie wollen, alles, verstehen Sie mich wörtlich.

Ihr
M.«

Überraschenderweise kam als nächstes kein Brief, sondern eine Drucksache. Es war ein kleiner Bildband über die rumänische Klosterkirche Voronet, ein zerlesener, antiquarischer Band in rumänischer Sprache und in einem Farbdruck wie vor fünfzig Jahren.
Es lag ein Zettel bei:

»Meine Mutter hat es besorgt.«

Einige Tage darauf folgten zwei winzige bebilderte Broschüren, das Kloster Dragomirna und das römische Histria am Schwarzen Meer. Rumänisch. Er verstand natürlich kein Wort.
Die Woche beschloß ein Couvert, das fünf Briefmarken der Republica Populara Romîna und ein paar Zeilen enthielt:

»Sie sammeln keine Briefmarken, ich weiß. Aber ich habe doch nichts anderes, was ich Ihnen schenken könnte.«

Er mußte sich zwingen, über seine Bewegung hinwegzukommen. Zum Kuckuck mit ihr, dachte er und biß sich auf die Lippen.
Dann setzte er sich hin und schrieb:

»Paris, den 27. Oktober

Mademoiselle!

Wenn Sie eine Russin wären, würde ich Ihnen sagen: Ich will nicht Ihre Biecher, ich will Ihre Sääle.

Ich gebe Ihnen einen Kuß auf die Nase.
M.«

Sie antwortete (ihre Briefe hatten immer noch den seltsamen, undefinierbaren Geruch):

»Vallonville, den 29. Oktober
Poste restante.

Cher Monsieur!

Danke für Ihre letzte Zeile. Aber glauben Sie nicht, ich wüßte nicht, daß Sie mir im letzten Moment in die Nase beißen würden!
Ich schenke Ihnen also nichts mehr. Ich hätte auch nichts. Oder wollen Sie ein paar Haare von mir? Nein, wie sagt man: eine Locke?

Ihre treue Dakerin«

»Paris, den 2. November

Mademoiselle,

Ihr Gekräusel würde sofort in den Papierkorb wandern. Ich frage mich, ob Sie einen Klaps haben oder ob Sie ein Biest sind.
Die Sache mit der Nase mache ich hiermit rückgängig!

M.«

»Vallonville, den 5. November
Poste restante.

Monsieur!

Wo denken Sie hin! Hier wird nichts rückgängig gemacht; die Spitze ist ab!
Gestern, am Samstag Nachmittag, habe ich mit Ihnen einen langen Spaziergang gemacht. Das ist gesund. Ich habe den Verdacht, Sie sitzen zuviel!
Wir gingen nicht hier in Vallonville, das ist unmöglich; wir gingen durch Bukarest vor fünfzehn Jahren. Ich trug einen Verband auf der Nase und war sehr stolz darauf. Maria Constanza, fragten alle Leute, sind Sie verletzt? Ich nickte und steckte meinen Arm unter Ihren. Wer, fragte mein Mathematikprofessor, hat das getan? Er, sagte ich und wies mit dem Kopf auf Sie.

Wer ist das, Maria Constanza? Ich bin das galaktische Vakuum, antworteten Sie, aber ich lachte und sagte: Er ist die vierte Seite meines gleichschenkeligen Dreiecks.
Wir gingen, nachdem sich alle an Ihnen sattgesehen hatten, in der schönsten Novembersonne, die je über Bukarest geleuchtet hat, durch die winkligen Canons des Lipscani-Viertels. Die alten Häuser waren von der Sonne vergoldet, während die Straßenschluchten im bläulichen Schatten lagen. Die Händler hatten ihre Karren aufgefahren und Buden aufgeschlagen, die kleinen Handwerker die Stühle vor die Tür gestellt; sie hämmerten und klopften auf dem schmalen Gehsteig; Hunde streunten um die Abfälle der Gemüsestände, und Kinder hockten am Rinnstein und bliesen auf Hirtenflöten alte Lieder und neue Schlager oder knabberten Cucuruz. Sie wußten nicht, Monsieur, was Cucuruz ist, und ich antwortete Ihnen: Ach, nichts Geheimnisvolles; Cucuruz sind Maiskolben.
Dann überquerten wir den breiten Boulevard Gheorghui-Dej; ich fragte Sie, ob er Sie nicht an Ihren Boulevard Montparnasse erinnere, aber Sie brummten nur. Ich zeigte auf die Baumkronen der Cismigiu-Parks zur Linken und erzählte Ihnen von seinem See und den Bootsfahrten der verliebten Soldaten mit ihren Mädchen und von den Schwänen und Pfauen. Und dort hinten, Monsieur, sagte ich und hängte mich tüchtig an Ihren Arm, liegt das Lyceum, in dem ich zur Schule gegangen bin, und dort, das alte Gebäude ist das Lazar-

Lyceum, an dem Eugen Jonescu unterrichtete, ehe er der berühmte Dramatiker wurde.
Wir bogen in die Calea Victoriei ein, unsere Champs Elysées. Als ich das Wort aussprach, zogen Sie ein Gesicht, für das ich Sie am liebsten zerkratzt hätte. Ja, ja, ich weiß, die Champs Elysées sind breiter und imposanter, und Pelze und Brillanten liegen in den Schaufenstern, Schweizer Uhren und deutsche Kameras, und bei uns nur die Alle-Menschen-sind-gleich-Ware. Jetzt lassen Sie endlich die Pelze und Brillanten, Monsieur! Sehen Sie sich doch nur die schönen alten Häuserfronten an, der Glanz des vorigen Jahrhunderts strahlt immer noch aus ihnen wie in den Pariser Boulevards, die Ihr Monsieur Haussmann gebaut hat. Merken Sie nicht, daß Sie hier zu Hause sind?
Wir spazierten die Victoriei in Richtung unseres Arc de Triomphe (Oh, natürlich haben wir einen!), Sie hatten einen schrecklichen Bummelschritt am Leibe, während ich doch von früher gewohnt war, im Eiltempo die vier Kilometer hinauf und herunter zu stiefeln, weil mir alles so gut gefiel, daß ich zur gleichen Zeit überall sein wollte. Sie trödelten und trödelten. Andererseits war mir das angenehm, denn so konnte ich ab und zu unter dem Vorwand, Sie anzutreiben, Ihre Hand ergreifen oder Ihren Arm fest an mich drücken in der Hoffnung, Sie würden meine Brust fühlen.
Als wir zum Herzen Bukarests kamen, schlug auch mir das Herz schneller. Da lag der grüne Platz mit dem

Schloß, das so schön ist wie Ihr Louvre, und unser Athenäum, der weiß blitzende Säulentempel, die Konzerthalle, das Wahrzeichen Bukarests. Ich hätte vor Freude einen Luftsprung machen können, als Sie sagten, das sei wunderschön. Aber ich setzte eine strenge Miene auf und verbesserte Sie: »Natürlich! Es bedarf nicht Ihrer gütigen Bestätigung, Monsieur!« Sie antworteten darauf: »Ich meine das verlockende Café dort.«
Ich seufzte abgrundtief, Monsieur. Vor Ihrem inneren Auge standen Kaffee, Kuchen und eine Zigarre, vor meinem standen die Winterabende, an denen ich in ein Konzert ins Athenäum ging, die Stufen zu dem erleuchteten Säulenportal emporstieg und in meinem bescheidenen Wollmäntelchen in die festliche Halle eintrat. Wie haben wir nicht alle damals nach diesem bißchen Glanz im grauen Alltag gehungert! Ach, wenn Sie doch dagewesen wären! Es wäre alles anders gekommen.
Monsieur, ich glaube Sie von dem langen Spaziergang ermüdet. Auch ist Ihr Schnürsenkel aufgegangen. Darf ich ihn Ihnen zubinden?

Rămas bon
Ihre treue Dakerin«

Als er den Brief gelesen hatte, sagte er laut vor sich hin: ›Als wenn ich nichts anderes zu tun hätte!‹ Aber er konnte nicht widerstehen, ging zum Telefon und rief Monier & Pompe, seine Buchhandlung, an. Er nannte seinen Namen, und Monier, der junge Monier, kam selbst an den Apparat.

»Hören Sie, Auguste (Auguste war 18), ich möchte ein Buch, einen Bildband, einen reichhaltigen Fotoband über Bukarest haben. Der Text ist unwichtig, er kann auch englisch sein.«

»Aha!«, tönte es vom anderen Ende, halb zugedeckt vom Gemurmel vieler Stimmen und dem Rumoren im Geschäft. »Aha! Bukarest. Bitte, gedulden Sie sich einen Augenblick. Ich sehe nach.«

Es dauerte ziemlich lange.

»Nein, Monsieur, schade. Ich habe auch im Magazin nachgesehen, in den Regalen, nichts; wir haben sehr wenig über Bulgarien, und fast nichts Topographisches.«

»Auguste!« donnerte er, »Bukarest ist die Hauptstadt von Rumänien!«

»Fi!« quieckte es aus der Muschel, »entsetzlich! Ich sehe noch einmal nach, Monsieur.«

Nach sechzig Sekunden (wahrscheinlich hatte Auguste einfach seinen Vater konsultiert):

»Ein herrliches Buch, Monsieur! Hundertundsieben ganzseitige Fotos. Ich habe es in der Hand, mindestens zwei Kilo.«

»Können Sie es mir schicken?«

»Wann? Heute noch?«

»Gleich.«
»Was ist gleich, Monsieur?«
»Ich gehe jetzt zur Tür, Auguste.«
Das Buch war eine halbe Stunde später da.
Er verbrachte den ganzen Nachmittag damit, es sich anzusehen. Der Brief aus Vallonville lag neben ihm. Schließlich hatte er den Spaziergang rekonstruiert. Er war rechtschaffen müde. Eine weitläufige Stadt. Und eine stramme Marschiererin, Maria Constanza Dragu.
Am nächsten Morgen blätterte er den Band noch einmal durch, dann packte er ihn ein und adressierte ihn nach Vallonville. Doch gleich danach riß er das Päckchen wieder auf, nahm das Buch und stellte es in die Bibliothek.
Er dachte über den Brief nach, und plötzlich fand er ihn verwirrend. Er las die eine Stelle zum dritten- und viertenmal und kam zu keinem Schluß.
Er ließ die Sache auf sich beruhen und machte sich daran, sich zu bedanken. Wie immer bei ihm wurde es alles andere als ein Dankesbrief.

»Paris, den 9. November

Mademoiselle,

ich sehe, der Spaziergang hat Ihnen gutgetan, also wandern Sie weiter.

Nur bitte ich Sie, nächstes Wochenende nicht über mich zu verfügen, wirklich; ich habe Besuch.

Ihr
M.

P. S. Und bitte beschäftigen Sie sich nicht mit mathematisch-physikalischen Problemen. Dies als guter Rat.«

»Vallonville, den 12. November
Poste restante.

Monsieur!

Sie sind ärgerlich. Natürlich. Dachte ich es mir doch! Bloß weil ich vor allen Leuten meine Hand unter Ihren Arm geschoben habe. Oder weil wir Ihren Hund nicht mitnahmen. Oder weil ich nicht sagte: Setzen wir uns doch ins Parkrestaurant, trinken Sie einen Kaffee und rauchen Sie unbedingt eine Pfeife.
Heute ist Sonntag, und ich ergehe mich also allein ein bißchen im Garten. Ich denke an Ihr Postskriptum, das leicht einzusehen wäre, hätten Sie nicht so ernsthaft hinzugefügt ›Dies als guter Rat‹. Was habe ich denn geschrieben, ich weiß es nicht mehr so genau? Auf dem Lycée hatte ich in Physik eine Zehn. Eine wunderbare Wissenschaft, ich kann sie nur noch scherzhaft betrachten; und vollends die Mondfahrerei. Eigentlich

wäre es den Physikern recht geschehen, wenn sie dort wirklich den Mann im Mond angetroffen hätten. Das wäre viel heilsamer gewesen. Aber der liebe Gott ist leider nicht witzig.

Manchmal weine ich der Zeit nach, als Hellas noch existierte, als es noch fröhliche Gebete und fröhliche Sünden gab. Hätten wir doch damals gelebt, Monsieur! Sehen Sie: Gott, an den ich in meinem Gelübde als Katholikin glaube, hat es schon damals gegeben, ich meine den richtigen Gott; unbeschadet, ob wir wollten oder nicht. Wir hätten also nichts verpaßt. Wir hätten, ohne es zu wissen, unter Gott gelebt, aber mit Zeus gelacht.

Der richtige Gott lacht leider nicht.

Ist es eine Sünde, das zu sagen, Monsieur? Ist es eine Beleidigung Gottes? Ist Heiterkeit etwas Unseriöses? Verträgt sie sich nicht mit einem Schöpfer?

Ist sie etwas Nur-Menschliches?

Haben wir dann etwas, was Gott nicht hat? Nicht kann? Ist es eine große Sünde, so zu fragen, Monsieur?

Ihre treue Dakerin

P. S. Vielleicht wäre es doch besser, ich würde über Physik nachdenken, Monsieur? Hat Ihnen das Beispiel mit dem Mann im Mond nicht gezeigt, wo meine Begabung liegt? Können Sie mir sagen, Monsieur, was ›Plötzlich‹ ist?«

»Paris, den 16. November

Mademoiselle,

was ist eigentlich in Sie gefahren?

M.«

»Vallonville, den 19. November
Poste restante.

Sie!

Ihre treue Dakerin«

»Paris, den 23. November

Mademoiselle,

es gibt wenige Möglichkeiten, mich zu erschrecken; eine davon ist, ich könnte mich in einem anderen noch verdoppeln. Nein, Mademoiselle, suchen Sie sich bitte einen anderen Hereinfahrer. Ich wiederhole: Was sind Sie eigentlich für ein Geschöpf? Im Vergleich zu Ihnen ist Ihr konfuser Mann im Mond eine leicht zu verstehende Sache. In Beantwortung Ihres Briefes, von dem ich nicht weiß, ob Sie ihn nicht überhaupt nur geschrieben haben, um mich zu ärgern, teile ich Ihnen mit:

Es gibt nur zwei Möglichkeiten, eine Sünde zu begehen. Erstens auf der Basis eines Unrechts gegenüber der Natur (wozu auch die Mitmenschen zählen). Zweitens auf der Basis einer Untreue gegen sich selbst.
Etwas anderes gibt es nicht, weder klein noch groß, merken Sie sich das! ›Große‹ Sünde! Ich finde keine Worte.
Und was soll das am Schluß Ihres Briefes heißen: Plötzlich?

Ihr
M.

P. S. Ich habe noch einmal über Ihr ›Plötzlich‹ nachgedacht. Lassen Sie die Finger von der Physik. Sie wissen nicht, was Sie da fragen!«

Er ging im Zimmer auf und ab. Er trat auch ans Fenster und sah Reitern zu, die durch den Park trabten. Es mußte kalt sein draußen, die Pferde schnaubten den Atem als weißen Dampf aus den Nüstern. Ein Eichhörnchen hastete hinter dem letzten Reiter her (wie hinter dem Omnibus), landete mit einem Sprung auf der Breecheshose und bettelte.
Er sah das alles (nicht zum erstenmal; in jedem Herbst kamen mit den Reitern die bettelnden Eichhörnchen), aber er sah es nicht sehr bewußt. Er dachte an Vallonville. Da saß, ging oder stand jetzt, arbeitete oder ruhte aus diese seltsame Frau, aus Rumänien geflohen, nach

Frankreich verschlagen, ein unruhiger Geist, der sich seit seiner Jugend damit abquälte, sich und die Welt zu erkennen, und der jetzt schrieb, daß er glücklich sei.
Glücklich –
Wahrscheinlich. Ja.
Übermütig glücklich. Können Sie mir sagen, Monsieur, was »plötzlich« ist? Ein Gedanke, eines Descartes würdig. Gott schütze mich, daß ich anfange, diese Frau zu lieben.
Ihm war nicht klar, warum sie diesen Satz in ihrem Brief geschrieben hatte. Sie kam ihm vor wie jemand, der humpelnd des Wegs daherkam, einen drei Meter hohen Zaun übersprang und lächelnd weiterhumpelte. Aufreizend. Die Physik, Mademoiselle, ist am Ende, das ist wahr. Seit dreihundert Jahren hat sie nur noch gemessen und gerechnet und zusammengestellt. Sie ist in einer Sackgasse. Die Mondfahrt ist die größte aller Täuschungen über unser Verhältnis zum Universum. Können Sie mir sagen, Herr von Braun, was »plötzlich« ist? Sie leben doch von diesem Begriff! Sie arbeiten doch mit ihm; er ist das Wesen der Explosion, die Voraussetzung für das Auslösen der Kraft des Rückstosses Ihrer Raumschiffe. Seit das Pulver erfunden wurde, ach, was sage ich, seit ein siedender Wasserkessel jemals seinen Deckel in die Luft sprengte, begleitet dieses geheimnisvolle Wort die Menschheit.
Würde man das Dynamit »entplötzlichen« können, so gäbe es keine Explosion. Es gäbe einen überschaubaren Vorgang.

Jedoch ist nicht gesagt, daß dieser Vorgang – jetzt also in Zeitlupe – nicht die gleichen Kraftfolgen hätte, denn die Voraussetzungen (die Expansionsgewalt des Dynamits) sind ja die gleichen. Der Vorgang würde einen Tresor jetzt nicht aufsprengen, nicht zerreißen, sondern langsam aufdrücken.
Ein unmöglicher Gedanke! Schon deshalb, weil dann ein korrigierendes oder sogar unterbrechendes Eingreifen unsererseits zwischen den Phasen möglich wäre. Dies würde den Begriff Explosion annullieren.
Und dennoch ist der Gedanke richtig. Auch die explosive Sprengung eines Tresors ist in letzter Erkenntnis nichts anderes als ein Aufdrücken, ein Aufdrücken in unkontrollierbar schnellem Ablauf. –
Er stampfte die Hände in die Hosentaschen und marschierte wieder im Zimmer auf und ab. Dann ging er zum Schreibtisch und schrieb:

»Paris, den 23. November

Mademoiselle,

Ihr dummes Gefrage nach lauter Zeugs, das Ihnen nicht zusteht, hat mich einen ganzen Nachmittag gekostet. Ich habe mich, entgegen meiner ersten Regung, entschlossen, Ihnen zu antworten, damit die liebe Seele Ruh hat.
Es gibt in der Verfassung des Universums kein ›Plötz-

lich‹. Wir haben den Begriff erfunden. Daß er da ist, offenbart unsere Ohnmacht und Hilflosigkeit gegenüber der Zeit. ›Plötzlich‹ heißt, daß der Mensch von einem Zeit-Beispiel überfahren wird. Gäbe es einen Menschen, der aus seinem Zeitempfinden herauskönnte, das heißt, gäbe es einen Menschen, der eine Sekunde in einer Aufteilung von hundert Millionen Phasen bewußt erleben könnte, so gäbe es für ihn kein ›Plötzlich‹. Unaussprechliche Vorstellung. Kosmischer Gedanke. Für die Uhr der Ewigkeit ist das Milchstraßensystem zweifellos ›plötzlich‹ entstanden.

Mademoiselle, ich bin 58 Jahre alt, wie Sie in jeder Enzyclopädie nachschlagen können. Ich bin für den Rest meines Lebens mit Fragen versorgt.

Ich liebe Fragen. Aber ich liebe auch meinen Hund, mit dem ich jetzt spazieren gehen werde, und meine Zigarre, und meine Bilder an den Wänden. Ich liebe auch Apfeltorte mit Sahne. Auch Brahms müßte ich bald mal wieder hören. Gleichfalls wartet meine neue Bucharbeit.

Reißen Sie sich zusammen, verdammt nochmal.

Ihr

M.«

»Vallonville, den 25. November
Poste restante.

Monsieur!

nur dieses Mal, nur dieses eine Mal, ja? darf ich es schreiben? Ich liebe Sie. Ich habe nicht gedacht, daß mir so etwas Unsinniges passieren könnte.
Ich bin sehr glücklich. Aber fluchen Sie gefälligst nicht dauernd!

Ihre treue Dakerin«

Als er den Brief empfing, war er mitten in der Lektüre des Materials für seine neue Arbeit.
Ein angenehmer Brief, dachte er; keine Ungereimtheiten, keine Fragen, nichts, was eine Antwort erforderte. Sehr gut. Und sie liebte ihn. Bitte sehr.
Zugleich empfand er eine gewisse Beschämung, daß er sich dabei behaglich fühlte. Das Gefühl eines Mannes, dachte er, der Geld auf der Bank hat, vorgibt, es nicht haben zu wollen, es aber auch nicht zurückweist. Immerhin konnte er für sich anführen, daß ihn nicht einmal die Höhe des »Kontos« interessierte.
Neugier war eine Eigenschaft, die ihm völlig abging. Und tatsächlich spürte er auch jetzt nichts dergleichen. Seine Gedanken kehrten zwar zwischendurch immer

wieder zu dem Brief zurück, jedoch ohne sonderliches Verlangen, mehr zu wissen, als er wußte. Solange vor seinem Auge kein Bild, kein Gesicht, keine Gestalt erstand, solange die Leinwand leer blieb, würde er – er war sicher – kein Verlangen haben, mehr zu wissen. Er war ein Seh-Mensch.
Er lächelte. Wenn er sie jetzt um ein Foto bitten würde, wäre der Teufel los. Auch die Enttäuschung könnte zum Weinen sein. Vor allem aber wäre der Teufel los.
Er seufzte, legte die Bücher beiseite, nahm einen Briefbogen und schrieb:

»Paris, den 29. November

Mademoiselle,

apropos, kann ich Sie um die Gefälligkeit bitten, mir ein Foto von sich zu überlassen?
Ich wähle diese trockene Formulierung, um zu verhindern, daß Sie Kombinationen an meine Bitte knüpfen. Sie ist keine Folge Ihres Briefes, eines zugegeben sehr lieben Briefes, der jedoch – ich prophezeite es Ihnen frühzeitig – allein Ihre Angelegenheit ist.
Ihr Foto soll dazu dienen, mir das Empfinden der Unwirklichkeit des Briefwechsels zu nehmen.

Ihr
M.«

Die Antwort kam schnell und zeigte, daß seine Befürchtungen unnütz gewesen waren.

»Vallonville, den 1. Dezember
Poste restante.

Monsieur!

Ich kann Ihren Wunsch sehr gut verstehen, es bedurfte keiner besonderen Erklärung. Leider kann ich ihn nicht erfüllen. Ich besitze außer dem alten Paß-Foto kein Bild von mir. Auch in früheren Jahren bin ich so selten fotografiert worden, daß nicht einmal in Rumänien ein Foto existieren wird.
Es ist Freitag und ein schrecklich arbeitsreicher Tag für mich. Verzeihen Sie daher, Monsieur, daß ich nur diese paar Zeilen schreibe.

Ihre treue Dakerin«

»Paris, den 4. Dezember

Mademoiselle,

schade. Und ich bin ein wenig verwundert, daß Sie nicht auf den Gedanken gekommen sind, sich für mich fotografieren zu lassen.

Ihr
M.«

»Vallonville, den 10. Dezember
Poste restante.

Monsieur!

Ich habe etwas Zeit gebraucht, um mich zu beruhigen. Ihnen ein Bild zu schicken, wäre schon kein ganz belangloser und leichter Entschluß gewesen. Er blieb mir erspart, weil ich keines besitze. Aber mich für Sie fotografieren zu lassen, Monsieur, würde mir die Schamröte ins Gesicht treiben. Meinten Sie wirklich, ich würde mich beim Fotografen anmelden, mich herausputzen, die Bluse noch einmal bügeln, genügend Geld zu mir stecken und mich dann auf den Weg machen? Monsieur, ich bin blutübergossen, während ich dies schreibe. Wie können Sie es wagen, Monsieur, Ihr eigenes Bild, das ich in meinem Herzen trage, zu beflecken? Was ist in Sie gefahren?

Ihre treue Dakerin«

»Paris, den 13. Dezember

Sie, Mademoiselle. Ich merke es mit Schrecken.

Ihr
M.«

»Vallonville, den 16. Dezember
Poste restante.

Monsieur!

Sie stürzen mich vom Himmel in die Hölle und von der Hölle in den Himmel (ich weiß nicht, welches von beiden oben oder unten ist, ich weiß gar nichts mehr). Monsieur, Sie müssen jetzt die Reise antreten, die Sie mir damals, im August, vortäuschen wollten. Schnell, fahren Sie weg! Sie dürfen nicht zulassen, daß ein Gefühl in Ihnen wächst wie ein dicker ordinärer Blumenkohl in einem Rosenbeet. Es ist Ihrer unwürdig. Falls es nur Barmherzigkeit ist, ersparen Sie mir die Demütigung; falls es jedoch das ist, was Zeus trieb, zu Jo herabzusteigen, muß ich Sie daran erinnern, daß es in meinem Leben etwas gibt, was mich niemals eine Jo sein lassen wird, auch nicht für einen Menschen, den ich so mit allen Sinnen liebe wie Sie.
Ich höre Sie stöhnen oder fluchen (wahrscheinlich fluchen), daß mir schon wieder in die Feder geflossen ist, was ich entweder verschweigen oder erklären sollte. Ich kann nicht. Ich kann nicht, ich habe Angst. Ich bitte Sie flehentlich, es verborgen sein zu lassen.
Es darf nicht alles zu Ende sein! Erhalten Sie mir mein Glück, indem Sie die dreihundert Kilometer, oder ich weiß nicht wieviel, zwischen uns lassen, die uns körperlich trennen. Bin ich nicht trotzdem mit jedem Brief bei Ihnen, sind Sie nicht trotzdem immer bei

mir? Stehen neben mir und begleiten mich bis in den Traum?

Ihre Ihnen ewig treue
Dakerin«

»Paris, den 19. Dezember

Mademoiselle,

ich kann nicht wegfahren, ich weiß nicht wohin. Außerdem muß ich arbeiten. Ich habe übrigens nicht gesagt, daß es mich bereits erwischt hat. Das fehlte noch!

Ihr
M.«

»Vallonville, den 21. Dezember
Poste restante.

Monsieur!

Ich danke Ihnen für Ihre Zeilen, die mir eine Sorge genommen haben.
Oh, Sie stolzer Mann! Sagte ich Ihnen schon, daß ich Sie liebe?

In drei Tagen ist letzter Advent und zugleich Heiligabend; bei uns sind überall die Stuben geschmückt, mein Kämmerchen auch; auf dem Marktplatz vor der Bürgermeisterei steht ein Weihnachtsbaum. Merkwürdig, wie er sich in der ganzen Welt die Herzen erobert hat. Ich hätte auch gern einen; einen ganz kleinen natürlich, aber es geht nicht.

In meiner Heimat, als ich noch ein Kind war, haben wir wunderschöne Christgeburten gefeiert, anders als hier, viel religiöser und viel inbrünstiger. Die schönsten habe ich in Siebenbürgen erlebt in einem Gebirgsdorf. Dort habe ich auch leibhaftig die Heilige Mutter Gottes am Himmel über den Bergen stehen sehen. (Einmal im Jahr stand für einige Sekunden der Vollmond so, daß er den wildzerklüfteten Steinbruch spiegelte; die Alten im Dorf kannten das, haben es mir aber verschwiegen.) Kennen Sie Coopers Lederstrumpf, Monsieur? Erinnern Sie sich an die ersten zwanzig Seiten der Erzählung The Pioneers? »An einem hellen, klaren Dezembertage fuhr ein Schlitten langsam den tiefverschneiten Weg im Hochwald hinauf. Zwei Reisende saßen im Schlitten, dick in Pelze vermummt, ein Mann in mittleren Jahren und ein junges Mädchen ...« Erinnern Sie sich, wie der Schlitten dann wendet und heimfährt; wie man im Tal die Häuschen der kleinen Siedlung liegen sieht? Wie der Rauch aus den Schornsteinen in weißen Fäden in den Himmel steigt? Wie die Reisenden in die warme Halle eintreten, den Schnee von den Schuhen schütteln, die Biberpelzkappen abnehmen und die Hände dem

Kaminfeuer entgegenstrecken? Wie es nach dem Weihnachtsbraten duftet? Wie die Pferde in den Stall zur Futterkrippe voll Hafer geführt werden und vor Vergnügen ihr Glöckchengehänge schütteln?
Es ist die erste Schilderung, die mich damals so entzückte, daß ich sie nie mehr vergessen habe.
Heute zieht an meinem Fenster eine elektrische Leitung vorbei. Aber wenn ich nicht will, sehe ich sie nicht; dann sehe ich das Tal des Susquehanna oder die Berge von Siebenbürgen oder Sie.
Wo werden Sie am Heiligen Abend und am Weihnachtstage sein? Ein paar kleine Sekunden, einen Augenblick, könnten Sie mir doch schenken? Treffen wir uns, solange in der Heiligen Nacht die Mitternachtsglocken läuten, in dem verschneiten Haus im Tal des Susquehanna? Ich werde am Fenster sitzen und Sie erwarten. Vielleicht habe ich Glück, und die Glocken läuten sehr lange.

Sărbători fericite, iubite!
Maria Constanza Dragu«

Der 24. fiel auf einen Sonntag, die Geschäfte waren verzweifelt; viele arbeiteten und lieferten doch, die Blumenläden, die Delikateßgeschäfte, die Konditoreien, alle, die sich mit den Festbestellungen entschuldigen konnten. Gegen Mittag schickte die Gärtnerei die Weihnachtstanne.
Er brachte eine Stunde damit zu, sie aufzustellen und mit Lametta und Kerzen zu schmücken.

Dann zog er den Wagen aus der Garage und fuhr mit seinem Hund (beide hatten noch nicht gegessen) nach St. Germain-en-Laye hinaus. Der Tag war sonnig, aber kalt; die Autoreifen knirschten auf der Landstraße und die kleinen Straßen in den Vororten mit ihrem Kopfsteinpflaster und Schotter waren violett überhaucht, wie es Pissarro in seinen winterlichen Dorfbildern gemalt hatte.

An der Peripherie von St. Germain ließ er den Wagen stehen und marschierte mit seinem Hund durch den Park bis zur Brücke von Conflans.

Zwei Stunden waren vergangen, sie machten sich auf den Rückweg.

In der Faisanderie von Achères, wo sie beide ein Butterbrot aßen, hätte er gern seinen Wagen stehen gehabt. Der fahle Wald mit seinen kahlen Bäumen begann, in der untergehenden Sonne einen tristen Eindruck zu machen. Über dem Erdboden bildeten sich die ersten dünnen Nebelstreifen.

Der Herr und der Hund nahmen noch einmal ihre sechs Beine unter den Arm und schritten schneller zu.

Es war fast dunkel, als sie St. Germain wieder erreichten. Freundlich winkte das Auto.

In Paris gingen sie gemeinsam essen. Die Brasserie hatte sich zu Ehren von Christi Geburt mit Girlanden bunter Glühbirnen fein gemacht, die im Takt an- und ausgingen, wie die Amerikaner es 1945 gelehrt hatten. Das war jedoch zu überleben, denn der Karpfen blau war über alles Lob erhaben.

Nach dem Essen (32 Francs, der Hund hatte sich sechs Würste wünschen dürfen) schlenderten sie durch die schon fast leeren Straßen nach Hause. Ein Viertelstündchen spielten sie, beide auf dem Teppich liegend, noch miteinander, dann entzündete er die Christbaumkerzen und brummte, während er die Päckchen, die eingetroffen waren, öffnete, ein Weihnachtslied.

Tous les ans
retourne l'Enfant . . .

Er blickte zu dem Vierbeiner hinunter und sagte: Für dich, mein armer, stummer Freund, nur noch wenige Jahre; für mich, vielleicht, ein paar mehr.
Als die Mitternachtsglocken zu läuten begannen, setzte er sich unter den Baum und machte sich auf den Weg zum Tal des Susquehanna.

Am ersten Feiertag besuchte er in Malakoff (schreckliches Viertel) eine Jugendgeliebte, wie er es jedes Jahr zweimal tat; eine einsame alte Frau. Er speiste mit ihr zu Mittag im Claridge und schenkte ihr zwischen Hummer und Fasan einen Ring (Gold mit einem Smaragd, 6000 Francs, so groß gekauft, daß sie ihn nicht tragen konnte; die Adresse des Juweliers stand auf dem Kästchen).
Am Nachmittag arbeitete er. Am Abend ging er, wie stets zu Weihnachten, in die Oper. Er saß auf dem obersten Rang zwischen Musikstudenten, Gesangs-

schülerinnen und den Freikarten-Stenotypistinnen des Kultusministeriums, er hörte die Musik um zwei Ecken, betrachtete die feuchten roten Lippen der Mädchen neben sich und nahm ihr Chanel und Houbigant wahr, das auf ihrer Haut ganz fremd roch.
Am nächsten Abend konnte er es mit einer anderen Haut vergleichen. Wieder brannten die Lichter am Christbaum; man konnte sie durch die offenen Türen sehen. Der Hund war in der Küche eingesperrt.
Schöne Tage. Schöne Abende. Schöne Nächte. Er war in fröhlicher Stimmung, als er sich am Mittwoch hinsetzte und folgenden Brief schrieb:

»Paris, den 27. Dezember

Mademoiselle,

Sie haben mich mit Ihrem Weihnachtsbrief und den frommen Wünschen beschämt. Und von mir keine Zeile! Das tut mir nachträglich sehr leid.
Mich tröstet, daß wir uns wenigstens um Mitternacht kurz gesehen haben. Ich war überrascht, wie reizend Sie sind! Natürlich hatte ich Sie schon durch die befrorene Fensterscheibe erkannt; an Ihrem Nasenverband.
Mademoiselle, diesmal, zu Silvester, will ich es sein, der Ihnen zuvorkommt. Ein Jahr geht zu Ende, ein neues beginnt. Wenn ich Ihnen für das neue wünsche,

daß der Zwiespalt von Ihrem Herzen genommen werde, ist das richtig?

Ihr
M.«

Als der Brief expediert war, fiel ihm ein, daß er vergessen hatte, ihren rumänischen Schlußsatz zu erwähnen. Dann schien es ihm besser so. Ehrlicherweise mußte er sich gestehen, daß es ihn nicht übermäßig interessierte. Wenn jetzt noch rumänische Hieroglyphen hinzukämen, würde es lästig.
›Etwas herzlos‹, dachte er und versuchte sich vorzustellen, mit welcher Freude sie vielleicht ihre kleinen geheimen Botschaften niederschrieb. Das nächste Mal würde er sie fragen.
Zu Silvester blieb er ohne Nachricht. Er vermißte sie nicht, aber er wunderte sich. Er verbrachte die letzte Nacht des Jahres in Gesellschaft, die sich ihrer Pflicht, lustig zu sein, bewußt war und von ihm das gleiche erwartete. Er war also lustig. (Drei Glas Champagner) Hinterher klappte seine Stimmung natürlich zusammen, und er fand, daß der – der (Schopenhauer? Renan?) recht hatte, wenn er von den Menschen sagte:

»Wären es Bücher gewesen,
ich hätte sie nicht gelesen.«

In diesem Augenblick wünschte er, es würde ein Brief aus Vallonville da sein. Aber es war am Neujahrsmorgen um zwei Uhr keiner da.

Er kam erst zwei Tage später.

»Vallonville, den 31. Dezember
(das ›Poste restante‹ fehlte)

Iubitul noptilor mele!

Es ist 9 Uhr abends; noch drei Stunden, dann ist das neue Jahr da. Aber wenn Sie diese Zeilen lesen, Monsieur, hat es schon begonnen. Ich weiß, daß Sie Silvester fröhlich gefeiert haben werden (Ist das grammatikalisch richtig?). Es ist jetzt, während ich dies schreibe, noch etwas früh, doch ich sehe Sie schon in einem Lichtersaal sitzen, ganz in Schwarz, was Ihnen so gut steht, und höre Sie auch schon lachen. Dabei wissen Sie gar nicht genau, Monsieur, worüber, denn Sie haben nicht zugehört, Sie waren in Gedanken weit weg, bei mir. Sie haben sich in diesem Augenblick gefragt, ob ich wohl Ihren Neujahrsbrief hätte. Ja, Monsieur. Er kam gestern, ich war zweimal auf der Post.
Ich bin ganz perplex – und eigentlich auch wieder nicht –, wie Sie es wissen konnten, daß sich mit dem neuen Jahr mein Leben wenden würde. Ihr Wunsch wird in Erfüllung gehen, mein Herz ist ruhig, ich bin heimgekehrt.
Das muß ich erklären. Es wird zugleich mein letzter Brief sein.
Es ist ein Ereignis eingetreten – nein, ich muß es anders sagen: es ist etwas wahr geworden, was ich nicht zu

hoffen wagte; nichts Geheimnisvolles; ein Traum, ganz einfach Traum. Ich träume des Nachts. Ich träume von Ihnen.

Seit ich Sie kenne, vor allem aber seit ich mit Ihnen sprechen kann, habe ich ein leidenschaftliches Verlangen gehabt, mit Ihnen zusammenzusein; ich habe mir hundertmal am Tage, hundertmal am Abend die Illusion heraufbeschworen, die Illusion, die ja so schwächlich ist, die Phantasie, die nachher so beschämend ist, die Selbsttäuschung, die ein Dieb ist.

Ich habe in solchen Stunden nie vergessen, was Sie in Ihrem Essay »Über das Erleben« geschrieben haben. »Man kann nicht erleben wollen, man erlebt. Kein Erlebnis gelingt durch Vorstellung, es bliebe das Erlebnis der Vorstellung, nicht der Sache. Das Gehirn erlebt nicht, die Seele erlebt.«

Ich brauchte jetzt eben nicht nachzuschlagen, Monsieur, glauben Sie das nicht; ich weiß die Stellen auswendig. Ich muß sie Ihnen ins Gedächtnis zurückrufen, damit Sie mich verstehen können. »Der Traum«, haben Sie dann geschrieben, »der Traum jedoch ist, so akausal, so gesetzlos er sein mag, kein vorgetäuschtes Erlebnis, die Nervenreize nehmen nicht irrigen Anteil, es gibt keine irrige Anteilnahme. Ein Erlebnis ist ein Erlebnis, es gibt kein irriges.«

Haben Sie noch etwas Geduld, Monsieur, ich muß weiter zitieren, denn ich bin sicher, Sie kennen Ihre lange zurückliegende Arbeit nicht mehr gut. Ich kann sie im Schlaf hersagen.

»Wenn ein Mann«, schrieben Sie, »im Traum einen Geschlechtsakt mit einer Frau vollzieht, so hat er diesen Akt erlebt. Dagegen hat er die gleichzeitig stattgefundene Atmung seines Körpers, also einen Vorgang ostentativster Realität, nicht erlebt. Nicht alles Reale wird erlebt, nicht alles Erlebte war real.«
Mir ist, als hätten Sie das nur für mich geschrieben. Seitdem, iubitul meu, habe ich nur noch einen Wunsch, eine Sehnsucht, eine Begierde gehabt: Sie in meinen Traum herzuziehen, herzulocken, herzubefehlen, herzubitten. Ich habe Exerzizien (ich bin sie gewohnt) geübt, die ich nie glaubte, gestehen zu können. (Ist der Satz richtig, Monsieur?)
Eines Nachts geschah es. Es war in derjenigen Nacht, die meinem Brief vom 21. Dezember vorausging.
In jener Nacht bin ich Ihre Geliebte geworden. Ich habe es erlebt, wenn es wahr ist, daß es keine irrigen Erlebnisse gibt; und es ist wahr. Ich bin in Schweiß aufgewacht. Ich weiß, es ist nicht ästhetisch, aber ich weiß auch aus Büchern, daß es bei Liebenden vorkommt.
Mit diesem Geheimnis beginne ich mein neues Leben. Ein diebisches Geheimnis, ich weiß.
Es geht niemanden etwas an außer Gott, und mit ihm werde ich mich verständigen.
Mein sanfter, wilder Herr meiner Träume, lebe wohl!

Adio. Rǎmas bon.
Te las cu bine.
Ihre treue Dakerin«

Er las den Brief. Er las ihn noch einmal; er verstand ihn nicht.
Natürlich begriff er, was sie über ihre Nächte schrieb, aber er begriff nicht, was sie dazu zwang.
Er ließ den Brief eine Reihe von Tagen ruhen, dann – immer noch nicht klüger – antwortete er:

»Paris, den 8. Januar

Mademoiselle,

warum bricht Ihre Beichte dort ab, wo meine Fragen beginnen? Was für ein verrücktes Leben führen Sie? Muß ich Sie rütteln und schütteln, damit Sie es sagen und ich Ihnen helfen kann? Gut, dann werde ich Sie schütteln und Ihnen wehtun!

Ihr
M.«

Er rechnete. 8. Januar, drei Tage auf der Post, am vierten, spätestens, gelesen, am 13. Januar zurückgeschrieben, drei Tage auf der Post, höchstens vier einschließlich der Sonntage, am 17. in Paris.
Neun Tage.
Am zehnten begann er noch einmal zu rechnen. Am 8. geschrieben, vier Tage auf der Post, am fünften in

Vallonville, am sechsten gelesen (sie konnte ihn nicht früher abholen, sie war sicher erkältet), am 16. Januar geantwortet, fünf Tage auf der Post (ein Sonnabend dazwischen), am 23. in Paris.

Am 24. Januar schrieb er noch einmal.

Am 11. Februar kamen beide Briefe mit dem Vermerk »Nicht abgeholt« zurück. Er hielt sie in den Händen und wollte es nicht glauben.

Er machte jetzt täglich längere Spaziergänge; Herr und Hund durchquerten und umrundeten den Bois de Boulogne oder gingen bis zum Park von St. Cloud.

Mitte Februar bereitete er diesem Zustand ein Ende. Er beschloß, nach Vallonville zu fahren. Nicht mit dem Wagen, sondern mit der Bahn. Die Landstraßen waren tief verschneit.

Der Zug, eisüberkrustet, kam gegen Mittag in Vallonville an.

Das Schneetreiben war dichter geworden. Er erkundigte sich nach der Bürgermeisterei und stampfte los. Sie war leicht zu finden, das einzige Gebäude, das auch in Malakoff hätte stehen können.

Er war sicher gewesen, einen Schritt vor dem Ziel seiner Reise zu sein, aber er wurde enttäuscht. Eine Maria Constanza Dragu war nicht gemeldet.

Es gab die Möglichkeit, daß sie aus einem Nachbarort herübergekommen war. Er trat den Gang zur Post an. (Rasender Schneewirbel. Die Vorstellung, daß das Mädchen jeden Tag hierher gelaufen war, stimmte ihn melancholisch.)

Der Schalterraum war kalt und zugig. Vermummte Eulen saßen hinter den Schiebefenstern, ein Anblick, den er haßte. Er wies sich als Absender der Briefe aus und brachte seine Frage vor.

Bald wurde ihm klar, daß er drauf und dran war zu scheitern. Die Post war nicht befugt, Auskunft zu geben. Man riet ihm, zum Meldeamt zu gehen. Er erwiderte, das läge schon hinter ihm; und er fügte die Bemerkung hinzu, die Gesuchte wohne nicht in Vallonville, sonst wäre sie registriert.

Hier nahm das Gespräch plötzlich eine Wendung, denn es galt, ihn behördlich zu belehren.

Es gäbe sehr wohl Personen, die hier lebten und nicht als Einwohner geführt würden; und man nannte als Beispiel die Insassen der psychiatrischen Klinik.

Ihm war, als hätte er einen Schlag erhalten.

Als er aus der Post heraustrat (Schneegestöber; er schlug den Mantelkragen hoch), fragte er sich, ob er es wirklich wissen wollte. Er fragte es sich noch, indes seine Füße bereits in Richtung der Anstalt vorwärts schritten.

Die Klinik war nicht groß. Ihre drei niedrigen Gebäude lagen tief in den Schnee eines Gartens gebettet. (»Ich ergehe mich allein ein bißchen im Garten«.)

Der Pförtner meldete ihn einem Oberarzt an, und eine Schwester führte ihn hinüber.

Die Unterredung dauerte fünf Minuten. Er nannte seinen Namen, der dem Arzt nichts bedeutete; er brachte, unsicher, wie er es formulieren sollte, seine Frage vor.

Das war alles, was er sagte. Von da bis zur Verab-

schiedung sprach der Arzt. Ein kurzer Windstoß von Worten.
»Monsieur, wie traurig, Sie kommen zu spät! Constanza! Ich wußte übrigens gar nicht, daß sie Dragu hieß. Wie alle unsere Nonnen haben wir sie Mater genannt. Aber das wissen Sie ja wohl alles. Sie war eine Rumänin, sie floh bei einem Krankentransport, kam nach Frankreich, wo das Mutterhaus seinen Sitz hat, meldete sich dort und wurde als dienende Nonne unserer Anstalt zugeteilt. Mater Constanza.
Noch jung. Eine wunderbare Pflegerin; mehr als das natürlich, denn sie hatte Medizin studiert. Klug, sehr klug. Ausgeglichen, ohne Zwiespalt, heiter, gläubig. Wir waren betroffen, als sie uns sagte, daß sie uns verlassen würde. Sie hat es wahrgemacht. Sie hat das Mutterhaus gebeten, in ein Kloster gehen zu dürfen. Weg, aus, verschwunden. Für immer verschwunden aus dieser Welt, in der sie so glücklich schien, nie glücklicher als in den letzten Tagen. Ein kritischer Intellekt, ein normales Gefühlsleben, ein funktionierendes Gehirn – verzeihen Sie, ich bin Psychiater.«
Ein Lieferwagen bot ihm Gelegenheit, mit zum Bahnhof zu fahren.
Am Abend war er wieder in Paris.
Einmal noch schrieb er nach Vallonville (ihn quälte, daß er vergessen hatte, etwas zu fragen), und zum letzten Mal kam aus Vallonville eine Antwort zurück.

»Vallonville, den 28. Februar
Psychiatrische Klinik

Es bedarf keiner Entschuldigung, Monsieur, Sie belästigen mich keinesfalls, und ein paar Zeilen bedeuten keine Mühe. Nur wundere ich mich über Ihre Frage; sagten Sie nicht, daß Mater Constanza Ihnen aus Rumänien bekannt war? Sie müssen sie doch gekannt haben? Nun gleichviel. Sie war eher klein als groß, zierlich, eine der schönsten Frauen, denen ich je begegnet bin. Das Gesicht eines Engels. Eine morphologische und organographische Bestimmung meinten Sie ja wohl nicht.«

WEINSBERG
oder
Die Kunst der stachligen Liebe

Geschrieben 1963

Ihren eigentlichen Anfang nahm die Reise erst, als sie sie hinter sich hatten. Vier Stunden lang war es kein Unterschied, ob sie zum Mond geschossen worden wären oder hier auf der Autobahn fuhren. Die Fahrt war ein einziges Ducken und Atemanhalten. Das Motorrad machte hundertzwanzig Stundenkilometer, und das Mädchen pflegte davon nie anders zu sprechen als in dem Ausdruck, die Maschine habe sie, hierhin oder dorthin, mit hundertzwanzig »gerissen«. Jetzt riß sie sie mit hundertzwanzig nach Weinsberg; der Windstrom brannte wie ein Sandstrahl in ihrem Gesicht, und wenn der Rücken vor ihr sich einmal tief über die Lenkstange beugte, warf es das Mädchen fast vom Sitz. Sie preßte die Schenkel fest zusammen. In solchen Augenblicken stieg ein Gefühl in ihr hoch, auf das sie jedesmal wartete, das aber ganz gewiß nicht hierher gehörte.
Bäume, Schilder und Manschettenkacker in ihren Mercedessen schossen vorüber; der Wald rannte an Hügeln auf und ab, und wenn er nahe an die Autobahn herantrat, stand er rechts und links dick wie eine Mauer. Kurz vor Weinsberg öffnete er sich, die Maschine schoß aus dem grünen Tunnel ins Sonnenlicht heraus und legte

die letzten Kilometer vor. Das Mädchen duckte sich mehr zusammen und schiefte den Kopf nach links: Da lag Weinsberg. Schokoladenbraune Dächer im Rauch der Kamine, aus der Talmulde kommend und sanft auf den Höhenrücken kletternd. Auch die Burgruine war da, wie es der Meyer versprach. Die Bergschatten waren wie verschossene blaue Seide und die Hänge voll von Wein. Ein vergessener Sommertag.
Der Zubringer verließ die Autobahn, die unordentlich zwischen Geröll endete, und wandte sich im großen Bogen der Stadt zu. Die Maschine verlangsamte die Fahrt, der Wind nahm die glühenden Nadeln weg und wurde wieder ein Hauch. Die ersten Häuser kamen, pfui Teufel, dachte das Mädchen, mittlere Beamteneinfahrt, Villen, Prokuristen, Vollkasko, wo findet die Seele die Heimat, die Ruh. Das Motorrad blubberte auf die Esso-Station zu.
Das Mädchen ließ sich aus dem Sattel rutschen. Während sie noch etwas wacklig auf den Beinen stand, sog sie den Geruch des heißen Motors mit solchem Vergnügen ein, daß sie ihre Nase kräuselte. Dann machte sie drei Kniebeugen, um den steilen Hosen, in denen sie steckte, Gelegenheit zu geben, sich wieder zu benehmen.
»Zehn Liter«, sagte der Junge zum Tankwart, »Spätlese.«
Er drehte sich um und trat zu dem Mädchen:
»Hallo, Bele! Auch hier?«
»Tag, Hannes«, antwortete sie, »wo bünn ich?«
»In Unna. Wie geht's?«

»Gut.«
»Hast du den Bussard über dem Taubenschwarm gesehen?«
»Ja.«
»Den Peugeot auf dem Grasstreifen?«
»Ja.«
»Die Kartoffelfeuer?«
»Ja.«
»Die Rehe?«
»Ja.«
»Die Füchse?«
»Ja.«
»Die Wölfe?«
»Ja.«
»Die Elefanten?«
»Ja.«
»O weh, ich bin wohl zu schnell gefahren, wie?«
»Nein, es war herrlich.«
Er strich ihr das Haar aus der Stirn: »Mein tapferes kleines Frauchen.«
»Das macht«, sagte der Tankwart angewidert, »sechs Mark zwanzig.«
»Das macht«, wiederholte der junge Mann, »das macht, es hat die Nachtigall die ganze Nacht gesungen, da sind im Hall und Widerhall die Rosen aufgesprungen. Sie war doch sonst ein wildes Blut, nun geht sie tief in Sinnen. Theodor Storm. Auf sechs Mark fünfzig, bitte. Für dreißig Pfennig bitte ich um Auskunft. Ist dies der Ortsanfang oder das Ortsende?«

»Sechs zwanzig und drei achtzig macht zehn Mark«, sagte der Tankwart, »auf Wiedersehen.« Er begab sich in sein Glashaus.
Das Mädchen wackelte mit dem Kopf. Ihr Gesicht hatte sich etwas gerötet.
»Wieso?« fragte der junge Mann. »Was hat der Benzinsklave?«
»Du standest mit dem Absatz auf seinem Nerv.«
»Tierisch. Sitz auf, Bele, die Ehrenjungfrauen sind da!« Er lenkte die Maschine wieder auf die Straße ein und fuhr im ersten Gang hinter der Gruppe von alten Damen her, die stadteinwärts zogen. Das Mädchen fingerte aus der Satteltasche ein Kofferradio heraus und begann, freihändig sitzend, die Stationen abzusuchen. Sie fand so etwas Ähnliches wie Marschmusik und drehte auf. Langsam rollten sie, vor sich die Damen, hinter sich einen hupenden Omnibus, in Weinsberg ein.
»Warum«, schrie der junge Mann über die Schulter zurück, »warum, Bele, sieht man kein Lächeln in der Volksmenge? Sieh dir diese Gesichter an!«
»Ich versteh' nicht, Hannes!«
»Was?« brüllte er. »Was verstehst du nicht, meine Worte oder meine Frage?«
»Deine Worte, Hannes. Ich drehe das Radio ab.«
»Nein, dreh es nicht ab, das ist kein Gegner für mich.« Er verstärkte die Stimme. »Ich sagte, die Leute scheinen uns gram zu sein. Wir kommen hier vergnügt an –«
»Wie?«
»– wir kommen hier vergnügt an, um in dieser Perle

des Mittelalters drei Tage Ferien zu machen, wir denken uns das hübsch und idyllisch, und fröhlich wollen wir –«

»Hannes!« schrie das Mädchen in sein Ohr.

»Ja?«

»Sieh mal, Gelübter, vielleicht ist gerade jemand in einer Parterrewohnung dabei, den Krebserreger zu entdecken, und da fühlt er sich gestört.«

Der junge Mann nickte. Er nickte wiederholt vor sich hin. Dann schaltete er, da in diesem Moment die Straße abfiel, den Motor aus. Das Mädchen drehte das Radio ab.

»Ja«, sagte er, »in der Tat! Du hast ein rührendes Herz. Ich will auch ein so guter Mensch werden.«

Der Omnibus schob sich, ehe sie antworten konnte, donnernd vorüber, und der Schaffner, weit aus der Tür hängend, bellte: »Zum Militär! Zum Militär!« Es spritzte wie ein Schuß vor ihren Bug.

Der Junge war bei diesem Wort überraschenderweise sofort auf hundert Grad, er warf den Kopf herum und feuerte blind zurück: »Dieses Kommißbrot! Bele, halte mich, oder ich stutze ihm die Triebe!«

»Mein Gott!« rief eine Dame.

»Ja! Mein Gott!« schrie der junge Mann, er bekam einen hochroten Kopf, schlug den Gang herein und rauschte davon.

Er rauschte die Haller Straße hinunter, in die Hauptstraße hinein, die niedrigen Häuserzeilen entlang. Als er rechter Hand die Straße sich zu einem schiefen, an den Hügel gelehnten Platz erweitern sah, warf er die Maschine herum, schwenkte ein und kippte in eine Lücke zwischen zwei parkenden Autos. Er streckte die Beine aus und blieb ein paar Sekunden so sitzen.

»Mein armer, kleiner Halbstarker«, sagte Bele und küßte ihn in den Nacken. Er lachte ein bißchen.

»Willkommen in Weinsberg!« Sie drehte sich mit einer Pirouette aus dem Sattel und machte drei Kniebeugen, um den steilen Hosen, in denen sie steckte, Gelegenheit zu geben, sich wieder zu benehmen.

Bele glaubte, daß dieser schiefe Teller das Zentrum von Weinsberg sei. Sie deutete auf die feinen Pflastersteine, mit denen der Boden gepunzt war, auf die Unzahl der elf parkenden Autos und auf das neue, große Giebelhaus, das sich eine Beischlagtreppe geleistet hatte.
»Sieh dir, Hannes«, sagte sie, »bitte, nur einmal die Mienen der Leute an, die da hineingehen und herauskommen. Sorglos sind, wie du feststellen wirst, nur die, die eine Akte unter dem Arm tragen. Das deutet auf Amt. Du kannst mir vertrauen, Papa ist Oberinspektor.«
Hannes legte die Hand an das Kinn.
»Hat viel für sich, Bele, gewiß, scheinbar. Doch würde das aller Erfahrung über mittelalterliche Perlen ins Gesicht schlagen. Der Mittelpunkt ist die Kirche. Du kannst mir vertrauen.«
»Weil dein Pappi Gesangbücher druckt? Oh, Hannes, wie schön ist dein Kindesgehorsam! Ich liebe deine Einfalt. Aber schau mal: Hier, Hannes, hier und nicht dort oben, wo du die Kirche erblickst, pulst das Leben. Ich bezweifle, daß man dort hinauf überhaupt mit einem Auto gelangen kann, und wohin man mit einem Auto nicht kommt, kann nimmermehr das Zentrum sein. Hier

dagegen hast du alles, den kleinen, süßen Springbrunnen von 1870, das Amt, die Polizei, denn dort im Hof stehen, wie du dich überzeugen kannst, die grünen Käfer, die dein Freund, dein Helfer sind; dann haben wir hier die Freitreppe, die schwarze Tafel, den Gasthof . . .«
»Und wo ist das Kino?«
»Das ist wahr! Das Kino fehlt. Sie werden keins haben.«
»Es wird am Bahnhof sein.«
»Sie werden keinen Bahnhof haben.«
»Schnaps! Was erwartest du eigentlich von Weinsberg?«
»Daß es möglichst vieles nicht hat, Hannes. Ich würde so gern mal Ferien von Form im Raum machen.«
»Du bekommst dein Nippes. Gleich begebe ich mich auf die Suche nach dem baufälligsten Gasthaus, das das Klo auf dem Hof und unter dem Bett eine Falltür hat.«
»Wie schön, Hannes!« rief das Mädchen. »Was wärst du für ein himmlischer Fernseh-Regisseur! Lasset uns noch ein Weilchen schwelgen! Die Dielen, Hannes, müssen schwarzbraun sein und knarren; zerschlissene Tüllgardinen, so groß wie meine Hand oder noch größer, sollen vor den Fensterhöhlen hängen und im Zug der verquollenen Ritzen wehen. Ein Reliefdruck muß über dem Bett hängen, etwas schief, an einem großen blauen Nagel; ein marmoriertes Lämpchen, dessen Loch im Schirm geschickt der Wand zugedreht ist, soll ein mildes Zehn-Watt-Licht verströmen und beständig auf dem nie entlüfteten Nachttisch hin und her rutschen. Berührt man den Stuhl – denn auch mit einem solchen ist der Raum ausgestattet –, so nieselt er Holzmehl aus

den Beinen. Nachts, gegen zwölf Uhr, beginnen die Schaben ihre possierliche Wanderung durch das Zimmer, während der Mond über der uralten Burgruine steht und nach Altväterweise dem Provisor, dem Rektor und dem Veterinärrat vom Wirtshaus ›Zur Reblaus‹ durch die stille Nacht heimleuchtet. Warum kratzt du dich? Bloß, weil ich Reblaus gesagt habe?«
»Die Insassen meiner T. H. deuten gelegentlich an, daß sie dich, liebe Bele, für einen ganz schweren Föhn halten; ich sehe nun, daß du . . .«
»Hannes, mußt du mal? Du mußt doch mal, Hannes?«
»Auch. Jawohl. Du unterbrichst mich. Schön. Ich werde nun in dieses Haus, das du für ein Rathaus hältst, gehen und mich dort ent- und belehren lassen. Wenn einer kommt und dir seine Briefmarkensammlung zeigen will, geh nicht mit!«
Es war das Rathaus; es war's, obwohl es auch die Ortskrankenkasse hätte sein können. Aber es war nicht die Ortskrankenkasse, es war das Rathaus. Das war also das Rathaus, das Rathaus von Weinsberg. Der junge Mann dachte, während er durch die antiseptischen Korridore schritt und das WC suchte: Idiotisch, daß ich immerfort im Kreise denke, das ist das Rathaus, das Rathaus ist das. Das macht das Gesause. Von mir aus kann es das Rathaus sein. Ich muß jetzt erst mal, und zwar unbedingt und sofort. Und dann ziehe ich mir die Kombi aus, man geht auf diesen Fliesen wie ein Taucher auf dem Meeresgrund. In diesem Rathaus.
Er fand und erledigte alles andächtig, den Blick gesenkt.

In diesem Augenblick sah er aus wie ein Klempner, der gedankenvoll vor einem Rohrbruch steht. Darauf zog er sich die Kombination aus und die engen Glencheks gerade, indem er sie etwas herunterließ und mit den Hacken drauftrat. Durch das angelehnte Fenster hörte er vom Hof herauf zwei Männer sprechen. Der eine sagte: Schöner Herbscht, und der andere: Ausgschproche schöner Herbscht. Ein Anlasser ging rocke, rocke, rocke, rocke. Dann kam die eine Stimme wieder: Ha no, er schpringt net on, und die andere: Zeig ihm amol die grüne Hos da, vielleicht schpringet er dann on!

Ja, dachte Hannes, jawohl. Bedienen Sie sich.

Er kämmte sich die Haare, nahm mit den Fingerspitzen noch eine Prise vom Handtuch und trat wieder auf den Flur hinaus.

Er fragte einen Rathäusler, ob es ein Fremdenverkehrsamt gäbe, und man führte ihn einem Mädchen vor, das im Vorzimmer saß.

Bele fragte ihn später: »Was heißt: im Vorzimmer? Von welchem Betreff, Lübling?« und er erklärte ihr die Sache:

»Ein Vorzimmer, mein Kind, empfängt seinen Sinn nicht von dem Nachzimmer, sondern der Sinn ruht in ihm selbst. Daher ist deine Frage blöd. Ist das Nachzimmer beispielsweise unbesetzt, so wirkt sich das in keiner Richtung aus; ist das Vorzimmer unbesetzt, so ist die Welt leer.«

»Aha.«

»Ja. Aber im Vertrauen, Bele: Ich war im Vorzimmer des Bürgermeisters!«

»Oh, Hannes«, rief das Mädchen, »wie erregend! Doch davon später. Sind das Prospekte?«

»Du staunst, wie? Ich habe hier deren zwei, der eine heißt ›Weinsberg, die Stadt der treuen Weiber, des Dichters Justinus Kerner und des Weins‹ und der andere – Moment – der andere heißt ›Weinsberg, die Stadt der treuen Weiber, des Dichters Justinus Kerner und des Weins‹.«

»Die Titel ähneln sich.«

»Wir werden das beim Abendessen genau ergründen. Ich bekam ferner ein Hotel- und Gaststättenverzeichnis und dazu noch einen fast handgeschriebenen Straßenplan, einen sogenannten Wiegendruck. Es kann uns also nichts mehr passieren.«

»Sehr gut. Hast du zufällig erfahren, wo das Zentrum ist?«

»Ich habe es erfahren. Die Ansichten gehen auseinander. Die meisten neigen dazu, eine gewisse Straßenkreuzung als Zentrum zu bezeichnen. Es sind – laß mich nachsehen – es sind –«

»Die Burgherrenstraße und der Gespensterweg.«

»Nein«, sagte Hannes und suchte auf dem Stadtplan, »Hauptstraße und Bahnhofstraße.«

»Hannes«, seufzte das Mädchen, »die Alten sind eine Enttäuschung.«

»Wem sagst du das«, murmelte er.

Er hatte sich in der Hotelfrage entschieden. Bele spuckte andeutungsweise voll Verachtung in den Rinnstein; Komfort hatte über Romantik und der Bauch über die Seele gesiegt; denn ein Einheimischer hatte gesagt, im Burghotel esse man märchenhaft.
Das Burghotel stand genau in jenem Zentrum, von dem sie gesprochen hatten, nicht auf der Kreuzung selbst, aber beinahe. Es schroffte am Bürgersteig aschegrau hoch wie ein Felsbrocken in der Sächsischen Schweiz. Die Parterrefenster aber wirkten anheimelnd, sie waren in kleine Scheiben unterteilt und sprachen für jedes kundige Auge von offenem Herd und Kupferpfannen.
»Hannes«, sagte das Mädchen und legte, ehe er die Klinke herunterdrückte, die Hand auf seine, »warte noch.«
»Ja –?« Das Herz schlug ihr plötzlich bis zum Hals herauf:
»Was ist, wenn sie uns nicht ...«
»Siehst du!« platzte er dazwischen, als hätte er nur auf dieses Stichwort gewartet. »Siehst du, da hast du die dreckige Bande, diese verheuchelten Bierärsche, diese vergammelte Blase mit ihrer Mistwelt! Daß du nur eine Sekunde Angst ...«

»Ich habe keine Angst, Hannes«, sagte sie und schluckte den Kloß im Hals hinunter, »aber ich würde lieber mit dir im Heu schlafen, als hören müssen, daß . . .«
»Ich werde mir ein Kissen vor den Hintern stopfen, damit ich wie sie aussehe«, zischte er.
Aber im nächsten Moment war seine Wut verraucht; er lächelte und öffnete die Tür.
Der Mann hinter dem Empfangstisch trug einen Zahnarztkittel, aber er bohrte nicht. Das blaue Durchschlagpapier knisterte wie seidene Dessous, als Hannes die Rubrik »mit Ehefrau« ausfüllte. Die Uhr über dem Schlüsselbrett hielt den Atem an.
Dummes Zeug natürlich. Der Zahnarzt blickte geduldig auf die schreibende Hand. Dann drehte er sich um und langte eine Auswahl von drei Schlüsseln herab. Er übergab die Zeichen der Kapitulation einem jungen Mädchen, das er aus seiner Rippe genommen hatte.
Beles Kopf war erst wieder klar, als sie zu dritt die Treppen erklommen. Sie dachte: Nun weiß ich, daß mich nur die Hose von meiner Großmutter unterscheidet; sie haben die Welt vereinfacht, aber sicher nicht für uns. Wie Hannes es sagt. Hannes ist süß.
»Gleich haben wir's«, sagte die Kleine vom oberen Treppenabsatz über die Schulter zurück, »dies hier sind schöne Zimmer, aber sie liegen zur Hauptstraße hinaus.«
»Laut?« fragte Hannes.
»Die Zimmer nicht, die Straße.«
»Nicht gut.«
»Dann zeige ich Ihnen unser ruhigstes Zimmer«, sagte

sie, ohne stehenzubleiben, ohne Atempause und ohne an den jungen Mann einen Blick zu verschwenden. Sie war ein Exemplar jenes von Sammlern so hochgeschätzten, aber noch wenig erforschten Typs von schönen Hoteltöchterchen, die in der Kindheit die rotbeläuferten Treppen zwischen den Füßen ängstlicher Gäste hinauf- und herunterstürmen, später im Gastzimmer an einem entfernten dunklen Ecktisch mit dem Schild »privat« sitzen und ewig Schularbeiten machen und dann, wenn noch ein paar Jahre verstrichen sind, zwischen Fortbildungsschule und Im-Hause-nicht-Auffindbarsein einmal kurz helfend zur Hand gehen, ein Zimmer zeigen, ein Bierchen zapfen oder nach Papa rufen. Sie sind spröde wie ein Keks. Alle Vertreter, die am Abend kommen und am Morgen wieder abfahren, tun es mit schmerzlich-zerissenem Herzen.

Das Zimmer war nett. Es hatte einen Hang zum Originellen. Es lag nicht nur zur Hauptstraße hinaus, sondern auch noch zu einer Gasse, deren Kopfsteinpflaster hinter dem Hotel steil zum Berg anstieg. Die Betten standen so weit auseinander, wie das Zimmer es zuließ. Es ließ etwa vier Meter zu, denn man hatte die Diagonale ausgenutzt.

»Alle Hotels in Weinsberg«, sagte die Tochter, »stehen an den Hauptverkehrsstraßen.«

»Na ja«, nickte Hannes, »wo ist schon völlige Ruhe.«

Die Kleine lächelte, als wollte sie sagen: In unseren privaten Schlafzimmern, mein Freund.

»Möchten Sie noch ein anderes Zimmer sehen?«

Hannes schüttelte den Kopf.
»Nehmen Sie dieses?«
Er nickte.
»Dann«, rief sie und schoß aus der Tür, »erreiche ich meinen Bus noch.«

Als sie den kleinen Koffer ausgeräumt hatten, wünschte Bele, sich von Kopf bis Fuß zu waschen. Sie sagte es und wartete. Aber Hannes überraschte sie damit, daß er nicht aus dem Zimmer wich. Er legte ihr das nachtblaue Kleid, das sie mithatte, heraus, die schwarzen Strümpfe und schließlich den Hüftgürtel. »Ich kann's ohne dich, verdammt«, sagte Bele, »sei nicht so ein Schwein!«
Er ging also und wartete auf dem Treppenabsatz, er hockte sich auf den Sims und pfiff zum Fenster hinaus.
Es dauerte eine ganze Weile. Bele fuhrwerkte zunächst wie eine Wilde an ihrem Körper herum, dann, immer noch nackt, schlug sie mit einem dumpfen Peitschenknall die grünen Hosen aus und hängte sie in den Schrank. Darauf kremte sie ihr Gesicht ein und fuhr mit dem Rotstift einmal kurz über den Mund, wobei die Lippen gleich mit dem Farbverteilen begannen. Und dann zog sie sich um, was der Koffer hielt.
Als sie die Treppe herunterkam, strahlte sie wie eine verwitwete Lais.
Hannes sprang auf die Beine, und während er die Hände in die Hosentaschen stopfte, strich er mit einem Blick an ihr herab.

»Du siehst fabelhaft aus, Bele«, sagte er, »fabelhaft siehst du aus! Großes Staunen!«
Sie legte den Arm um seine Hüfte und wiegte sich im gleichen Schritt die Stufen hinab.
Im Restaurant brannten bereits die Lampen in den Nischen, und ein älterer, lächelnder, huschender Kellner ordnete ein Kaltes Büfett, das wie ein bunter Tombolatisch an der Tür winkte, und jedesmal, wenn der Blick des Huschenden auf die beiden am Eingang fiel, lächelte er sie hinaus, bis sie endlich kehrtmachten. Es war noch zu früh.
Sie beschlossen, in der Dämmerung noch ein wenig Luft zu schöpfen. Sie setzten den Fuß vor die Tür und standen in der Sechs-Uhr-Brandung. Hannes kniff vor den blendenden Scheinwerfern die Augen zusammen.
»Fantastisch«, sagte er. Bele lachte.
»Ist doch fantastisch, nicht? Diese Kette von Bürohengsten. Kolossal!«
»Sie haben einen Bahnhof!« schrie Bele.
»Wo?«
»Ich weiß es nicht; aber dort steht: ›Zum Bahnhof‹, folglich existiert einer.«
»Das ist wahr.«
»Ich will hin.«
»Wir werden in dieser Woche nicht mehr über die Straße kommen. Hast du eben den Dreihunderter gesehen?«
»Ja. Aber ich möchte gern den Bahnhof sehen, Hannes. Ich will zum Bahnhof, ehe sie ihn abtragen.«
Er ließ ungerührt den Blick straßauf, straßab schweifen.

»Also, ich staune über diesen Verkehr. Die Hälfte sind Siebzehnhunderter und drüber.«

»Hannes, ich kann mit meinen spitzen Italienern hier nicht ewig stehen.«

Er sah zu ihren Schuhen hinab, in die die langen schwarzbestrumpften Beine mündeten, und sagte:

»Wie doll du aussiehst!« Er blickte sie weiter an. »Bist du gern mit mir hier, Bele?«

»Furchtbar gern.«

»Würdest du gern in einem der Wagen sitzen?«

Sie lachte. »Du fragst wie ein alter Sack.«

»Du bist süß, Bele.«

»Du auch, Hannes.«

Er faßte sie an der Hand und überquerte in einer Lücke der langen Autoreihe die Straße. Sie schienen nun wirklich im Mittelpunkt Weinsbergs zu stehen, der Fleck war zumindest der hellste. Die Apotheke, in ihrem niedrigen Notbau, knallte grelles Licht durch die Schaufenster, die gläserne Omnibuswartehalle strahlte aus ihrem Allsichtbauch, was die Lampen hergaben, und der Magistrat saß mit tausend Kilowatt auf einer modernen Laternenstange. Die Menschengruppe, die trotz Absaugens durch die Autobusse beständig wartete, hatte überbelichtete Gesichter wie bei Marie Laurencin, und die heruntergelassenen Augenlider wünschten allenthalben gute Nacht. Die meisten, die da standen, waren Steuerklasse eins und trugen unsichtbar Tintenfinger. Die Mädchen harrten auf einer Hüfte, und die Männer hatten die Aktentasche vor den Beinen baumeln.

Bele und Hannes setzten sich auf die Bank und ließen den Strom an sich vorübertreiben. Hannes sagte noch ein paarmal »fantastisch« und wunderte sich entschlossen als Fremdling. Bele hatte die Hände in den Schoß gelegt und sich geistig fortbegeben.
Nach einer langen Zeit sagte Hannes:
»Hast du das bemerkt: Dies ist die halteste von allen Haltestellen, die ich je gesehen habe. Der Bus wartet jetzt schon drei volle Minuten. Alle tun das. Worauf warten sie?«
Bele blinzelte. »Merkwürdig.«
»Ja. Und dann sieh mal: Die Straße steigt doch an; denkst du, einer dieser Idioten schaltet? Die Kleinen fahren alle besser.«
Und nach einer Pause:
»Das rauscht ganz schön, nicht?«
Sie nickte, und beide hörten noch bis sieben Uhr dem Lullaby ihrer Kindheit zu.

Sie nahmen dann – das Restaurant war schwach besetzt – in der mittleren Nische Platz. Am Nebentisch saßen einige Dreitonner beiderlei Geschlechts.
Bele aß die Karte einmal rauf und runter, ohne einen Knopf zu öffnen. Zunächst eine Flädlesuppe zu 50 Pfennig, dann Pfifferlinge auf Toast mit Parmesan überbacken zu 1,80, dann einen schwäbischen Rostbraten mit Butterzwiebeln, Weinkraut und handgemachten Spätzle zu 4,50 und, als der Zahnarzt hereinschaute, um nach ihrem Zustand zu sehen, noch ein Omelett confiture zu 2,50 und ein Eis.
Hannes war erst bei der Piccata milanese auf Risotto mit Tomaten angelangt, als sie fertig war. Sie richtete sich auf und drückte, zutiefst von Lust erfüllt, den Brustkasten heraus. Hannes wollte wissen, wo sie das Essen gelassen habe, und suchte unter der Tischdecke ihren Bauch.
»Ich habe keinen, weg!« fauchte sie, »ich hau dir auf die Finger.«
Durch die unklare Untertischaktion war in der Nachbarnische Unruhe entstanden, insbesondere bei einem der Dreitonner, der ungewöhnlich gute Augen haben mußte.

»Soll ich aufstehen und diesen Kreis quadrieren?« fragte Hannes. Aber Bele trat ihm wütend gegen das Schienbein.

Sie verfolgte nun ihrerseits mit Staunen jeden Bissen, den er in den Mund steckte. Sie tat, als nähme es bei ihm kein Ende.

»O Johannes!« sagte sie halblaut, und ihre Augen sprühten Funken, »du frißt und frißt und denkst nicht an die entsetzlichen Folgen, die ein zu weit vorgewölbter Bauch automatisch haben muß.«

»Wieso?« Er schaute sie neugierig an, zuerst gedankenlos, dann schlitzäugig.

»Wieso?« fragte er noch einmal.

»Ach . . . ich meine . . .«

Er beugte sich über seinen Teller. »Sag's!«

»Aber . . .«

»Bitte, sag's!« bettelte er, ohne aufzublicken, »bitte, Bele! Nie sagst du so etwas, und dabei würde es mich verrückt machen.«

»Meine kleine Wühlmaus«, sagte sie leise.

Sie sahen sich jetzt beide nicht an. Hannes stocherte, ohne zu essen, in den letzten Bissen herum, und Bele fixierte die gegenüberliegende Wand. Dabei flüsterte sie nun also weiter, die hübsche kleine gedankliche Ausschweifung mit ihrem unzulänglichen Gedächtnis rekonstruierend. Hannes hätte ihr gern ausgeholfen, aber das Geringste von ihr erregte ihn schlimmer als jeder eigene Gedanke. Der fremde Mund, der sich das abrang, das war es.

So kam es, daß ihr lukullisches Festessen ein schnelles Ende nahm. Es bedurfte keiner Vergewisserung der Übereinstimmung; Hannes, der in diesem Augenblick keinem fremden Blick begegnen wollte, streckte die Hand mit dem Portemonnaie in die Luft, bis der Kellner kam, und zahlte. Als sie sich erhoben – Bele wie eine Sprungfeder, Hannes unter Beachtung aller Vorsicht – dämpften sich die Stimmen ringsum, und die Augen dreier Tischrunden folgten den Glencheks und den langen schwarzen Beinen, die im gleichen Takt und schwingend zur Hoteltreppe schritten.

Unter dem Protektorat des Mondes, im halbdunklen Zimmer, in der schweigenden, anscheinend selbstverständlichen Übereinkunft, sich noch nicht zu berühren, bereiteten sie sich zum Waffengang vor. Die fallenden Hüllen dekorierten den zwischen ihnen stehenden Lampenständer als Weihnachtsbaum; bald neigte er sich zur einen Seite, bald zur anderen. Mit jedem Rascheln wurden die Silhouetten heller; milde, schöne Silhouetten, auf denen sich langsam Berg und Tal abzuheben begann.
Sie tapsten gleichzeitig aufeinander zu, und dann bauten sie, ohne das Bett erreichen zu wollen, ihre lebenden Bilder mit der Ausdauer und Geschmeidigkeit der Jugend.

Hannes erwachte, als es neun Uhr war. Er erwachte von mauzenden Tönen, und es dauerte eine Weile, ehe er feststellte, daß es Bele war, die an Hand dieser Tonleiter aus dem Schlaf kletterte. Es war das erste Mal, daß er mit einem Mädchen eine Nacht, eine ganze Nacht und das seltsame Erwachen geteilt hatte. Bele also mauzte. Er fand es zuerst störend; dann fand er es komisch und schließlich, als ihm alles (er nannte es in Gedanken »alles«) wieder zu Bewußtsein gekommen war, rührend.

Er erhob sich vorsichtig, wusch sich so lautlos wie möglich, zog sich an und verließ das Zimmer mit dem Vorsatz, Blumen zu kaufen.

Auf seinen Lippen lag ein Lächeln, denn er war sehr glücklich über die Idee mit den Blumen. Eine Sekunde lang versuchte sich sein Stolz noch höher hinaufzuschrauben durch die Erinnerung an das ewig muffelnde Erwachen seiner Eltern, aber sein Gesicht verzog sich sogleich. Er mußte sich Mühe geben, zu vergessen, daß die Alten »das alles« auch machten. Er mußte sich ernstlich Mühe geben; er merkte, daß es in ihm gleich wieder kochen würde. Er dachte an die Blumen, aber

er hatte keine große Freude mehr daran. Mit den Händen in den Hosentaschen und absichtlich knickebeinig stieg er in die Halle.
Die Vorstellung, den schon wieder amtierenden Zahnarzt nach einem Blumengeschäft zu fragen, reizte ihn aufs neue. Er ging, ohne dem Gruß zu antworten, aus dem Hause.
Nach zehn Minuten kam er zurück. Er trug eine Rose, eine einzige; was er schick fand. Er trug sie mit dem Stiel in der Tasche; über die Knospe hatte er die Hand in die Hüfte gestemmt.
Bele war wach und fast angezogen, als er ins Zimmer trat. Sie lächelte, und er lächelte auch. Er zog die Rose hervor und sagte:
»Dieses Gemüse ist für dich. Von deinem dich liebenden und so weiter.«
Sie nahm die Blume und tat, was alle Menschen als erstes tun, sie roch daran.
»Die Maschine«, fuhr er, zum Fenster tretend, fort, »ist auch noch da.«
»Guten Morgen, Hannes.«
»Morgen, Bele«, sagte er, ohne sich umzudrehen. Sie trat hinter ihn und legte ihm, die Rose krampfhaft in der Rechten, beide Arme um den Hals. Sie hakte das Kinn über seine Schulter und schaute eine Weile den weißen Wolken zu, die am Himmel spazierenfuhren.
»Hannes – ist das alles wahr?«
»Na, es wird wohl Zeit, nicht? Wie alt sind wir denn!« antwortete er, ohne den Kopf zu wenden.

»Ich bin furchtbar jung und du auch, Hannes. Dein Vater würde sagen, gewogen und zu leicht befunden.«
»Ja, ich weiß. Bei denen geht's nach Gewicht.«
Sie lachte. »Ich möchte mit dir jetzt rasch einmal ein Stück fahren. Ich habe so große Lust auf hundertzwanzig.«
Er drehte sich um. »Verrückt, Bele. Aber warte, dich mache ich schon noch fertig. Komm, jetzt gehen wir frühstücken.«

Beim Frühstück (zweimal heiße Schokolade, Kaffee ist Plörre) machte Bele nun Ernst mit der Entdeckung Weinsbergs. Während Hannes aus dem Rest des Brötchens Männchen formte, breitete sie die Prospekte vor sich aus und begann, sie zu studieren.

»Der Bürgermeister läßt dich schön grüßen«, murmelte sie zwischendurch.

»Ich setze ihm gerade ein Denkmal. Lies vor.«

»Lieber Gast! Wir begrüßen Sie und danken Ihnen herzlich für Ihr Interesse, daß – mit ß – Sie der schönen Weinstadt an der Weibertreu entgegenbringen. Für Ihren Aufenthalt bei uns wollen wir Ihnen einige Hinweise geben.«

»Gern.«

»Lage: 198 m über N Punkt N Punkt. Ende der Autobahn Stuttgart-Heilbronn a Punkt N Punkt. Jetzt kommt Geschichte.«

»Die machen wir später. Nur noch den letzten Satz!«

»Ortskennzahl 07134.«

»Famos. Soweit sind wir jetzt also orientiert.«

»Nun kommt der andere Prospekt, Hannes.«

»Ist er nicht der gleiche?«

»Wo denkst du hin!«
»Wie findest du meinen Bürgermeister?«
»Das soll ein Bürgermeister sein? Das ist der Pastor.«
»Warum?«
»Er ist zu dünn. Außerdem ist er schwarz. Wieso ist er übrigens so schwarz, wir hatten doch gar kein Schwarzbrot? Hast du dir nicht die Hände gewaschen?«
»Brotmännchen werden immer schwarz. Gib mir mal den Salzstreuer.«
»Wozu?«
»Es ist ein älterer Bürgermeister; mit weißen Haaren. Lies weiter!«
Bele nahm den zweiten Prospekt vor.
»Landschaft und Stadtbild, geschichtliche und geistesgeschichtliche Erinnerungen lassen einen Besuch Weinsbergs gleichermaßen zu einem einmaligen Erlebnis werden . . .«
»Ist das ihr Ernst?«
»Bitte, unterbrich nicht dauernd. Und nimm dein Knie weg, ich trete dir auf die Zehen. Ich fahre fort: Am schönsten bietet sich die Stadt beim Anblick von Süden dar; stufenweise erheben sich die Giebelreihen über dem Talgrund bis zu dem langgestreckten Umriß der Kirche aus dem dreizehnten Jahrhundert, wundervoll ist die ganze Stadt in die Landschaft gebettet, angelehnt an ihr größtes Wahrzeichen, den edelgeformten Bergkegel der ›Weibertreu‹. Er trägt eine Krone von Mauerzinnen und dunklen Bäumen. Mit der mittelalterlichen Burg ist die Kunde von den wackeren Wei-

bern verbunden, die im Jahre 1140, als Konrad III. die zu den Welfen haltende Burg zur Übergabe zwang, als kostbarstes Gut ihre Männer auf dem Rücken den Berg hinabtrugen. Der König, der den Frauen zugesichert hatte, daß sie so viel retten dürften, wie sie tragen könnten, stand zu seinem Wort und verschonte die Männer. In Lied und Dichtung ist seitdem – Hannes, ich muß sofort auf die Burg! Das ist ja nicht zum Aushalten schön!«

»Gut. Fahren wir.«

»Fahren? O du entsetzlicher Spießer! Was sage ich: du verabscheuenswürdiger Halbstarker, du Fan, du Twen – hilf mir, was gibt es noch ...«

»Lümmel. Lümmel paßt immer bei 21 Jahren.«

»Ach, Gelübter, wenn du Lümmel sagst, werde ich reizüberflutet. Lümmel, Hannes, wird mich immer davor schützen, daß ich mich einmal an einen saturierten Bezirksvertreter verliere. Lümmel ist so furchtbar vergnügt und so neugierig und so aalig. Aalig!«

»Bele, ich glaube, bei dir piept's.«

Sie sah ihn lächelnd an. Dann sagte sie:

»Hiermit, verehrter Hörer, ist unsere Sendung Musik zur frühen Stunde beendet. Gehen wir?«

»Gehen wir.« Er stand auf. »Ich glaube, mir dämmert's nachträglich. Du bist süß, Bele.«

»Nein, du, Hannes.«

Sie zwängte sich hinter dem Tisch hervor und machte schnell eine Kniebeuge, um ihren steilen Hosen Gelegenheit zu geben, sich zu benehmen.

Das Kopfsteinpflaster, das hinter dem Hotel bergan stieg, hieß Seufferheldstraße; sie ließ das Ansteigen aber bald sein, lief einfach ein Stockwerk höher als die Hauptstraße weiter und nahm ein zwiespältiges Gesicht an. Auf der linken Seite sah sie mit ihren niedrigen, alten Häusern aus wie eine brave, runzelige Frau, auf der Rechten war sie nackt, aber so appetitlich wie eine Schäferin im Grase. Sogar der Parkplatz fehlte nicht, eingeschnitten in den buschig bewachsenen Hügel.

Die Straße endete zur Überraschung Beles und Hannes' auf dem schiefen Rathausplatz, mit dem sie ein freudiges Wiedersehen feierten. Einst (gestern) waren sie am unteren Ende gewesen, jetzt standen sie am oberen, und er war immer noch gleichermaßen gefällig. Aber er war gefällig gefällig; hier oben schlossen Bäume und Büsche ihn ab, durch die eine steile Montmartretreppe zur Oberstadt und der alten Kirche führte. Laternen standen in ungewöhnlicher Gemütlichkeit auf den Treppenabsätzen, und von Stufe zu Stufe begleitete sie linker Hand eine Zeile von Giebelhäusern, die prospektreif waren.

»Wenn mir jetzt noch ein Pferd begegnet«, sagte Han-

nes, »ist das Maß voll, und ich fange an, althochdeutsch zu sprechen.«
»Du darfst nicht zu viel verlangen, Gelübter. Nicht immer ist dort, wo das Auto nicht mehr hinkommt, das Revier des Pferdes. Zum Beispiel die Treppe. Bitte«, fuhr sie in einem Atemzug fort, »geh etwas langsamer, Hannes, beim Steigen schneiden meine Hosen so ein. Diese Treppe ist sehr romantisch, aber den Rittern muß dabei ihr Geschirr furchtbar geklemmt haben, meinst du nicht? Ob die Ritter im Gasthof ihre Rüstung vor die Tür gestellt haben, wie wir die Schuhe? Ich würde dich gern einmal in einer Rüstung sehen, Hannes. Vor dem Schlafengehen. Und dann müßten die Scharniere eingerostet sein.«
Er schielte sie eine Weile von der Seite an.
Als sie ihm mit großem Wimpernaufschlag entgegenblickte, sagte er:
»Dich kriege ich schon noch zum Schwitzen, Bele.«
Sie lachte. »Mein Chef, der sehr romantisch ist und . . .«
»Laß mich bloß mit deinem Regierungsbullen in Ruhe! Wenn ich diese Figuren nur von weitem sehe, reicht's mir schon. Romantisch! Verschwiemelt, meinst du!«
»Aber ich liebe Romantik, Johannes!«
»Ja doch, verdammt! Ich bin auch nicht aus Gußeisen! Was ist denn das für eine Logik!«
»Schrei doch nicht so!«
»Ich bin vollständig ruhig.«
Sie lachte von einem Ohr bis zum anderen und wippte die Stufen auf den äußersten Zehenspitzen aufwärts.

»Du bist ein Aas, Bele. Ich kann verstehen, daß die Alten auf euch scharf sind.«

»Mein ekliger kleiner Affe! Ich liebe dich.«

»Ich dich auch, Bele.«

Die Treppe endete zu Füßen der verwitterten Kirche auf einer Terrasse, von der man über das Tal sah, sofern nicht der Rauch dazwischen war, der schaukelnd und duselig zwischen den Spitzdächern aus den Kaminen stieg. Die Giebel konnte man beinahe mit der Hand berühren, und in die engen Höfe hätte Bele spucken können, ohne sich weit über die Brüstung zu beugen, was sie aus Vorsicht vor Hannes auch nicht getan haben würde. Und ›tief unten‹, jenseits des schiefen Rathausplatzes, brauste der Verkehr vorüber, den die Fachleute Gummiverkehr nennen; was sie nicht tun sollten.

Auf der Terrasse, vor der Breitseite des Chores, stand auch ein Denkmal. Hannes tippte auf Martin Luther, Bele auf Konrad III.

»Konrad III.!?« höhnte Hannes, »mit dieser Kleidung?«

»Wieso?« erwiderte Bele, »die ist doch tadellos.«

Aber es war ein Mann namens Oekolampadius. Dieser rätselhafte Mensch beschäftigte die beiden von nun an eine ganze Weile. Oekolampadius, murmelte Hannes, um das Wort nicht zu vergessen, bis Bele einfiel, daß man ihnen wohl auch im Ort mit dem Namen aushelfen konnte, da das Denkmal sicherlich einigen Bewohnern nicht entgangen sei. Hannes verzichtete auf eine Antwort, aber er ließ das Murmeln.

Sie gingen um die Kirche herum, die gen Norden noch

von der alten Stadtmauer eingeschlossen war, und traten durch ein kleines Tor (›Burgtörle‹, Name rechter Hand angetafelt) ins Freie.
Da lag sie, die Weibertreu, dreihundert Meter vor ihnen auf dem weinbestandenen niedrigen Bergkegel!
Der Weg führte zwischen Weingärten bergan, die hinter Stacheldraht in der Sonne dösten und einem Herrn Jean Meyer damit Geld verdienten. Die Gartenmauern strahlten fast sommerliche Wärme zurück. Kein Mensch weit und breit und die einzigen Stimmen die der Vögel. Hannes und Bele gingen, die kleinen Finger ineinander verhakelt, schweigend und langsamen Schrittes den steilen Pfad aufwärts. Auf den letzten hundert Metern verwandelte sich der Weg in eine Treppenserpentine mit mehreren Ruhebänkchen, die jedermann unweigerlich das Gefühl einer Hochtour vermitteln mußten. Hannes und Bele natürlich schlenderten an diesen rundblickheuchelnden Sofas vorüber.
So gelangten Hänsel und Gretel zum Burgeingang und waren baß erstaunt, dort ein Fremdenverkehrsknusperhäuschen vorzufinden. Es sperrte den Eingang; zwar nicht direkt, aber alle Ausweichmöglichkeiten waren durch Erdarbeiten so geschickt aufgerissen, daß man in Greifweite vorüber mußte.
Eine Dame, die im Inneren auf einem Diwan bei Radiomusik Kaffee getrunken und strickend die Zeiten überdauert hatte, streckte die Hand aus dem Fenster und kassierte eine Maut von je dreißig Pfennig, was den bärtigen Schliemann, der beim Ausgraben der Reste

der Reste war, mit froher Zuversicht auf seinen Sold zu erfüllen schien, denn er begann sofort zu schippen.

»Nette Burg«, sagte Hannes mit einem Rundblick, »schade, daß sie nur noch die Kelleretage hat. Wofür kassieren Sie eigentlich den Zaster?«

»Für die Erhaltung.«

»Ihre?«

»Nein«, sagte die Dame beleidigt, »der Burg.«

Hannes staunte. »Was soll denn hier noch kaputt gehen?«

Er erhielt keine Antwort. Er sah nur die Augen in abgründiger Verachtung auf sich gerichtet. Sie hielten den Blick länger aus als er.

»Haben Sie viel Geld in der Kasse?« fragte er, Rache in den Augen, »haben Sie ein Telefon?«

»Ein Telefon?«

»Ja. Können Sie von hier zur Not jemand herbeirufen?«

»Ich – was wünschen Sie, wer sind Sie?«

»Ich bin Klaus Störtebeker . . .« In diesem Moment kickte ihn Bele wütend in die Kniekehle, und da er nur auf einem Bein gestanden hatte, fuhr er vor dem Fenster der inneren Dame wie ein Fahrstuhl abwärts.

»Aber Sie haben Glück«, vollendete er, als er wieder hochkam, »heute habe ich dienstfrei. Wo geht's lang?«

»Sie beginnen«, sagte die Zöllnerin erschöpft, »am besten links und enden rechts.«

». . . enden rechts. So ist das Leben«, nickte Hannes. Er hakte Bele unter, und sie wandten sich zum Gehen. An dem Zucken ihrer Schultern merkte er, daß sie lachte.

»Die gute Alte«, sagte er und hieb die Hände zufrieden in die Taschen.
»Die gute Alte«, ahmte sie ihn nach. »Bilde dir bloß nicht ein, daß ich lache. Ich möchte nur wissen, warum du so eklig bist.«
»Ich bin doch nicht eklig! Ich mach' denen doch bloß buh-buh, wenn sie ihren Kamm aufstellen.«
»Wer?«
»Die Säcke.«
»Ach, mein kleiner Popocatepetl!«
»Wieso?« fragte er mißtrauisch.
»Der speit auch immer.«
»Na schön –«. Er zog den Mund von einem Ohr zum anderen, machte kehrt und ging noch einmal zum Knusperhäuschen zurück. Die innere Dame sah ihn mit Unruhe kommen.
»Ich habe heute noch nicht meine gute Tat vollbracht«, sagte er, »ich möchte Ihnen eine Ansichtskarte abkaufen.«
In der Dame arbeitete es. Er fuhr fort:
»Das Beste, was Sie haben. Preis spielt keine Rolle. Was ist zum Beispiel das hier? Eine Zeichnung von Hans Baldung Grien? Respekt! War der mal hier? Aber vor Ihrer Zeit, wie? Die kaufe ich. Können Sie sie mir zuschicken? Ach, wissen Sie was, ich nehme sie gleich mit.«
Er legte das Geld auf das Fensterbrett, lächelte freundlich und trabte davon.
»Hannes«, zwitscherte Bele, »wer ist Hans Baldung Grien? Ein alter Maler? Er muß sehr alt sein, er hat die

Burg noch unzerstört gesehen. Warst du nett zu der Frau?«

»Ehrensache.«

»Gut. Und nun, Hannes, möchte ich mich ins Mittelalter begeben.«

Sie zog die Prospekte hervor.

Er blickte ihr über die Schulter, und als er die lange Reihe von Geschichtszahlen sah, wurde er nervös.

»Ich glaube, das brauchen wir nicht zu lesen. Sieh mal, hier oben stehen in der Hauptsache Bäume, und was den einzigen Stockzahn von Turm da betrifft . . .«

»Schnecke, ins Haus! Hörst du jetzt zu oder nicht?«

Hannes seufzte. Er hockte sich auf die verfallene Burgmauer und beschloß, sich an dem Blick über das weite Tal zu weiden.

Sie nahm Position zwischen seinen Knien und benutzte seinen Kopf als Pult.

»Sitz still. Also: Um 100 nach Christus Weinsberg römische Siedlung. Die Reste eines ehemaligen römischen Bades wurden 1906 entdeckt. Das werden wir ansehen.«

»Ein ausgesprochenes Unglücksjahr. 1906 ist mein Alter geboren.«

»Bitte, sitz still. 942: Weinsberger Edle bei Turnieren in Rothenburg ob der Tauber, Konstanz und Mersburg.«

»Woher wissen die das?«

»Aus der Abendzeitung, Gelübter. 1037: Adelheid, die Mutter des Königs Konrad II., wohnt auf der Burg Weinsberg. Schau! Es muß hübsch gewesen sein, überall absteigen zu können.«

»Kann heute jeder Vertreter.«
»Sei nett, Hannes, trampele nicht auf einer Mädchenseele herum. 1140: Konrad III. belagert die Burg und zerstört sie. Rettung der Besatzung durch die treuen Weiber. Wiederaufbau. Wenn es dir gelänge, Hannes, dich im Geiste in die alte Zeit zurückzuversetzen und deine Knie in Ruhe zu lassen, würde vor deinem Auge jetzt die Burg mit ihren Türmen und Erkern, mit den Rittern und Knechten und Burgfräuleins erstehen. Siehst du denn nicht, wie die Mauern wieder hochwachsen? Die Fenster mit den bunten Gläsern . . .«
»Ohne.«
»Schön, ohne. Die Balkons . . .«
»Altane.«
»Schön. Altane. Den Rittersaal, die Freitreppe, den Wehrgang, die Pferde im Hof, die Knappen, die dicken Köche, die Mägde, die Öfen . . .«
»Kamine.«
»Schön. Kamine, die Jagdhunde, die Falken, den lauschigen Erker, in dem Hans-Dietrich, der Troubadour, vor der Herrin sitzt, blimblim, schönste Frau, blimblim, laßt mich von Minne singen, denn wir sind endlich allein, Euer Gemahl ist gerade ins Städtchen zum Zahnarzt geritten und . . .«
Hannes unterbrach sie im Falsett: »Tut mir leid, lieber Troubadour, er hat mich vorher abgeschlossen.«
»Oh, Holde, ich *heiße* nicht nur Dietrich.«
Einen Moment lang war Hannes starr. Dann nahm er ihren Kopf in beide Hände.

»Sag mal, was steckt eigentlich in dir drin? Das möchte ich ein einziges Mal wissen!«

»Wieso? Nichts. Bleib sitzen. Bleib sitzen, Hannes, ich rate dir gut, du bist behindert!« Sie sprang einen Schritt zurück und lachte. Als er doch Miene machte, von der Mauer zu rutschen, rief sie:

»Bleib ja sitzen, alle Leute können sonst sehen, wie komisch du aussiehst!«

Er blieb sitzen und sah an sich herunter.

»Das sagst du absichtlich«, er konnte nicht verhindern, daß er rot wurde, »das sagst du jedesmal absichtlich. In Wahrheit ist es nicht komisch, sondern . . .«

»Geschenkt!« Sie kam näher. »Versprich mir, daß du jetzt friedlich bist.«

»Ich? Ich?«

»Also, ich lese jetzt weiter.«

Sie lächelte ihn an.

Er warf ihr einen Blick zu. »Mach schon.«

Sie stellte sich in Positur.

»1237 bis 1440: Weinsberg freie Reichsstadt.

Dauernder Streit zwischen Stadt und Burg. 1324 bis 1348: Weinsberg in päpstlichem Bann.«

»24 Jahre lang? Ganz flott für Berufschristen.«

»1425: Weinsberg in der Reichsacht. Was heißt das, Hannes?«

»Führerschein entzogen, Telefon gesperrt.«

»Aha. 1440: Kunz von Bebenburg läßt sich mit Knechten in Fässern versteckt in die Stadt einfahren, überwältigt um Mitternacht die Wache, erobert die Stadt

und macht ihrer Reichsfreiheit ein Ende. Er verkauft sie an die Kurpfalz.«
»Verkauft sie an die Kurpfalz. Hahaha«, lachte Hannes, »Beginn der Neuzeit!«
Aber Bele hörte nicht hin; sie schrie plötzlich auf. »Hannes!« Er dachte an alles Mögliche, an eine Kreuzotter, an einen Mauerrutsch, an einen Skorpion, an Kunz von Bebenburg in seinem Rücken – er sprang von seinem Sitz –
»Hannes! Ich hab's! Hier steht es! 1482 Geburt des Baseler Reformators Oekolampadius in Weinsberg; Oekolampadiusdenkmal vor der Stadtkirche.«
Sie strahlte.
Er schloß einen Moment die Augen. Dann sagte er wie Gary Cooper in seinen größten Augenblicken: »Fein« und schaute in die Baumwipfel.
Bele stellte sich auf die Zehenspitzen und hauchte einen Kuß auf seine Lippen:
»Du bist süß!«
»Nichts gegen dich, Bele.«

Es war zwölf Uhr, und der Schatzgräber machte Brotzeit. Er setzte sich, umgeben von Rotkehlchen, Kohlmeisen, Finken und Kleibern, auf seinen Schubkarren und aß einen wurstigen Doppeldecker, wobei seine flinken Äuglein nicht verfehlten, dem jungen Mädchen zu folgen. Als Bele und Hannes an ihm vorüberschritten, war er entschlossen, sie anzusprechen. Zu diesem Zweck, und da er gerade einen großen Batzen kaute, hielt er nach feiner Vätersitte den Handrücken mit dem Taschenmesser vor den Mund. Er mahnte die jungen Herrschaften zur Vorsicht, weil durch die Erdarbeiten überall Löcher und Gruben entstanden seien, die man oft wegen des Grases und der Büsche nicht sehe. Und da Bele und Hannes freundlicherweise stehenblieben, fuhr er, ob sie es hören wollten oder nicht, noch eine Weile so fort.

»Geben Sie doch den Vögeln was«, sagte Bele, und er tat es sofort, indem er mit dem kleinen Finger etwas von dem Brot, das die übrigen Finger hielten, abzustoßen versuchte. Denn Aufmerksamkeit konnte er der Sache nicht widmen; die galt ganz Bele. In der Tat mußte er von seinem niedrigen Sitz aus keine schlechte Sicht haben.

Aber er war ein harmloser Waldschrat, bei dem das Haustelefon von den Augen zur Beletage längst unterbrochen war. Er sprach von seiner Buddelei, zeigte auf eine zehn Quadratmeter große Pflasterstelle und erklärte, daß hier ein Stück Einfahrt ans Tageslicht gekommen sei, wahrscheinlich eine schräg nach unten führende Einfahrt in die Stallungen.

Bele staunte über sein Wissen, und der Alte warf den Kopf hoch, ja, was glaubten die jungen Herrschaften denn? Hier auf der Burg kenne er jeden Stein, der noch da sei, und jeden Stein, wie er einmal gelegen haben muß. Dort unter der Erde von dreihundert Jahren läge sicher noch mancherlei; denn seit 1525, als die Burg im Bauernkrieg endgültig zerstört wurde, habe man alles verfallen und begraben sein lassen. Auch Justinus Kerner, der berühmte Weinsberger Dichter – das Fräulein kenne doch Justinus Kerner? –, auch Justinus Kerner und seine Freunde seien da nicht anders gewesen, obwohl sie dauernd zur Ruine heraufgestiegen seien. Im runden Turm, von dem noch ein Stockwerk stehe, hätten sie abends immer gesessen, der Kerner, der Uhland, der Geibel, der Lenau, hätten die Windharfen spielen lassen und gedichtet. Ja, sagte er, das sei eine schöne Zeit gewesen; in der hätte er leben mögen.

Hannes wollte wissen, ob es ihm nicht wurscht sei, er hätte damals auch schippen müssen?

Nein, antwortete der Alte, es sei doch was anderes.

Nämlich? fragte Hannes, nämlich? Zum Beispiel?

Der Mann wußte nicht recht, wie er es ausdrücken

sollte, er meinte, da seien zum Beispiel im runden Turm früher, sogar noch zu seiner Zeit, Äolsharfen gewesen, aber jetzt würden sie jedesmal, wenn er eine angebracht habe, zerstört; es sei nun keine mehr da, und niemand könne mehr die Klänge hören. Er meinte, das sei der Unterschied; dies und nicht das Schippen. Hannes bot ihm mit mißvergnügter Miene sogleich die Halbstarken als Täter an.
»Halbstarke?«
»Ja, die jungen Leute!«
Der Alte wiegte den Kopf: Junge Leute, ältere Leute, fremde Leute, einheimische Leute, alle. Doch die Herrschaften vor ihm sicher nicht. »Wir? Warum nicht?« fragte Hannes gespannt. Der Schatzgräber lächelte und ließ sich Zeit. Hannes zählte ihm auf, er sei auch jung, er sei auch frech, er fahre Motorrad und Bele trage Hosen. Ja, sagte der Alte, aber sie hätten gewollt, daß er die Vögel füttere.
Hannes fand die Antwort psychologisch enttäuschend. Auf so einfache Weise wünschte er nicht gut zu sein. Aber Bele war sehr vergnügt darüber, und sie würde dem Philosophen vor dem Weitergehen vielleicht sogar die Hand gegeben haben, wenn er eine dritte gehabt hätte.
Arme schlenkernd und die Brust vor Wohlgefallen herausdrückend, nahm Bele nun die Besichtigung der Ruine in Angriff. Das erheischte zuerst die Besteigung des kleinen Turmes, den Hannes als Zahn bezeichnet hatte. Im Innern befand sich eine Holzstiege. Die Tragbalken waren in die brüchige Wand gesteckt, und das

erfüllte Hannes als Statiker mit Unruhe. Bele erinnerte ihn daran, daß er hier außer Dienst sei, faßte seine Hand und zog ihn nach oben.
Das »oben« war nicht gerade kolossal. Sie befanden sich in einer Höhe, in der sogar noch gleichgewichtsschwache Finken ihren Mittagsschlaf zu halten pflegen; gegenüber auf dem Baum saß eine ganze Reihe Auge in Auge mit ihnen.
Zu Füßen des Turmes konnte man das Dach des Knusperhäuschens sehen, gen Westen schaute zwischen dem Grün der Büsche und Bäume der runde Turm hervor, und linker Hand stieg die Umfassungsmauer fast zu ihrer Höhe; mehr aber war von der stolzen Weibertreu nicht übriggeblieben.
»Und mancherlei, was noch in der Erde von dreihundert Jahren steckt«, sagte Hannes und hielt sich den Handrücken vor den Mund.
Bele sah ihn mißbilligend an. »Das war ein sehr, sehr netter Mann!«
»Ich habe ja gar nichts gesagt!«
»So wie ihn mußt du dir zur Zeit von Adelheid den Mann vorstellen, der die Hunde zu füttern und den Küchengarten umzugraben hatte.«
»Jawohl, Tante Adelheid!«
»Es ist schön hier oben, nicht? Du stehst auf einem Burgturm, Hannes, ist das nicht romantisch? Sieh mal, da unten liegt Weinsberg. Da hinten muß das Burghotel sein, und da steht auch unser Benzinesel. Ist das nicht herzig?«

»Hoffentlich hat man ihn nicht geklaut.«
»In Weinsberg, Hannes, hat bereits jeder ein Motorrad oder ein Auto. Die Wohlhabenderen scheinen, wie ich heute nacht festgestellt habe, sogar Omnibusse zu besitzen.«
»Nichts gehört. In der Nacht?«
»Ja.«
»Ich habe wie ein Außenminister geschlafen. Du nicht?«
»Ich? Wovon sollte ich denn müde sein?«
»Na ja«, antwortete er gedankenlos. Und nach einer Weile, mit einem versonnenen Blick auf die Autobahn in der Ferne:
»Es ist ein Unterschied, ob man selbst den Kolben tanzen läßt oder nur wartet, bis man am Ziel ist.«
»Mich schüttelt es genauso durch!«
»Schalten, Gas, Beschleunigen, Bremsen, Auskuppeln, Schalten, neuer Gang –«
»Spür ich doch alles, mach ich doch alles mit!«
»Herrgottnochmal!«
»Ja doch, ja.«
»Beim nächsten Lottoregen lernst du fahren!«
»Ich fahre nur einen 190 Nitribitt.«
»Würde dir stehen.«
»Dir! Dir würde er stehen!« Sie betrachtete ihn von oben bis unten und wiederholte begeistert: »Und wie er dir stehen würde! So!« Sie winkelte den Arm an und ballte die Hand zur Faust.
Er lachte vergnügt. Dabei ging er auf sie zu und packte mit beiden Händen ihre Ohren.

Sie standen Gesicht an Gesicht und sahen sich in die Augen.

»Ja, mach nur«, sagte sie und fuhr im Singsang fort:

»... einen Plan,
sei nur ein großes Licht,
und mach dann noch 'nen zweiten Plan,
gehn tun sie beide nicht ...«

Er legte den Arm um ihre Schulter, und sie gingen langsam zur Treppe.

»... denn für dieses Leben
ist der Mensch nicht schlecht genug ...«

»Ich will dir mal was sagen«, unterbrach er sie, »das ist Quatsch! Wenn unsere Alten glauben, daß das Wappentier der Zukunft die Amöbe ist, dann irren die sich. Warte, bis wir dran sind! Warte es ab. Der Mensch ist nicht schlecht genug! Diese Kotzproppen! Was die uns so vormachen. Sie nuckeln am Achtzylinderschnuller und glauben, das imponiere uns.«

Hahaha, lachte er und versuchte, es so diabolisch wie möglich klingen zu lassen. »Wir wären ja verrückt, wenn wir nicht kassieren würden, aber sie sollen uns bloß nicht auf die Schulter klopfen! Ich sage dir, Bele, warte, bis wir dran sind!« – »Gern«, sagte sie und strahlte.

»Was soll das heißen?«

»Nun eben: gern. Achtzehn zu sein ist herrlich. Oder meinst du, ich könnte vielleicht frühzeitig an einem Blinddarmdurchbruch sterben –?«

»Du redest einen furchtbaren Mist zusammen und bringst mich ganz durcheinander!«

»Denkst du nicht manchmal daran?«
»Nie.«
»Ich auch nicht. Das Leben ist schön, nicht, Hannes?«
»Doll«, nickte er; und, nachdem er es noch einmal schweigend überdacht hatte, wiederholte er: »Eine dolle Erfindung!« und hieb die Hände in die Taschen.

Sie stiefelten nun kreuz und quer in den Ruinen herum und kamen als letztes an den runden Turm, das heißt, an das, was von ihm übrig war.
»Aha!« sagte Hannes, »das ist der runde Turm. Was war das mal?«
»Das war die Küche«, stellte Bele fest.
»Ein Turm, Bele, ein Turm!«
»Unsinn. Hier liegen ja noch die Eierschalen.«
Er schloß die Augen.
Bei dieser schauspielerischen Leistung stieß er mit dem Kopf an die Decke des Durchgangs. Es gab einen kurzen, harten Knall. »Ah –« stöhnte er, fuhr aber geistesgegenwärtig fort: »– die Äolsharfen! Ganz deutlich!«
»Oh, Hannes!« rief das Mädchen erschrocken.
Er brummte. Oder es brummte aus ihm.
Bele begann, seinen Kopf zu untersuchen. Es sah aus, als lauste sie ihn.
»Hier?«
»Weiter links.«
»Hier?«
»Au!«
»Komm, wir setzen uns auf den Stein.«

»Unsinn.«
»Sei nicht kindisch, Hannes.«
»Nein. Klecks, Unterschrift! Aber ich weiß jetzt, warum die alten Ritter immer in Konserven gingen.«
Sie betraten den Turm, und am Ende des kurzen, niedrigen Ganges öffnete sich ihnen etwas, was für Friedrich Schiller noch zum täglichen Brot gehörte, für Hannes und Bele nicht: eine Rotunde. In dem kreisrunden Raum, dem der Zahn der Zeit die Decke abgenagt hatte, befand sich in der Wand Nische an Nische. Man hat nicht oft Gelegenheit, eine Rotunde zu betreten. Wer es tut, beginnt sofort, sich zu drehen.
Hannes drehte sich, und Bele machte es nach.
»Das ist«, sagte Hannes staunend, »das ist das Ideal einer Weinkneipe.«
»Genau, Hannes, genau! Ich würde ja sagen, daß in Rotunden meistens Theoderiche liegen, aber die vielen in die Wand gekratzten Namen deuten . . .«
»Es könnte auch«, sann er und stützte das Kinn in die Linke, während er mit der Rechten die Stirn kühlte, »es könnte auch eine öffentliche Fernsprechstelle der Adelheid gewesen sein. Hier steht zum Beispiel: Schubart 1770.«
Bele nickte.
Sie trat in eine Nische und betastete die tiefen, verwitterten Gravüren. Dann schien sie den Hörer abzunehmen und mit dem Finger in eine Wählscheibe zu fahren.
»Halloh? Ist dort einssiebensiebennull? Kann ich bitte

mal Herrn Schubert sprechen? Ach, Herr Schubert, guten Tag, hier ist Bele. Sie kennen mich sicher, ich bin die, die den Abonnementplatz in der achten Reihe hat und immer so doll klatscht, wenn Ihr Forellen-Quintett gegeben wird . . .«

»Bele, der Mann heißt Schubart mit a.«

»Wie kommt das? Mit a? Wer ist denn da überhaupt in der Leitung? Ach, der Irrtum tut mir leid, Herr Schubart! Die Jugend! Wissen Sie: Die Jugend hat keine Büldung mehr, sie ist verroht. Verstehen Sie? Ich glaubte, Sie hätten das Forellen-Quintett geschrieben. Ich esse für mein Leben gern Forellen. Geschrieben aber, Herr Schubart, geschrieben haben Sie doch sicher auch was? Aber was?«

»Schubart ist ein Dichter, Bele.«

»Ein Dichter? Ah, mir schwant! Sie sind der Verfasser des Wandsbeker Boten – nein? Mein Freund Hannes schüttelt den Kopf. Doch als Halbstarker weiß er das vielleicht nicht so genau. Er studiert Statik. Nein, nicht Statistik. Statik! Sehen Sie! Das wissen Sie nun nicht! Ja, ja, die eine Zeit lernt dies, die andere das. Ich laufe die hundert Meter in 13,1. Wieviel hat Ihre Frau Gemahlin dafür benötigt, als sie achtzehn war?«

Hannes: »Wie steht's denn mit Klavierspielen, mein Fräulein?«

»Nein, Klavierspielen kann ich leider nicht, aber Debattenschrift. Und ich habe keine Bleichsucht und niemals Migräne, Herr Schubert.«

»Schubart. Mit a.«

»O ja. Herr Schubart mit a, ich hätte Sie gern etwas gefragt, aber es ist mir ein wenig peinlich: Könnten Sie mir wohl freundlicherweise sagen, wer eigentlich der so oft erwähnte Justinus Kerner ist? Sicher auch ein Dichter. Ja? Dacht' ich's mir doch! Und wann hat er gelebt?«

Sie wartete.

»Hannes!«

»Ja?«

»Vorwärts! Wann hat er gelebt?«

»Keine Ahnung. In der Drehe von Uhland und diesen Leuten. Komm jetzt aus der Nische raus.«

Sie hängte ordnungsliebend das Telefon ein.

»Es müssen damals ungeheure Dichtermassen gelebt haben«, sagte sie. Sie begann, die Wand entlang zu kreisen, und las von der Mauer ab: »Berthold Auerbach, Hackländer, Lenau, Uhland, Schiller, schau schau!, Dingelstedt, Rückert, Rahel Varnhagen – ist das eine Dame?«

»Keine Ahnung.«

»Achim von Arnim, C. Brentano, Anastasius Grün, hier steht tatsächlich Anastasius Grün – wer ist Anastasius Grün, Hannes?«

»Keine Ahnung.«

»Siehst du, Hannes, so vergeht der Ruhm – und die Liebe – und die Erinnerung – und überhaupt der ganze Schnee. Sehr, sehr traurig, das muß ich schon sagen. Für meine Großmama würde das alles wie ein Poesiealbum sein, für meine Mutti ein Friedhof, und für mich ist es

nun bloß noch ein Telefonbuch. Mein Gott, wer alles hier gesessen hat; das muß eine wahre Völkerwanderung zu Justinus und seiner Burg gewesen sein! Hauff, Geibel, Alexis, Tieck – kennst du Tieck, Hannes?«
»Natürlich kenne ich Tieck.«
»Ich bewundere dich. Freiligrath, Robert Meyer . . .«
»Energiegesetz.«
»Hannes, du wirst mir unheimlich. Der auch? Ist es auch bestimmt euer Meyer?«
»Klar.«
»Mit Ypsilon?«
»Klar.«
»Und e?«
»Nun laß mal das E, Bele. Ich habe eiskalte Füße.«
Ihr Redeschwall stoppte.
»Ich habe eiskalte Füße«, wiederholte er und trat von einem Bein aufs andere.
Sie betrachtete ihn aufmerksam.
»Hannes –«
»Ja?«
»Mußt du? Du mußt doch mal!«
»Wieso?«
»Du mußt doch mal, Hannes!«
»Das macht die Kühle in diesem verdammten Loch.«
»Merkwürdig.«
»Was ist denn daran merkwürdig?«
»Ich habe mal einen Afrika-Film gesehen, aus dem Tierschutzpark. Du erinnerst mich daran. Der Sprecher hat gesagt, das täten die Tiere, um ein Zeichen

für ihre Nebenbuhler zu hinterlassen, daß das ihr Gebiet sei.«

»Du kannst in diesem Eisschrank bleiben, ich gehe ins Kellergeschoß, um es zu signieren.« Er machte sich auf den Weg.

Als er nach einer Weile pfiff, folgte sie ihm. Er erwartete sie am Ausgang des Turmes, Hände in den Hosentaschen und schielend.

»Ekelhafter Kerl«, sagte sie. Dabei sah sie aus wie die Sonntagsbeilage zum Menschengeschlecht.

»Bele –«

»Was ist los?«

»Du bist ein doller Schnappschuß deines Alten. Ich bin irrsinnig froh.«

»Quatsch.«

Aber ihre Gesichtszüge softeten sich; sie faßte seine Hand, und beide schlenderten unter dem Geschwätz der Meisen und Grünlinge quer durch die Burg dem Ausgang zu.

Als sie durch das Tor schritten und gerade im Begriff waren, bergab zu steigen, fiel ihr Blick auf einen Vers an der Mauer:

Getragen hat mein Weib mich nicht, aber
ertragen;
das war ein schwereres Gewicht, als ich mag
sagen.

Kerner

»Hannes!« schrie Bele auf. »Ich muß sofort noch einmal in den runden Turm zurück! Diese Quasselfritzen!«

zischte sie, »da gibt es nichts mehr, was sie nicht schon an die Wand geschmiert hätten.«
Sie sauste davon, und er stelzte ihr nach.
Vor dem Turmeingang riß sie eine Handvoll Gras aus. »Zieh den Kopf ein«, fauchte sie. Sie trat in eine Nische und wischte aus, was sie an die Wand gekritzelt hatte:

Einen Mann zu tragen
ist schwer.
Aber mit der Vorsilbe »er–«,
das ist mehr.

Bele

»Schade«, sagte er, »jammerschade! So gehen die großen Werke verloren.«

Es war drei Uhr, und sie knackten Würstchen. Dabei schlenderten sie an der Außenseite der Stadtmauer entlang über den ›Grasigen Hag‹ zu der kleinen Parkanlage, in der das Kernerhaus liegen mußte. Bele machte unterwegs verschiedene Joga-Übungen, um sich angesichts der alten Türme und Tore in eine mittelalterliche Kontemplation zu versetzen, aber manches hinderte sie daran. Ein Bagger des zwanzigsten Jahrhunderts planierte knatternd die untere Wiese, und eine Baracke, erbaut mit der Kongreß-Erfahrung der Heiligen der letzten Tage, kränkte die Stil-Augen. Dann folgte rechter Hand die ›Hildthalle‹, von Bele anfangs für das Sudhaus von Bad Salzuflen gehalten; die Hildthalle brachte entschieden eine neue Note, die Kur-Note, in das Bild. Hier vereinigten sich kommerzielle Stifterfreude von Herrn Hildt mit repräsentativem Jugendstil des Architekten und dem eigenwilligen Brauchtum des Oberkellners, Aschenbecher vor die Tür zu entleeren. So kam ein Eindruck zustande, den Bele die ›Impression der Rückseite eines Deauviller Strandhotels im November‹ genannt hätte, wenn sie jemals in Deauville gewesen wäre. Jedoch sie war nur bis Salzuflen an der Lippe gekommen.

Eine kleine Parkanlage führte von der Hildthalle bis zur Öhringerstraße und verdiente, gewürdigt zu werden. Was Hannes betraf, so würdigte er sie nicht, weil er ganz im Vorschreck der Besichtigung des Kernerhauses stand; aber Bele lobte sie, da die Anlage eine Bank enthielt, auf der man essend ein Weilchen der Ruhe pflegen konnte.

»Weißt du etwas Schöneres«, so fragte sie Hannes, »als einen schönen Park mit einem Wurstzipfel?«

»Eine schöne Wurst mit einem Parkzipfel.«

Dies war die einzige Konversation, die sie während ihres Ausruhens und des Verzehrens des Brötchenrestes pflogen. Über das Haus, das sie in vierzig Meter Entfernung durch die Büsche schimmern sahen und das ohne Zweifel Justinus Kerners Wahnfried war, vermieden sie jede Andeutung.

»Sieh mal«, sagte Bele, als sie endlich auf die schlichte, gutshausähnliche Heimstatt des Meisters zugingen, »sieh mal, Hannes, Gelübter: so, wie Spießer es genießen, einmal etwas ganz Verrücktes zu unternehmen, so genieße ich es, einmal etwas ganz Spießiges zu erleben. Verstehst du das?«

»Mit Mühe, Bele.«

»Indem daß wir in das Kernerhaus gehen, schlagen wir über die Stränge!«

»Bele!« Hannes blieb stehen: »Daran ist etwas Wahres!«

»Was heißt etwas Wahres – es ist überhaupt das Aktenzeichen unserer Fahrt nach Weinsberg. Hast du das nicht gewußt?«

»Nein.«

»Dann denke jetzt über diese Erkenntnis nach.«

»Heute abend.«

»Heute abend wirst du keine Zeit haben.«

Das blockierte für einen Augenblick seine Beine. Aber Bele beachtete es nicht, sie ließ ihn stehen und marschierte zum Eingang.

Es gibt Eingänge, die muß man Entree nennen. Der zum Kernerhaus war eines. Es befand sich in dem Winkel, mit dem der viereckige, sommerfrischlerisch luftige Turmanbau an das Haus stieß. Über der Tür stand »Salve«, neben ihr stand »Bitte Schuhzeug reinigen«. Hannes, mit schmerzlichduldendem Gesichtsausdruck, deutete mit dem Kinn auf die beiden Inschriften und murmelte: »Seine populärsten Aussprüche. Vor allem der zweite.« Bele fiel darauf rein und blickte in die Richtung, in der er immer noch mit dem Kinn zuckte.

Sie runzelte die Stirn, so scharf sie konnte.

»Hannes –«

»Jawohl?«

»Hast du die Absicht, jetzt diejenige, die uns öffnen wird, anzublödeln?«

»Nein, ich habe nur –«

»Versprichst du mir, die Frau nicht wieder –«

»Ich tue ja gar nichts.«

»Versprichst du mir?«

»Jawohl. Ich sage kein Wort.«

Erstens jedoch war es keine Frau, die auf Beles Klingeln öffnete, sondern ein Mann, und zweitens sagte Hannes sofort etwas.

Sie standen eine Stufe tiefer als der Mann, der riesengroß und dürr war. Hannes fing bei den karierten Hausschuhen zu blicken an und blickte sich langsam aufwärts. Als er den Kopf im Genick liegen hatte, sagte er: »Hallo.«

Bele fuhr ihm so schnell dazwischen, wie sie konnte; sie lächelte:

»Wir würden gern das Museum besichtigen.«

Der Hagere stieß seinen linken Arm wie ein Rapier vor, winkelte ihn dann mit einem ebensolchen Ruck an und warf einen Blick auf die Armbanduhr, die auf diese einfache Weise unter dem Ärmel zum Vorschein gekommen war.
»Tcha«, nickte er. Darauf nannte er als erstes die Höhe des Bakschisch. Es betrug pro Person siebzig Pfennig.
»Siebzig?« greinte Hannes, »das ist enorm für Justinus Kerner. Dann müßte, das werden Sie zugeben, Herr Kustos, der Eintritt bei Uhland 1 Mark, bei Hemingway 1 Mark 50, bei Fontane 10 Mark, bei Hauptmann 20 Mark, bei Karl May 30 Mark, bei Schiller 40 Mark, bei Dostojewski 50 Mark, bei Hamsun 60 Mark und bei Goethe 71 Mark 80 kosten.«
Der Hagere starrte auf Hannes herab. »Das«, antwortete er verwirrt, »begreife ich überhaupt nicht, junger Mann. Ich sehe nicht einmal einen Ansatzpunkt. Übrigens«, fuhr er fort, »bin ich nicht Kustos. Die von der Kernerstiftung eingesetzte Verwalterin ist eine Dame, die heute ausnahmsweise abwesend ist und lediglich für diese Zeitspanne von mir auf der Basis freundschaftlicher Übereinkunft vertreten wird. Nicht ersetzt. Ich selbst bin ja etwas völlig und absolut anderes. Gewesen, natürlich.«
Er wiederholte noch einmal »gewesen«, und seine Rechte vollführte dabei die sogenannte Tempipassati-Bewegung, die von einigen Folklore-Forschern auch als »Verlorenes-Rittergut-im-Osten-Geste« bezeichnet wird. Sein Gesicht verfinsterte sich bei der Erinnerung.

»Ja«, sagte Bele und ließ die Sonne wieder aufgehen, »nun würden wir schrecklich gern das Haus besichtigen. Und Eintritt zahlen.«
»Tcha«, nickte der Hagere, »wollen Sie einstweilen mit der Besichtigung beginnen, indem Sie hier links eintreten und zunächst diesen Teil in Augenschein nehmen, während ich den Hund entferne und mich um die Billette kümmere. Junglehrer?«
»Ich?« fragte Hannes zurück.
»Ja?«
»Nein.«
»Nun« – er nickte wieder mehrmals – »gut. Hier links, bitte.«
»Bele«, sagte Hannes, als sie allein waren, »blicke um dich! Schrecklich, wie? So sah unser Botanikzimmer in der Penne aus. Bloß lagen da in den Vitrinen keine Manuskripte, sondern Kartoffelkäfer. Dieser Mann, Bele, war einstmals ein Steißtrommler, das ist dir doch klar? Oder siehst du keinen Ansatzpunkt? Wollen wir abhauen?«
»Du bleibst, Hannes.«
»Er wird uns abfragen und Zensuren geben.«
»Sei nicht albern. Schau mal, hier liegen die Hefte, in die Kerner seine ersten Gedichte geschrieben hat. War Kerner ein richtiger Dichter, Hannes? Ich meine, wenn er ein richtiger Dichter war oder sonstwie eine Figur, dann ist es ein Unrecht, ihn uns zu unterschlagen.«
»Ich will dir mal was sagen –«
»Nein. War er ein Dichter, Hannes? Wenn er keiner

war, dann ist das hier wie der ausgestopfte Mops meiner Großmutter. Wenn er aber einer war, dann ist es ein Unrecht, uns –«

»Bele, es haben sich, sofern er überhaupt ein richtiger Dichter war, im Laufe der Zeit einige Tausend seiner Größenordnung angesammelt, die selbst von den heutigen Steißtrommlern nicht mehr bewältigt werden. Daran wird's liegen. Vielleicht hat er immer nur den Mond angesungen.«

»Und was singen wir an?«

Er warf ihr von unten herauf einen Blick zu. »Soll ich dir für die Rückfahrt einen Fiaker bestellen?«

»Quatsch. Sag!«

»Was?«

»Was *wir* ansingen!«

»Wer wir? Hemingway den Schnaps, Brecht die Mutter Courage, der Dings – wie heißt er denn schnell – das Billard um halb zehn . . .«

Aber Bele hörte nicht mehr hin.

»Sieh mal«, sagte sie und beugte sich über eine Vitrine, »das ist hübsch:

Wohlauf, noch getrunken
den funkelnden Wein . . .«

»Alle ersten Zeilen sind hübsch. Aber dann! Was ist eigentlich mit dir los, Bele?«

»Mit mir? Mit dem Kerner! Das kommt mir hier vor wie – wie nennt man die Städte, die heute unter dem Wüstensand liegen?«

»Ruinen.«

»Hannes! Verdammt noch mal!«

»Tut mir leid, Bele. Ruinen.«

»Du Materialist! Mein Chef . . .«

»Hahaha«, lachte Hannes, »jetzt läßt du deinen Bürohengst wiehern, wie?«

»Ach, du ekliger Kerl. Ich hasse dich.«

»Ich möchte dich hier mitten im Klassenzimmer aufspießen wie einen Kartoffelkäfer.«

Sie fixierte ihn schweigend, während er abwartend dastand. Dann machte sie eine Kniebeuge, um ihren Hosen einen neuen Sitz zu geben.

Er wurde unruhig. »Wollen wir nach Hause gehen? Ins Hotel? Ja?«

Sie wandte den Blick hoheitsvoll von ihm ab und tippte sich an die Stirn.

»Bele! Oder? Jetzt, hier?«

»Wenn du willst, daß ich vor Angst sterbe –«

»Sag mir nur«, flüsterte er, wobei er aus dem Fenster blickte, »ob es schön wäre.«

»Du bist verrückt.«

»Nicht schön?«

In diesem Augenblick tauchte der sehr lange, hagere Alte wieder auf.

»Was ist schön?« fragte er.

»Sehr schön, das hier«, antwortete Hannes.

»Was?«

»Dieses Zimmer von Justinus Kerner.«

»Dieses Zimmer hat Kerner nie gesehen, junger Freund. Hier war der Pferdestall.«

»Oh!« Hannes erbleichte innerlich. »Aha. Aber der andere Raum –«
»Auch nicht. Er bildete die Einfahrt. Und der nächste war die Remise für die Kutsche.«
»Aber der Treppenturm ist sehr hübsch. Die Vorstellung, daß Kerner –«
»Der Turm ist neu. Sein Sohn hat ihn erbaut.«
Hannes lächelte: »Wenn dem allen nun so ist, muß das Haus ja ungewöhnlich scheußlich gewesen sein, nicht wahr?«
Bei diesen Worten verwelkte der Hagere. Seine Augen, hoch oben, verschleierten sich, und er senkte den Kopf.
»Dieses Haus«, begann er schließlich wieder, »das ländliche Heim eines empfindsamen, romantischen Dichters und segensreichen Arztes des neunzehnten Jahrhunderts, muß ungewöhnlich schön gewesen sein. Jedweder, der es betrat, scheint leicht darüber hinweggesehen zu haben, was es an Unzulänglichkeiten besaß, niemand hat etwas anderes bemerkt als seinen herrlichen Frieden und die Herzensruhe seiner Bewohner, so da waren Justinus Kerner, groß, behäbig, dankbaren Gemütes, genießend und froh, sowie sein Weib, sein treues Rieckele, sein Glück, ohne das er, als es von ihm ging, nicht mehr leben mochte; ohne sein Rieckele. Ja, so war das. Vor den Fenstern hingen weiße Tüllgardinen, die Sonne . . .«
»Verzeihen Sie, aber sagten Sie nicht, dies sei der Stall gewesen?« schaltete Hannes vorsichtig ein.

»Ich spreche von dem oberen Stockwerk. Wollen Sie mir bitte folgen? Die Treppe ist aus späterer Zeit.«

Sie stiegen zu den Wohnräumen empor. Es waren liebe, bescheiden eingerichtete Zimmer, wie man sie bei jungen Vikaren findet, wo auch die Bücher und das mit weißen Nägeln beschlagene Sofa, das Rauchzeug und die verblichenen Tapeten den Zauber der Ärmlichkeit ausmachen, aber einer Ärmlichkeit, die dafür die Angst des großen Lebens und der Welt nicht kennt. Wo es schön ist und nicht beängstigend, daß die Tage vergehen, die Sommer und die Winter, daß der Regen rinnt und die Gewitter über das Dach hinwegziehen, und »daß die grauen Haare kommen und die Liebe zum Abendrot« – sagte der Hagere.

Hannes stand mit einer Miene da, von der Schiller gesagt hätte: »Die Ritter schauten mutig drein, und in den Schoß die Schönen.« Bele hatte ›Abendbrot‹ verstanden.

»Das ist ja ein blödsinniger Schreibtisch«, sagte Hannes. Bele lachte. »Er ist wirklich komisch.«

Der Hagere strich mit seiner pergamentenen Hand über das Filigran der Laubsägearbeiten:

»Es ist der Schreibtisch Justinus Kerners. Er hat ihn selbst gemacht.«

»Wie – den ganzen Schreibtisch?«

»Jawohl.«

»Warum?«

»Warum? Auch ich habe mich das gefragt und bin zu der Hypothese gekommen, daß es in Kerners Leben wie in unser aller Leben, die wir geistig arbeiten, Zeiten gab, da er den Händen wieder die Aufgabe, zu erschaffen, zugestehen mußte. Vielleicht etwas schwierig – sind Sie Journalist?«

»Nein«, antwortete Hannes.

»Nun gut«, nickte der Alte, »gehen wir weiter.«

Dies war jetzt das Schlafzimmer. Jedenfalls hing eine alte farbige Zeichnung an der Wand, die das Fußbodenmuster und andere Charakteristika wiedergab und Betten aufwies.

»Aha, das Schlafzimmer«, sagte Bele schnell, um noch zurechtzukommen.

»Ja«, bestätigte der Kerner-Priester, »wir wüßten es nicht, denn sein Sohn hat die Anordnung des Hauses geändert, aber dieses Bild beweist es. Es ist die Struktur dieses Raumes, die es darstellt.«

Hannes lachte.

Bele sah ihn mit Opferlamm-Augen an: »Na, jedenfalls *ist* es das Schlafzimmer, nicht wahr?«

»Unsinn.«

»Was ist Unsinn?«

»Daß das Bild diesen Raum darstellen soll.«

»Hannes, die Atmosphäre . . .«

»Na schön. Dann inhaliere nur recht tief.«

»Hannes, die Musterung des Fußbodens und . . .«

»Die Proportionen sind völlig andere. Hier können nur die Sieben Zwerge geschlafen haben.«

Bele warf einen scheuen Blick auf den Hohepriester, der bereits im Tetanuns lag.

Während Hannes, eine Schuhlänge vor die andere setzend, die »Bettwand« abmaß und dabei auf etwa achtzig Zentimeter kam, hatte sich der Hagere wieder gesammelt.

»Lassen Sie nur«, wehrte er ab, »lassen Sie nur. Auch wir haben uns darüber durchaus Gedanken gemacht, seien Sie sicher. Seien Sie ganz sicher. Aber uns erscheint die Diskrepanz leicht erklärlich.«

Hannes drehte sich um und wartete.

». . . leicht erklärlich: Das Bild ist verzeichnet.«

Hannes ließ sich diesen Satz noch einmal sagen.

Bele, die bereits wieder in Ängsten schwebte, stampfte mit dem Fuß auf und rief ärgerlich:

»Herrgottnochmal!«

»Ich habe nichts gesagt«, flötete Hannes.

»Schnecke, ins Haus!«

»Ich hab' nichts gesagt, nicht ein einziges Wort.«

»Steck endlich die Pistole weg; wo sind wir denn!«

»In Unna.«

Bele zu dem alten Herrn: »Entschuldigen Sie. Ich habe Sie unterbrochen.«

»Diese Führung«, stotterte der Hagere, »nimmt Wendungen, denen ich nicht gewachsen bin. Ich –«

»Vielleicht könnten wir weitergehen?«

»Ja, jawohl, gehen wir weiter.«

Das taten sie. Es ist das geringste aller Kunststücke, die man in einem Museum vollbringen kann.

Hannes schwappte hinterdrein, um in einigem vorsorglichen Abstand von Bele zu bleiben. Er hatte die

Ohren auf Durchzug gestellt, die Hände in die Hosentaschen gebohrt, während seine Augen das Arbeiten der peripheren Formen des vor ihm schreitenden Mädchens studierten.

So entging ihm auch die Einführung in das Mysterium der nächsten Räume. Er überhörte in seiner Versunkenheit, daß diese Zimmer von Kerners Sohn, Theobald, seines Zeichens ebenfalls Arzt, in einen exzentrischen Zustand versetzt worden waren, um seine Gemahlin zu empfangen, die sagenumwobene »schöne Else«. Nach den Bruchstücken des Vortrags urteilend, hatte Hannes die schöne Else im Verdacht, ein makabrer Champignon gewesen zu sein, der, aus einem Mittelding zwischen Altheidelberg und Unna kommend, dem Doktor Theobald im Spätfrühling des Lebens gefolgt war, um hier in Weinsberg einen dollen tannhäuserschen Venusberg aufzuziehen.

»Ja«, sagte in diesem Moment der Hohepriester und zelebrierte im Durchgang zwischen zwei Zimmern das Zurückschlagen eines gedachten Vorhanges, »so pflegte die schöne Else, jenes prächtige, wunderbare Weib, den Perlenvorhang, der damals hier hing, zu teilen und aus ihrem Boudoir herauszutreten. Ja, da begreift man wohl . . . Nun, also. Dieses Boudoir war übrigens ganz in Rot gehalten, sogar die Fensterscheiben, denn Rot stand der schönen Else besonders gut. Der Eindruck, den sie machte, wenn sie so in den Salon trat, muß ein ganz außerordentlicher gewesen sein. Es ist überliefert, daß einmal eine Offiziersabordnung aus Heilbronn . . .«

»Altheidelberg.«
»Wie bitte? Wieso?«
»Ich dachte nur.«
»Nein – eine Offiziersabordnung aus Heilbronn erschien, um ihr, verstehen Sie recht, ganz einfach eine Huldigung an Frauentum und Schönheit darzubringen, und daß die Chargierten bei ihrem Anblick in eine Sprache verfielen, wie sie emphatischer kaum am Theater gesprochen wurde. Das war Musik in den Ohren der verwöhnten Frau. Allerdings eine andere Musik als die, die Justinus Kerner gemeint hatte, als er den prächtigen Vers schrieb, den Sie wohl unten in der Vitrine gelesen haben: In Schloß und Burges Hallen / die Spindel emsig sang. / Den deutschen Frauen allen / war es ein lieber Klang ... Nun, also – Justinus Kerner war zum Schluß fast erblindet –«
»Von Else?« fragte Hannes ernst.
»Und dies ist der Garten, ja?« hüpfte Bele dazwischen und trat an die Verandafenster, »darf man ihn betreten?« Der Kerner-Priester nickte stumm und schritt voran.
Der Garten stand, das konstatierte Hannes als erstes, prächtig im Kraut.
»Ja«, sagte der Alte, »trotz der Schafe, die wir von Zeit zu Zeit hereinlassen.«
Hannes sah ihn überrascht an. Aber es war nicht zu ergründen, ob die Antwort einen doppelten Boden gehabt hatte.
Bele lachte.

»Wir kommen nun«, fuhr der Hagere fort, der wie Old Wabble die Prärie durchmaß, »zum Geisterturm.«
»Ah –« machte Bele mit allen Gesichtszügen und ließ vor Vergnügen die Kruppe stärker tanzen.

Der Geisterturm – den Kernerschen Garten gen Westen abschließend – war ein Rest der einstigen Stadtmauer, die hier vorbeilief, so schnell sie konnte. Eine malerisch winklige Steintreppe führte zu dem Turm, der gleich einer gut gehaltenen Jacketkrone auf der morschen Mauer saß. Jedoch er war alt und echt; er war gedrungen, zyklopisch, eisenverriegelt und verbolzt und eng, kurzum eine Augenweide.

Das Innere war so recht dafür geschaffen, das Alte Testament aus dem Hebräischen ins Etruskische zu übersetzen. Sogar das Wandschränkchen für den Bommerlunder war da. Eingang und Fenster lagen in den Mauern eingebettet wie zwei Löcher in einer zu dicken Scheibe Emmentaler. Ein massiger Tisch und eine Sitzgelegenheit füllten die Mitte, das heißt, der Raum besaß nichts als Mitte. Gleich linker Hand stand das verlassene Gehäuse eines Ritters. Es stand von selbst und noch genauso, wie der Besitzer ausgestiegen war.

In diesem Turm, so begann Old Wabble, habe Nikolaus Lenau seinen »Faust« geschrieben. Hier erfuhr Bele zum erstenmal und zu ihrer Überraschung, daß es zwei

Fäuste gab, sofern sie den Namen soeben richtig verstanden hatte.
»Und«, sagte der Hagere, zum Fenster tretend, »hier befand sich ein kleines Kanönchen, versehen mit Pulverpfanne und Brennglas. Sobald die Sonne Punkt zwölf Uhr die Linse erreicht hatte, flammte das Pulver auf und löste in dem Kanönchen einen Böllerschuß aus. Auf, zum Mittagessen! hieß das. Das Rieckele ruft! Sie erinnern sich –?«
»Natürlich.«
»Ja, es ist natürlich. Also. Dann, bei diesem Schüßchen, strömten die Gäste guten Mutes und fröhlichen Herzens zu Tisch. Denn, müssen Sie wissen, Kerner kannte nichts Schöneres, als liebe, geistvolle, bedeutende Menschen um sich zu haben, und mitunter vermochte das Haus die Gäste nicht zu fassen, und man kampierte in Zelten im Garten.«
»Tatsächlich?« staunte Bele und tat, was jeden Museumsführer hell entzückt: Sie trat an die Tür und warf einen Blick zurück.
»Aber wo ist die Kanone?« fragte Hannes. »Ging sie den Weg aller Kanonen?«
Der Alte legte seine Züge in vinaigrette ein. »Ja, man könnte es so nennen. Sie wurde gestohlen.«
Darauf fiel er in Schweigen. Nach einer Weile fügte er hinzu: »Die Menschen sind miserabel. Na, ja.« Er machte die Tempi-passati-Geste. »Sie sind die Jugend. Ihnen gehört die Gegenwart.«
»Nein«, sagte Hannes, »die gehört den Dickerchen.«

»Wie bitte?«
Bele sprang dazwischen: »Nun müssen Sie uns aber noch sagen, weshalb dieser Turm Geisterturm heißt.«
Der Hagere sammelte seine Gedanken aufs neue: »Jaja, jawohl. Er heißt Geisterturm ... ich muß dazu etwas weiter ausholen. Sie haben ja die Elektrisierapparate drüben im Hause stehen sehen? Also. Kerner hat sich, ähnlich wie vor ihm Mesmer, viel mit Magnetismus beschäftigt. Magnetische Erscheinungen, Telepathie und alle diese Dinge waren sein privates Forschungsgebiet. Bekannt, ja man muß sagen, weltberühmt wurden seine Experimente und Aufzeichnungen über die sogenannte Seherin von Prevorst, Friederike Hauffe, die lange Zeit hier im Hause wohnte. Übersinnliche Kräfte, seelisches Außersichsein, Hineinragen in die Geisterwelt, verstehen Sie –«
Hannes verstand nicht, man sah es ihm leicht an. Aber Bele bemühte sich, aus ihren steilen Hosen geradewegs in die Geisterwelt hineinzuragen, und nickte.
»Ja«, fuhr der Alte fort, »in diesem Turm nun will Kerner mehr als einmal Geistererscheinungen gehabt haben. Und zwar begab sich der Geist in diese Ritterrüstung, die sich dann bewegte und – so heißt es – auch sprach.«
Schweigend betrachtete das Trio die leere Uniform. So standen sie eine ganze Weile; und es war offensichtlich, daß die Führung durch das Kernerhaus beendet war. Aber während Hannes gerade überlegte, ob die alten Römer den Auguren Trinkgelder gegeben hätten, tröpfelte noch ein bißchen Führung nach.

»Übrigens«, sagte der Hagere und setzte sich in Richtung Gartentor in Gang, »übrigens, ehe ich Sie gleich durch dieses Türchen hinauslasse – wir hatten vor nicht langer Zeit eine amerikanische Gesellschaft für die Erforschung von Geistererscheinungen zu Gast. Die Herrschaften übernachteten behufs dessen hier im Turm und hatten tatsächlich Glück: Der Geist ging in die Rüstung.«

»Das«, rief Hannes tief bewegt und schloß mit der bekannten beidarmigen Abgeordnetengeste, »das war der Geist der Zeit!«

Bele spürte einen Hunger, den sie »milde-wahnsinnig« nannte. Sie befühlte sich zum Zwecke der Feststellung, wieweit bereits Ödeme öffentlich erkennbar seien, das Bäuchlein von allen Seiten, während sie beide über den Grasigen Hag zurück zur Oberstadt schlenderten. Hannes beobachtete mit wachsendem Interesse ihre sich auf maßgebliche Stellen ausdehnende Untersuchung.
Als sie es bemerkte, blieb sie stehen, machte zwei Kniebeugen, um ihren Hosen einen belangloseren Sitz zu geben, und sagte kurz:
»Was ist?«
Er antwortete: »Nichts, wieso?« und schlenkerte, anscheinend verwundert, mit dem Kopf herum.
»Ich werde«, deklamierte Bele im Weitergehen, »heute abend fantastische Mengen verspeisen. Und dich bitte ich, nicht dauernd so zu glotzen wie mein Chef, den du Regierungsbullen nennst. Ich kann das nicht leiden. Wie spät ist es eigentlich?«
»Warum?«
»Warum, warum. Bestimmt aus keinem anderen Grunde als zu wissen, ob wir bald essen können.«
»Halb sechs.«

»Halb sechs erst? Hoffentlich überstehe ich es.«
»Wir könnten –«
»Auf keinen Fall. Hunger ist in Wahrheit prima; glaubst du?«
»Schnirks.«
»Was soll das heißen?«
»Schnirks.«
»Was ist Schnirks?«
»Eben Schnirks. Ein Ausdruck.«
»Habe ich nie gehört. Bist du der geniale Erfinder?«
»Uralt.«
»Uralt? Und woher kommt er?«
»Von Entenschnirks.«
»Schwein!«
Er lachte boshaft und legte den Arm um ihre Schulter.
»Bele –«
»Hannes?«
»Könnten wir nicht –«
»Auf keinen Fall. Hunger tut sehr gut.«
»Ich meine ja gar nicht –«
»Ich auch nicht.«
Schweigen.
Nach einer Weile:
»In Wahrheit bist du süß, Bele.«
»Du, Hannes, du!«
»Quatsch. Ich bin ein Affe.«
»Darf ich meine Hand in deine Hostentasche stecken? Mir ist ein bißchen kalt.«
Nicken.

Nach einer Weile:
»Du bist *furchtbar* süß, Bele.«
Sie lächelte.
Ihr Lächeln verstärkte sich, als sie sah, wie er den Gang eines Kavalleristen annahm.

Sie traten durch das kleine Stadtmauertor wieder auf den Kirchplatz, wo einige alte Frauen mit Stricken, ein Mann mit Fegen und Oekolampadius mit Stehen beschäftigt waren.
Eine schöne Kirche. Keine Friedhof-, keine Efeu-Kirche, sondern eine Uni-Kirche. Eine Uni-Kirche ist eine Kirche, die auch zum Gottesdienst bestimmt ist, hauptsächlich und in erster Linie aber zum Treffpunkt von Studenten, zum Passieren auf dem Wege zur Universität, zum Mappeabsetzen und Uhrnachstellen. Wenn sie alt ist, ist sie verwittert, aber nie düster. Wenn sie neueren Datums ist, ist sie aus Backstein. Nie ist sie jünger als Kaiser Wilhelm II. heute wäre.
Die von Weinsberg schien Hannes und Bele über alles Lob erhaben. Bele zog sofort ihren Prospekt »Weinsberg, die Stadt der treuen Weiber, Justinus Kerners (hier seufzte Hannes) und des Weins«, Ausgabe in Braundruck, hervor. Danach war die Kirche »ein Bauwerk« und von hohem kunstgeschichtlichen Rang aus dem Anfang des dreizehnten Jahrhunderts, eine flachgedeckte Basilika (Was ist eine Basilika, Hannes? Du siehst es vor dir, Geliebte. Ich sehe viel vor mir. Gott

geb's!), flachgedeckte Basilika mit Stützenwechsel (Na, Bele? Was, Hannes? Keine Frage? Hör auf zu knurren, Hektor.), Stützenwechsel, Ostturm und rundbogigem Westportal; der Reichtum an plastischen Einzelheiten atmet die ganze Formenfreudigkeit der spätromanischen, staufischen Zeit; bei der Zerstörung Weinsbergs 1525 brannte auch die Stadtkirche aus, doch hat das Gestein dem Feuer getrotzt; nach dem Zweiten Weltkrieg wurde das Innere der Kirche von kundiger Hand erneuert . . .

Bele wollte jetzt die kundige Hand besichtigen. Sie nahm mit *ihrer* kundigen Hand Hannes unter den Arm und zerrte ihn zur Tür. Sie drückte die Klinke herunter, und siehe da, die Tür öffnete sich, obwohl es eine evangelische Kirche war.

Die erste Überraschung jedoch war nichts gegen die zweite. Hannes stand bei dem Anblick wie erstarrt.

Dann sagte er:

»Siehst du, Bele, das ist die Hand der Dickerchen, die asthmatisch hinter uns hergekeucht kommen. Wo früher unsichtbar der liebe Gott stand, da steht nun auf drei verchromten Beinen ein Mikrophon. Auf der Kanzel auch, siehst du es? Aber am furchtbarsten ist der Anblick vor dem Altar. Ach, Bele, wie ich sie hasse, wie ich sie hasse, wie ich sie hasse.«

Bele schluckte. »Wen, Hannes?«

»Ja, wen –? Die mit dem schlechten Gewissen.«

»Das ist wahr, Hannes. Genau. Das ist wahr. Die mit dem ewig schlechten Gewissen. Schön, daß du das so

gesagt hast und nicht anders. Ich liebe dich, Hannes. Ob der liebe Gott was dagegen hat, wenn ich dir hier einen Kuß gebe? Wir sind ja Twens, nicht?«
Sie berührte mit ihren Lippen seinen Mund; dann verließen sie die Kirche und begnügten sich damit, von außen noch eine Weile stumm das Gestein zu betrachten, das »getrotzt« hatte.
In der Dämmerung, im Schein der eben entzündeten Laternen sah die Montmartretreppe, die sie nun hinabstiegen, noch romantischer aus als am Tage. In ihrem Rücken wuchs die Silhouette der Kirche mit jedem Schritt abwärts höher in den dunkelnden Himmel, und vor ihnen wurde der Rathausplatz, je näher sie kamen, desto schiefer. Hannes vergaß den Komsomolzen-Saal mit den Mikrophonen, was seinem Gesicht sehr guttat. Bele lächelte ihn an, was auch ihrem Gesicht nicht schadete. Ein Kernersches laues Lüftchen erhob sich mit dem Verschwinden des Tageslichts, die Blätter in den vollen Baumkronen raschelten, junge Mädchen schlossen die Fensterläden, und aus den Kaminen begannen die abendbrötlichen Rauchfahnen aufzusteigen. Aktentaschen kamen noch aus einigen Häusern und eilten zu Autos, die vor Wiedersehensfreude aufheulten, und aus den alten geduckten Häuschen stolzierten Katzen, um eine Nase voll Maus zu nehmen. Ein Hund machte noch einen Geschäftsrundgang, und eine Amsel sprach ihr Nachtgebet. Die Welt ist schön, dachte Hannes, scheiß auf die Dickerchen.

Die Welt war schön.

Aber auch Bele war nicht von Pappe, als sie – wieder hauteng verpackt – hinter Hannes in das Hotelrestaurant trat. Dennoch wurde sie von jemand fast erreicht, der zwischen zwei Herren an dem Tisch saß, an dem gestern die Dreitonner ihr Atü aufgefüllt hatten.

Hannes steuerte auf den alten Platz zu und mußte nicht an ihr vorbei, dennoch sah er sie natürlich sofort. Die Blicke trafen sich, und die Dame erlebte, daß Hannes' Auge mit demselben Grad von Andacht über sie hinwegfuhr, wie die Zunge über eine Briefmarke.

Die junge Dame zählte ungefähr zwanzig Lenze; sie trug ein Lamékleid wie die Jungfrau von Orleans in Tagen der Not, und hatte darüber locker ein Spruchband aus Nerz gelegt. Oben schloß sie mit einer falbenfarbenen Haarkrone ab, unten mit dem Tisch. Ihre Arme wurden von einer Menge Massai-Spangen aus purem vierzehnkarätigem Gold geschützt, die wohl kaum von Mutti stammten. Die Hände hatten keine Schwielen. Nur vorne an den Fingerspitzen hatten sie sich auf der Remington etwas abgelaufen. Das Gesicht wirkte überraschend jung, nicht übermäßig schön; so etwa zwischen

Abteilung Feinseifen und Photomaton im Zwischenstock.
In diesem Augenblick stand besagte Dame auf. Weltgewandt entschuldigte sie sich bei ihren Begleitern für einige Minuten. Sie erhob sich, und zwar weit über das, was man erwarten konnte.
Sie schritt auf zwei hohen Schwetzingern an Hannes vorüber und warf ihm einen Blick zu, mit dem sie sich erkundigte, zu welcher Gattung Blattläuse er bestenfalls gehörte.
»Hast du die poröse Stelze gesehen?« murmelte Hannes in die Speisekarte.
»Genauestens. Was ißt du?«
Da er nicht antwortete, nahm Bele ihm die Karte weg. Er blickte zum Nebentisch hinüber und musterte die zwei Hochtouristen der Dame. Der eine war etwa fünfundvierzig, der andere fünfzig. Wer der Lizenzträger war oder ob sie eine offene Kommanditgesellschaft bildeten, war nicht ersichtlich.
»Ja«, sagte Hannes, »ihr Schweinebacken. Bele *meint* ihr, und die da *bekommt* ihr.«
Bele runzelte die Stirn. »Leg dich, Hektor, leg dich.«
»Ich sage ja gar nichts.«
»Schön. Also, Geliebter, ich esse als erstes – nicht wahr, es gilt noch, daß ich essen darf, soviel ich will?«
»Bis zum Aufreißen.«
»Gut. Also, ich esse – winkst du bitte dem Kellner? – ich esse zuerst eine Hamburger Krebssuppe. Macht 90 Pfennige. Hast du einen Bleistift? Ich möchte es ankreuzen.

Dann ein Ragout-Omelette. Macht 3,50. Dann Grillspießchen mit Curry-Reis und Salat. Macht 3,80. Und dann ein Dessert. Und du?« fragte sie, inbrünstig an das Essen denkend.

Aber nun kehrte gerade die Jungfrau aus Orleans zurück. Der halbe Raum drehte sich um; einigen Herren um die dreißig sah man an, daß sie das Gewehr präsentierten.

Die Dame kam heran.

Als ihr Auge diesmal auf Hannes zu ruhen geruhte, lachte er. Darauf sagte sie plötzlich, laut und deutlich: »Guten Abend.«

Als es heraus war, griff sie, über sich selbst verwirrt, mit der Linken haltsuchend nach ihrem Fell, das inzwischen nicht mehr da war. Nun war sie ganz erstarrt. Hannes bückte sich, und da er gerade mit der Gabel gespielt hatte, spießte er den Balg vom Boden locker auf.

»Ihr Kaninchen macht einen Fluchtversuch«, sagte er gedämpft. Sie riß die Preziose an sich und hauchte: »Danke, mein Herr.«

Sonnenschein lag noch auf seinem Gesicht, als er sich wieder Bele zuwandte.

»Schau mal!« sagte er, »eine ganz einfache poröse Stelze.«

Bele lachte. »Wie sehen die beiden an ihrem Tisch aus, ich mag mich nicht umdrehen?«

»Zwei Mercedesse mit Bandscheibenbremsen.«

»Füge für die freie westliche Welt hinzu, Hannes, daß

du damit nichts gegen die bekannte Automobilmarke sagen willst. Der Ober steht hinter dir.«
Der Kellner lächelte dezent. Er zog nur den Rezeptblock. Er erinnerte sich an gestern. Es konnte losgehen.

Bele aß siebzig Minuten lang. Während dieser Zeit sah und hörte sie nichts anderes. Hannes fragte sie, ob sie nun noch einen Nachtisch wolle.
»Ja«, seufzte sie, »Kirschen.«
»Kirschen«, bestellte Hannes. »Aber ohne Kerner.«
Diese geistvolle Bemerkung, dem Kellner nachgerufen, war es, die die Verbindung zum Nebentisch herstellte. Einer der beiden Kommanditisten lachte nämlich. Und als Hannes aufblickte, hob der andere das Glas und trompetete: »Auf Weinsberg, die Stadt der treuen Weiber, des Weins und Justinus Kerners!«
Hannes blinzelte über den Rand seines Bierglases wie über einen Pistolenlauf und dachte: Gleich wird er sich vorstellen.
Aber das tat er nicht. Er beugte sich über die Brüstung der Nische und teilte mit, er sei Weinsberger, »waschechter«, sagte er und war der erste Mensch der Welt, der seinen Zuhörer aufforderte, ihn zu waschen, er bleibe immer ein Weinsberger. Als Hannes darauf, etwas verdutzt, aha antwortete, spritzte der indanthrenerne Weinsberger ihn mit einem spöttischen Blick ab und erkundigte sich, ob Hannes zu Besuch hier sei.

Hannes nickte.
Und wohne? Hier im Hotel?
Hannes nickte. Dann fiel ihm ein, daß er gleich noch etwas klarstellen könnte, und er fügte hinzu: »Mit meiner Frau.«
Das klang schlecht; er merkte es sofort, als es heraus war.
Der Weinsberger hob erst die Augenbrauen, dann das Glas und sagte:
»Zum Wohl, Gnädigste.«
Na also, das war noch schlechter. Das war so schlecht, daß Hannes ihm sofort den Fuß auf den Nacken setzte. »Bele«, sagte er, »merke! Derartig fein sind wir noch nie angeredet worden.«
Bele lachte. Aber so einfach war das mit dem Herrn nicht. Er lachte ebenfalls und antwortete:
»Richtig! Aus Großvaters guter Stube, aber heute noch sehr praktisch. Ich bin Vertreter. Mir kommen tausend Leute unter die Augen, und da kann man so einen Schlüssel, der für alle paßt, kolossal gut brauchen. Was sind *Sie,* wenn ich fragen darf?«
»Danke«, sagte Hannes, »ich war noch nie krank. Masern ausgenommen.«
Der Weinsberger betrachtete Hannes eine Weile. Nachdenklich, doch offenbar ohne Groll. »Die Jugend ist empfindlich –«
Hannes nickte. »Gewaltig.«
»– im Nehmen. Im Geben weniger, glaube ich. Aber um auf die Masern zurückzukommen, junger Freund: Ich

meinerseits war häufiger krank. Ich hatte Fleckfieber, zweimal, und einen Durchschuß am Oberarm. Seitdem finde ich den 55er Wildecker Spätburgunder so gut. Ich würde mich freuen, wenn ich Ihnen ein Glas anbieten könnte.«

Hannes lehnte dankend ab, weil er bei seinem Bier bleiben wollte, genau gesagt, weil er überhaupt nicht wollte. Er sagte es ungeschickt, und damit endete zunächst das Gespräch.

Zehn Minuten später erhoben sich die poröse Stelze und der andere Kommanditist und verabschiedeten sich von ihrem Weinsberger Freund längere Zeit, indem jeweils einer der drei immer wieder »Also ...« anhub; endlich gingen sie. Man hörte ihren dicken Brummer starten.

Der Waschechte blieb noch. Er setzte sich wieder. Zuerst schaute er heischend um sich, um dann sekundenschnell in stillen Trübsinn zu versinken. Er starrte in seinen 55er Spätburgunder und komponierte seinen eigenen Trauermarsch.

»Ein hübsches Mädchen«, sagte Hannes in einer Anwandlung von Mitgefühl.

Der andere nickte. »Jaja«, antwortete er geistesabwesend.

»Ich dachte, die« – er wollte poröse Stelze sagen, trat aber noch rechtzeitig auf die Bremse – »ich dachte, sie gehöre zu Ihnen.«

Der andere: »Ach, die.«

Dann aber schien das Gespräch doch die Watte seines

Gehirns durchstoßen zu haben, denn er wurde wieder lebendig. Zuerst trank er einmal einen ausgiebigen Schluck, und dann legte er wieder los:

»Sie haben vollkommen recht. Apartes Mädchen. Sekretärin meines Freundes. Der Trost seines Alters. Sehen Sie, das ist nun mal ein Fall, da muß man sich ein bißchen zusammennehmen, wenn es auch schwerfällt, denn in der Freundschaft gilt das gleiche Gesetz wie in der Wirtschaft: Abwerben ist unfair. Ich bin sicher, ich brauchte nur die Zange anzusetzen und der Zahn wäre in meiner Hand. Der Zahn!« lachte er. »Sagt ihr jungen Leute nicht dazu steiler Zahn? Eigentlich Unsinn, nicht? Sollte man eher zu einem Mann sagen. Verstehn Sie? Nicht zu einer Frau; zu einem Mann! Dazu paßt der Ausdruck. Eventuell. Bei passender Gelegenheit. Verstehen Sie? Stolz weht die Flagge tatarata / an unseres Schiffes Mast.«

Inzwischen war die Röte, die Hannes ins Gesicht geschlagen war, wieder gewichen. Der andere hatte nichts bemerkt.

»Na ja«, schloß er, »ich wünschte, ich wäre noch einmal jung.«

»Sie würden sich wundern«, sagte Hannes giftig.

»Worüber?«

»Über die Alten.«

Auf diese Überraschung hin schwieg der Weinsberger eine Weile.

Er nahm abermalen einen Schluck und alsdann ein Gesicht an, als sei man ihm auf des Schiffes Mast getreten.

»Was haben Sie eigentlich gegen uns?« fragte er von unten herauf. »Ehrlich: Was hat die Jugend gegen uns? Offen und ehrlich und ohne Umschweife: Was?«
»Soweit ich orientiert bin, finden wir die Alten in summa zum Kotzen.«
Bele, die wie auf Kohlen gesessen hatte, schoß ihre Schuhspitze gegen sein Bein ab. Aber Hannes verzog keine Miene.
»So!« nickte der Weinsberger. »In summa. In summa zum Kotzen. Und darf ich fragen, wieso?«
»Sie wollen doch die Wahrheit hören?«
»Doch, doch, natürlich. Ich bin nicht im mindesten beleidigt. Wann hat man schon so ein Gespräch!« Er lachte ein bißchen wie Rotkäppchen im Walde. »Natürlich die Wahrheit. Also: Wieso? Wieso sind wir der Jugend so zum Kotzen?«
»Mein Gott! Wenn ich es Ihnen aufzähle, sind wir morgen früh noch nicht fertig.«
»Na, vielleicht können Sie es wieder in summa sagen –?«
»Jaja, das kann man sicher.«
»Nun? Warum also?«
»Weil Sie die Marschverpflegung aufgefressen haben.«
»Ach!«
Er schwieg. Man sah, daß er mit den Assoziationen wie Laokoon mit den Spaghettis rang.
Dann sagte er:
»Ich verstehe! Sie meinen die seelische Marschverpflegung Ihrer Generation. Schön. Aber hören Sie: Wenn Sie wie ich im Krieg gewesen wären, wüßten Sie,

daß es immer noch einen Beutel mit der eisernen Ration gibt.«
»Den haben Sie doch weggeschmissen.«
»Ach?! Wann denn?«
»Als er Ihnen beim Bücken so hinderlich wurde.«
»Donnerwetter«, murmelte der Weinsberger; und noch einmal kopfwackelnd:
»Donnerwetter.«
Als er sich wieder erholt hatte, fragte er:
»Auch politisch?«
»Was?«
»Beurteilt die Jugend uns so?«
»Sie wollen die Wahrheit hören?«
»Natürlich! Nur zu!«
»Sie haben sich aufgeführt wie die Säue –«
Der Weinsberger lachte schallend.
»– Sie haben die Monarchie verbuttert, die Weimarer Republik verbuttert, das Dritte Reich verbuttert und die Bundesrepublik verbuttert. Alles, was Ihnen in die Finger kam. Sie haben den Glauben verbuttert, die Ideale verbuttert, die Familie verbuttert, die Frauen verbuttert, den Frieden verbuttert, und als Sie ihn verbuttert hatten, auch den Krieg. Und jetzt verbuttern Sie uns.«
»Sie sind unbezahlbar, junger Freund!«
»Da haben Sie recht«, sagte Hannes, »und das ist der Unterschied.«
»Na schön. Und das alles treibt die Jugend dazu, in Sparkassen einzubrechen?«
»Nein, das ist nur unser Nachahmungstrieb.«

Der Weinsberger lachte wieder. »Und Twist zu tanzen, dieses Affentheater?«
»Nein. Da haben wir uns nur etwas erfunden, was Sie uns nicht nachmachen können. Da helfen nämlich keine Brieftaschen, verstehen Sie?«
»Ja, ich verstehe. Wir Alten sind überhaupt nicht so schwer von Begriff, wie Sie glauben. Und eure blödsinnigen Cowboy-Hosen?«
»Werden uns geliefert. Von Ihnen.«
»Aha. Gut. Habe alles begriffen. Und jetzt werde *ich* Ihnen, junger Freund, mal in summa etwas sagen: Ihr seid zu gut genährt, ihr habt zuviel Zeit, und ihr besitzt zuviel Geld. Denn das Geld eurer Väter nehmt ihr doch dankend an?«
»Natürlich. Wir kassieren da den Tribut des schlechten Gewissens.«
»Donnerwetter.« Nach einer Weile kam ihm noch ein Gedanke, der ihn selbst tief zu rühren schien; er sagte: »So etwas Ähnliches wie Liebe spürt die Jugend für uns wohl nicht mehr?«
Hannes betrachtete sein Gegenüber eine Zeitlang. Endlich antwortete er:
»Doch. Ich kenne solche Fälle.«
»Und ihr verachtet sie natürlich?«
»Nein, sie erregen unseren brennenden Neid.«
Der Weinsberger war perplex und schwieg.
Auf ein geheimes Morsezeichen brachte der Kellner noch eine Flasche Wein, er wollte einschenken, bekam aber stumm abgewinkt. Der Weinsberger nahm die Flasche

in beide Hände und sah sie sich, offenbar etwas geistesabwesend, an.
Dann blickte er zu Hannes hinüber und hob ihm die Bottel fragend entgegen.
Hannes schüttelte den Kopf.
Der Weinsberger nickte, als wollte er zum Ausdruck bringen, daß er nichts anderes von der Jugend erwartet habe und es zu tragen wisse. Worauf er sich selbst eingoß und trank.
Als er das Glas absetzte, lag über seinen Zügen schon wieder der Schatten der Abgespanntheit. Er kratzte sich mit der Linken im Gesicht herum, ohne die Stelle zu finden, die ihn juckte, und studierte dabei die Tischdecke. Schließlich war das Ei da, das ihn gedrängt hatte.
Er sagte:
»Aber wir meistern das Leben.«
Hannes lachte. Sogar Bele lachte.
Hannes winkte dem Kellner: »Die Rechnung!«
Bei diesem Wort schaltete der Weinsberger noch einmal.
»Kriegt ihr!« grinste er, »kriegt ihr!«

Sie traten noch einen Augenblick vor die Tür, um eine Lunge voll Esso zu nehmen.

Hannes legte Bele den Arm um die Schulter. Sie standen auf dem asphaltierten Vorplatz im Schein der Bogenlampe und schauten gemeinsam in die schwarzblaue Nacht.

Seine Hand hing lang und locker über ihrer Schulter, und die Fingerspitzen studierten vorsichtig die geologischen Verwerfungen der Steilwand.

Das ging eine Weile gut, da Bele in Ahnungslosigkeit versunken war; dann erwachte sie, warf seine Hand ab und fuhr ihn an:

»Hannes, verdammt!«

Hannes jedoch war innerlich schon weiter, und daher entwickelte sich das Folgende sehr rasch. Er drehte Bele mit einem schnellen Schultergriff zu sich herum, bückte sich, hob sie hoch, schwang sie über die Parkplatzmauer in den Schatten und sprang hinterher; Bele riß sich los und rannte zur Hintertür des Hotels, fand sie offen, wollte sie hinter sich zuschlagen, sah aber Hannes' Bein schon dazwischen; sie stieß ihn vor die Brust, raffte, um besser laufen zu können, das Kleid bis zu den

Oberschenkeln hoch und jagte die Treppe nach oben. Sie hörte ihn dicht hinter sich, er griff nach ihrem Fuß und behielt einen ihrer Schuhe in der Hand, er hörte, wie sie »du buckliger Schuhfetischist« zischte, und verdoppelte seine Anstrengung; sie erreichten fast gleichzeitig das Zimmer, es war stockduster, jedenfalls schien es ihm so, aber da er auch noch das Periskop zur Unterstützung ausgefahren hatte, sah er Bele deutlich, sie hatte den zweiten Schuh von sich geschleudert und wollte sich hinter den Tisch retten, als er den erleuchtenden Gedanken hatte! Er hielt ein, ging zur Tür, schloß sie zu, entkleidete sich in aller Ruhe und wollte gerade effektvoll zum Lichtschalter greifen, da kam ihre Stimme aus dem Dunkel, an das sich ihr Auge offenbar gewöhnt hatte:

»Oh, Hannes! Wie hast du da nur so schnell laufen können!«

Mit der unbefangenen Einsicht für Notwendigkeiten, wie sie Frauen eigen ist, untersuchte Bele später den kostbaren Neo-Perser nach Spuren ihrer langanhaltenden Glückseligkeit und war erleichtert, daß sie nichts fand. Nachdem diese Sorge verschwunden war, fühlte sie nichts als heitere Zufriedenheit. Sie drehte das Licht wieder aus und setzte sich zu Hannes auf den Bettrand. Sie legte ihre Hand in seine und saß still da.
Draußen lärmten die Autos und Omnibusse vorüber. Dazwischen drang Sprechen, Rufen, Lachen, Pfeifen von Passanten herauf. Die Leute schienen durchs Zimmer zu gehen, so deutlich und ungedämpft klang alles. Auch aus dem Treppenhaus und dem Restaurant kam das Geräusch von Schritten, von Türenknarren und Geschirrklappern. Jedoch alles verstärkte nur den Eindruck, das Zimmer selbst halte den Atem an und lausche.
Inzwischen hatte, wie sich herausstellte, die Natur fieberhaft daran gearbeitet, die Akkumulatoren wieder aufzuladen; denn als Bele merkte, wie das harmlose Wort »Hotelzimmer«, an das sie jetzt dachte, plötzlich gleich einem Selterskribbeln in ihr hochstieg, und sie

sich daraufhin kurz entschlossen und ergeben über Hannes sinken ließ, da fühlte sie, wie auch bei ihm die Sache stand.

Mit dem unsterblichen »Oh« aus ihrem Munde setzte die Sinfonia notturna von neuem ein.

Nach Mitternacht wachte Hannes auf; nicht weil wieder einer der Omnibusse quer über sein Trommelfell gefahren war, sondern weil er glaubte, Bele weinen zu hören. Er horchte zu ihrem Bett in der anderen Ecke des Zimmers und rief leise:

»Bele?«

»Ja?« fragte sie ebenso leise zurück.

»Schläfst du nicht?« – »Nein.«

»Hast du irgend etwas?«

»Nein, Hannes.«

»Wirst du jetzt einschlafen können?« (Geistreich, dachte er.)

»Jaja. Bestimmt.«

»Warte, ich komme einen Moment zu dir.«

»Nein, bleib! Wirklich, Hannes, ich schlafe gleich.«

Dennoch stand er auf und tastete sich, ohne Licht zu machen, zu ihr hinüber.

Er nahm ihren Kopf in seinen Arm.

»Warum schläfst du denn nicht, Bele?«

»Ich weiß nicht.«

»Du hast doch geweint?«

»Ein bißchen.«

»Ein bißchen? Wie du dich ausdrückst! Das geht doch nicht nach Litern, Bele!«
Sie lachte. Aber es klang nicht so sehr vergnügt. Er strich ihr durch das Haar. Sie drehte den Kopf zur Seite und drückte das Gesicht in seine Hand. Ach, du grünes Tal, dachte er, sie macht doch nicht schlapp? Was »schlapp« sein mochte, fühlte er nur undeutlich; er war auch nicht begierig, es zu ergründen, er hatte eine dunkle Ahnung, daß es mit seinen einundzwanzig Jahren zusammenhing.
Wenn er mich jetzt fragt, warum ich geweint habe, fange ich wieder an.
Aber er fragte anders; wenn auch nicht viel. »Woran hast du gedacht, Bele?«
Sie schlang die Arme um seinen Hals: »An das Kernerhaus.«
Er war verwirrt.
»An was?«
»An das Kernerhaus, Hannes. An den dummen Kerner. An Liebe, Glück und Tod . . .«
»Bele –«
»Und daß es mehr nicht gibt. Und wie wir darüber gelacht haben. Und an die Tüllgardinen, an den Schaukelstuhl und an den Kachelofen in der Studierstube. An das Pferdchen unten im Stall, an die Freunde, die angereist kamen, und an die Öllampe auf dem runden Tisch, an die knarrenden Fensterläden und an die knarrenden Äste der Bäume.«
»Aber, Bele! Ich kann mir Schöneres vorstellen.«

»Ich auch, ganz bestimmt, ich auch. Ich weiß nicht, Hannes, was das war. Es war etwas ganz Wehmütiges, drum habe ich ja auch ein bißchen geweint. Ich habe gewünscht, ich wäre das Rieckele.«
»Oh, verdammt«, sagte er.
»Nicht wichtig, Hannes.«
»Na, ich danke.«
»Nein, nein. Es ist schon vorbei.«
Er beugte sich zu ihr hinunter und küßte sie.
»Ich will nur«, flüsterte sie, ihre Lippen dicht an seinen, »mein Leben lang daran denken, daß . . .«
»Lieber Himmel, Bele! Ein Leben lang!«
Darauf schwieg sie.
»Bist du ein Rieckele oder bist du eine spitze Tanne?« fragte er und versuchte, auf C-Dur zu gehen.
Sie schwieg weiter.
Plötzlich jedoch lachte sie und sagte:
»Eine spitze Tanne natürlich!« Sie schien wie ausgewechselt.
Als er noch rasch und verstohlen nach ihren Augen tasten wollte, biß sie ihn in den Finger. Er schrie leicht auf; es war kaum zu hören, da gerade wieder ein Omnibus durchs Zimmer fuhr.
Eine schwebende, eine unwiderstehliche Heiterkeit durchströmte Bele.
»In Schloß und Burges Hallen« – sie lachte vor sich hin –

»die Spindel emsig sang.
Den deutschen Frauen allen
war es ein lieber Klang.«

Sie hörte geradezu, wie Hannes den Atem anhielt.
Und schneller als ein Mathematiker erhob sie ihn in die dritte Potenz.

Auch das Wetter hielt sich wacker. Ein Tag wie der andere.
»Sonne?« fragte Bele und rieb sich die Augen.
»Dolle Sonne. Guten Morgen.«
»Bist du schon lange auf?«
»Zehn Minuten. Ich bin gerade aus der Waschschüssel aufgetaucht. Siehst du denn nicht, daß ich mich abtrockne?«
»Ich sehe gar nichts. Ich glaube, ich habe Tomaten auf den Augen. Bist *du* das, was sich da bewegt?«
»Nein, das ist der Kaiser Wilhelm, mein Liebling.«
Bele dehnte und reckte sich. »Ach, ja. Ich sehe deinen kurzen Arm, Kaiser Wilhelm.«
Hannes pendelte näher.
»Bele ...«
Aber Bele mauzte: »Schnecke ins Haus! Zieh dich jetzt sofort an! Und dann gehst du hinunter und zahlst die Rechnung.«
»Wozu?«
»Weil das in Hotels so üblich ist, wenn man abreist.«
»Und du?«
»Kümmere dich nicht um mich.«

»*Der* Meinung auf dem *Schlachtfeld* warst du nicht«, deklamierte er.
»Auf welchem Schlachtfest?«
»Feld! Feld! Das war ein Zitat von Schiller.«
»Ach, Hannes, das ist zu schwer für mich am frühen Morgen.«
»Es ist neun Uhr!«
»Neun? Das ist gar nichts.« Doch dann richtete sie sich auf. »Neun? Hannes, dein Chronometer steht!«
»Unsinn. Nichts steht.«
Sie sah ihn mißtrauisch an. »Zieh dir die Schuhe an, los!«
»Jawohl!« Er bückte sich. Doch statt des Schuhes ergriff er ihr Bettuch. Bele merkte im letzten Moment, wie es sich spannte, und hielt es über ihrer Brust fest.
»Untersteh dich«, fauchte sie. Er zog. Sie umklammerte die Zipfel. »Wag es! Ich klingele!«
»Das kommt davon, wenn man im Bett ohne –«
»Das geht dich gar nichts an! Geh jetzt endlich hinunter, du lästiger, bocksbeiniger Wüstling.«
Er ließ die Decke los und zog sich friedfertig die Schuhe an.
»Bele –«
»Ja?«
»Ich möchte dir etwas sagen.«
»Sag es.«
»Ich liebe dich sehr, Bele.« Das kam aus der Schuhgegend herauf; sein Kopf war nicht zu sehen. Und dann griff Hannes kurz entschlossen in die Mottenkiste:

»Du bist eine wunderbare Geliebte.«
»Du bist wohl verrückt! Wer hat denn jemals so etwas Blödsinniges gehört. Und starre mich nicht an! Siehst du – verdammt – jetzt werde ich rot.«
Er, ungerührt: »Du bist süß, Bele.«
Sie schloß die Augen, ließ sich in die Kissen zurückfallen und zog die Decke über ihren Kopf.

Sie faßten den Entschluß, nicht im Hotel zu frühstücken, sondern konditern zu gehen.
Dazu empfahl sich am Platze das Café Drautz.
Ein nettes Café. Es war, wie viele, so eingerichtet, daß man zunächst vor einer Kuchenmole einlief, hinter der eine junge Circe lauerte, die in der Linken eine Zange trug, während sie mit der Rechten ab und zu an ein paar Tasten auf dem Registriercembalo anschlug. Bele fiel ihr sofort anheim; sie machte einmal kurz eine Kniebeuge, um den steilen Hosen den richtigen Sitz zu geben, und bestellte dann. Die Circe mußte die linke Hand zur Hilfe nehmen.
Im Gästeraum waren nur zwei Tische besetzt. An dem einen saß ein Reisender in Lippenstiften und betete seine Prospekte an, an dem anderen hatte sich ein Quintett von Rheintöchtern niedergelassen, die sich in lebhaftem Gespräch befanden, wobei sie die Kunst der Fuge bevorzugten. Als aus einem Kompositionsfehler heraus einmal eine Pause entstand, riefen sie die Kellnerin und trugen ihr fünf Steinhäger auf.
Das ließ sogar Hannes stocken.
»Hast du das gehört?« staunte er.

»Sie werden«, sagte Bele, »bis zum Mittagessen daran schlecken.«
Aber weit gefehlt! In je zwei Zügen war der harte Männertrunk hinter die Bluse geschüttet.
Dann warfen sie ihre Nickel auf den Tisch, standen auf und verließen das Etablissement.
Hannes rührte gedankenvoll in seiner Tasse, den Blick immer noch auf die Tür gerichtet. »Es gibt Mutationen, Bele, von denen sich unsere Botaniker nichts träumen lassen.«
»Was sind Mutationen, Liebling?«
»Du weißt nicht, was Mutationen sind?«
»Nein, Hannes.«
»Eine Mutation ist für eine Pflanze das, was für einen mißratenen Sohn die Auswanderung nach Amerika ist. Ist das klar?«
»Vollständig, Geliebter.«
»Oder –«
»Es genügt, Hannes.«
»Oder: Eine Mutation ist für eine Pflanze das, was für einen Abgeordneten Fraktionstreue ist.«
»Ich bewundere dich, Hannes! Wenn man bedenkt, daß diese langen Sätze eng zusammengerollt alle in deinem Kopf lagen und vielleicht noch viel mehr – darf ich mir da noch ein Hefehörnchen bestellen?«
Als ihr Frühstück beendet war, gab die Schuljugend von Weinsberg ihnen eine kurze Abschiedsvorstellung. Etwa zehn Krümel, Knaben, die soeben das erste Dezennium des Lebens vollendet haben mochten, betraten mit

Diplomatentaschen ausgerüstet corporativ das Café und legten an der Kuchenmole an. Nachdem jeder sorgfältig seinen Scheitel vermittels eines Kammes frisiert und dann eine malerische Stellung – zum Teil nur auf einem Bein und einem Ellbogen – eingenommen hatte, bestellten die Zehn zehn Stücke Torte und zehn Flaschen eines amerikanischen Getränks.

Die Torten drückten sie sich in den Mund wie ein Dentist die Amalganfüllung. Dann nahmen sie die Flaschen zur Hand und spülten nach.

Hannes sah ihnen mit stachligen Augen zu.

»Gehen wir«, sagte er.

Als er – Bele in seinem Kielwasser – Schwierigkeiten hatte, sich durchzuzwängen, trat er dem einen auf den Fuß und dem zweiten in die Kniekehle, worauf sich wort- und lautlos eine Schneise öffnete, durch die er genußreich auf die Straße trat.

Er hob das Gesicht in die Sonne, reckte die Arme und sagte:

»Und nun, Bele – weißt du, was wir nun machen? Jetzt setzen wir uns auf die Maschine und fahren zum Abschied noch einmal ganz langsam alle Wege ab, die wir gegangen sind, und alle Punkte, wo wir gewesen sind.«

Sie nickte.

Sie holte das Gepäck; er weckte das Motorrad.

»Es kolkst wie ein alter Kerl am Morgen«, lachte er. Bele klopfte dem »alten Kerl« liebevoll auf den Benzinbauch. Sie machte noch eine Kniebeuge, um ihren steilen Hosen etwas Freiheit zu geben, und schwang sich dann

in den Sattel. Als ihr Blick auf das Fenster des Hotelzimmers fiel, warf sie ihm eine Kußhand zu.
»Was ist?« fragte Hannes über die Schulter zurück.
»Nichts. Fahr ab.«
Er drückte den ersten Gang rein und knatterte langsam die Seufferheldstraße aufwärts.
. . . die Knusperhäuschen
. . . der Gärtnerstochterhang
. . . der schiefe Rathausplatz
(»Hannes! Mußt du mal? Mußt du noch mal, ehe wir abfahren?«)
. . . die Montmartretreppe mit den Laternen
Hannes bog in die Zehetgasse ein und stampfte zur Kirche hinauf.
. . . Oekolampadius unter den alten Bäumen
. . . Rauch aus den Kaminen
. . . das Feuertörle
Und da lag die Burgruine Weibertreu auf dem sonnenüberglänzten Weinhügel. Hannes machte am Fuß des Berges halt.
(»Was haben wir da oben eigentlich alles geredet, Bele, wir haben doch ununterbrochen gequatscht?«)
Dann fuhren sie unter der Stadtmauer am Grasigen Hag entlang zum Kernerhaus.
. . . die Hildthalle, die so aussah wie eine Saline
. . . der kleine Park
. . . der Geisterturm
. . . das Dichterhaus
Hannes salutierte mit der Rechten.

Bele schlug ihm auf die Hand. »Adieu, Rieckele!« sagte sie.
Das Motorrad bog in die Haller Straße ein. Bele wandte noch einmal den Kopf und sah hinter der Kurve die Fenster des Hotels verschwinden.
... die letzten Häuser; Prokuristen; wo findet die Seele die Heimat, die Ruh'
... die Esso-Tankstelle
»Halte dich fest! Es geht los!« rief Hannes.
Das Tachometer kletterte auf hundert.
Der Windstrom brannte wie ein Sandstrahl in Beles Gesicht, und wenn der Rücken vor ihr sich einmal tief über die Lenkstange beugte, warf es sie fast vom Sitz. Sie preßte die Schenkel fest zusammen.
Über der Silhouette der Stadt winkte ihnen die Burgruine nach.
Die Bergschatten waren wie verschossene blaue Seide und die Hänge voll von Wein. Ein vergessener Sommertag.
»Schneller«, rief Bele, »schneller!«

HAUPTMANN PAX

Geschrieben 1953

I

Der Gott aller Völker der Erde ist männlichen Geschlechts. Es ist keine Hoffnung zu setzen auf etwas anderes, es ist keine Hoffnung zu setzen auf die milchigen Brüste und die ratlose Scham, wenn man in die Kälte der Sterne, in das Schwelen des Vulkans, in das Kochen eines Taifuns sieht.
Ehe den Mann die Würmer fressen wie ein altes Hemd, muß ihn die Natur erschlagen und zertrampeln. Die Frau verhaucht und versinkt. Sie ist Vegetation, Wuchern, Schwellen, ein Blühen, Zurücksinken und wieder Schwellen; aber wie ein Tier so einsam zieht der Mann darüber hin, ohne Ort und ohne Erde. Er ist ein Lebensschiff. Wo er ist, ist ein Universum.
Wenn du den Stamm der riesigen Eiche umschreitest, bringst du ihr einen Erntetanz dar. Lächle, sei heiter. Der Baum ist, auch wenn er noch so groß ist, eine Mutter, eine kleine Beule der Erde. Aber das Tier, allein mit seinem herumgetragenen Leben, berührt die Erde nur mit den Krallen.
Es geht und sucht seinesgleichen, nicht die Erde.
Wenn ein Mann sagt:
Dieses oder jenes, was ich getan habe, oder dieses oder

jenes, was ich ertragen habe, das hätte kein Tier ertragen, so ist es das Höchste.

Ein Leben eines Mannes, in dem es das nie gegeben hat, war ein vertanes Leben. Er hat Polster an den Pfoten und bei seinem Gang die Erde so wenig berührt, daß man ein Papier zwischen seinen Fuß und den Stein schieben konnte.

Das ist nichts; das ist ein Wesen, das das Leben in einem Sack hinter sich her schleift, und es stehen zu lassen fürchtet.

Wenn sie das hören, werden sie sich natürlich zeigen wollen, sich aufrichten und nach der Art der Tiere, die Lemmings heißen, vor Wut zerplatzen. Aber ich sage, was ich will.

Wie verhält sich das nun, wenn ein Mann liebt?

Wenn ein Mann seinen Kopf in den Schoß der Frau legt, ist es seine Stunde der Dämmerung, denn die macht alle Tiere bang. Oder es ist Siehlplatz der Wölfe vielleicht oder womit man es sonst vergleichen mag. Der Mann bleibt allein, und alles um ihn ist das Andere.

Oder da ist der Krieg. Er ist für sich gar nichts, er ist nicht der Worte wert. Er ist eine Zeit; er ist so viel und nicht mehr, als ein Tag Donnerstag oder Freitag heißt. Man sagt so, damit man weiß, wovon man spricht.

Aber wenn es die Zeit war, von der wir sagen: Was ich ertragen habe, hätte kein Tier ertragen, dann war dieser eine Krieg alle Kriege, solange die Welt steht, und alle Tode und alle Geburten und ein Auge in Auge mit Gott und eine Blutsbrüderschaft aller Männer.

Dies alles sage ich für Männer, nicht für Frauen und nicht für Sackträger.

Die Frauen wissen nichts von der Furchtbarkeit und Größe der Männer. Ja, wie soll es denn kommen, daß sie es wissen? Sie haben einen sicheren Gang, schreiten als erste durch die Tür und werden von allen gegrüßt. Aber hier wird nicht von der Ordnung der Dinge gesprochen, sondern von anderem. Es ist genau so, wie wenn der Baum weiß, daß das Tier ihn nicht frißt, und hält es nun für zahnlos. Sie sehen uns mit krummen Rücken und mit Brillen, sie sehen uns über Akten gebeugt, sie sehen uns zu jung oder sehen uns zu alt, sie sehen uns schwerfällig bücken, sie sehen uns arbeitslos und in dieser Welt nicht zurechtfinden, sie sehen uns Türen offen halten und lächeln, sie sehen uns dick und nah. Nichts wissen sie. Sie legen, wie Nelson auf dem Schiff, das Fernrohr an das blinde Auge und sagen: Wo sind die eleusischen Mysterien?

Sie wissen es nicht, denn keine war je dabei, wenn der Mann sagen konnte: Ich habe ertragen, was kein Tier ertragen könnte.

Als Odysseus heimkehrte, kniete Penelope vor ihm nieder, ich weiß es, auch wenn es nicht in den Büchern steht. Aber ihre Weisheit ist verloren gegangen und mit ihr das Wunderbare dieser Welt.

Wir sind noch alle Odysseus.

Möge mir Homer helfen und Gilgamesch, Labiskwee und Saint-Exupéry und sogar der alte Mann von Kuba beim Spannen des Bogens des Odysseus.

II

Der Mann, von dessen Stunde der Furchtbarkeit und Größe der Bericht zu sprechen hat, ist Hauptmann Pax. Es handelt sich darum, seinen Bericht zum Bericht des ganzen Krieges und diesen Krieg zur Litanei aller Kriege der Welt zu machen, diesen Mann zu jedem Mann, diesen einen zu allen. Er ist der Sohn einer Mutter und kann aller Mütter Sohn sein, er ist ein Vater und ein Geliebter und steht für alle Väter und Geliebte. Er ist gegenwärtig überall. Das Wort Hauptmann ist nichts als eine Zeitangabe.

Der Mann lag damals auf einer Wiese, die Hände unter dem Kopf verschränkt. Neben ihm saßen, in der Kniebeuge, drei oder vier Gestalten und flüsterten mit ihm. Es war Nacht.

Aber es war nicht still. Auf der Wiese lagen dreihundert Männer, und es war ein beständiges Wispern, ein Hinundher, ein leises Rufen und Antworten. Man hörte das Einhämmern von Pfählen, das Anfahren von Wagen und ab und zu einen Schuß, den jedoch niemand beachtete.

Aus Richtung Witebsk kamen Autos und brachten Maschinengewehre. Die russischen Posten luden sie lautlos

ab und stellten sie rings um die Wiese. Wenn die Autos wendeten und ihre Scheinwerfer über die Wiese strichen, sah man für einen kurzen Augenblick, wie die eingeschlossenen Deutschen in Gruppen beisammenstanden oder unermüdlich hin und her gingen.
Der Mann fragte, wie spät es sei, und einer der Hockenden sah auf das Leuchtzifferblatt seiner Uhr und antwortete »Mitternacht«.
»Also –«, sagte der Liegende und begann, sich umständlich aufzurichten. Auch die Hockenden standen auf, und alle gingen auf die dunkle Silhouette zu, die der Haufen der zusammengeworfenen Waffen bildete.
Nach einigen Minuten erhob sich ein Lärm, alles schien zu schreien, ein Motor wurde angeworfen und brummte auf, und im nächsten Moment setzte sich ein deutsches Sturmgeschütz, dem man eine 15 cm-Kanone angehängt hatte, in Bewegung und rasselte auf die russischen Wachen zu. Ein Posten feuerte einen Schuß in die Luft, und dieser Knall löste von allen Seiten und in alle Richtungen Schüsse aus. Das Sturmgeschütz drehte sich suchend nach rechts und links und jagte in Abständen von Sekunden seine Granaten in die aufblitzenden Mündungsfeuer. Die Maschinengewehre schwiegen eines nach dem anderen, Munition explodierte, und im Schein der Stichflammen konnte man sehen, daß eine dunkle Menschenmasse lärmend hinter dem Sturmgeschütz herging.
Der Keil durchstieß die Postenkette und drang in das freie Gelände hinaus.
Die Männer schrien nun nicht mehr, sie schritten

schweigend vorwärts. Der Lärm von der Wiese blieb zurück und wurde immer schwächer.
Eine Leuchtkugel stieg hoch, alle Augen wandten sich den Uhren zu, und ein Leutnant rannte, die Helligkeit ausnutzend, vom Ende des Zuges zur Spitze vor, wobei er fortwährend »Hauptmann Pax« rief. Als er neben dem Sturmgeschütz war, sagte der Mann, der auf der Kanone saß: »Hier.«
Der Leutnant schwang sich auf das Geschütz und sagte: »Vier Tote.«
»Vier Tote«, wiederholte er, »und einige Verwundete.«
»Gehen die mit?« fragte Pax.
»Ja«, antwortete der Leutnant.
»Schon geht es los«, sagte Pax ärgerlich.
»Ganz leichte Verwundungen. Die stören uns nicht«, wandte der Leutnant ein.
»Darum geht es nicht.«
»Ganz leichte Verwundungen«, wiederholte der andere, »wir hatten ausgemacht, daß jeder, der schwer verwundet wird, zurückbleibt.«
»Darum geht es nicht.«
Der Leutnant schwieg.
»Wer ist das, neben Ihnen?« fragte er nach einer Weile.
»Der Oberstabsarzt«, antwortete Pax.
»Ja«, sagte eine Stimme im Dunkel. »Ich.«
»Können Sie mitkommen?« fragte der Leutnant.
»Wieso?«
»Na also«, wiederholte Pax hartnäckig, »schon geht es los.«

Der Divisionsarzt sprang von der Lafette und folgte dem Leutnant. Er hielt sich an dessen Ärmel fest, um ihn in der Dunkelheit nicht zu verlieren.

Nach einigen Minuten gab Pax den Befehl, die Marschrichtung zu ändern.

Der Leutnant kam wieder nach vorn gelaufen und rief herauf: »Wir marschieren ja westwärts? Gehen Sie nicht nach Dünaburg, Herr Hauptmann? Es liegt so nahe.«

Der Mann auf der Kanone lachte.

»Ich meine«, sagte der Leutnant, »daß die Heeresgruppe Kurland noch dort oben liegen wird. Ich bin sicher.«

»Ich glaube nicht daran.«

»Nicht? Glauben Sie, es ist dort oben schon alles zu Ende?«

»Wie?« fragte der Mann von oben. »Ich verstehe nichts. Wir müssen nach Ostpreußen.«

Der Leutnant sprang auf die Lafette und wiederholte seine Frage.

»Ja«, antwortete Pax.

»Es ist eine Entscheidung, an der alles hängen kann«, sagte der Leutnant.

»Natürlich.«

Der Leutnant wartete, ob der andere noch etwas hinzufügen würde, dann sagte er: »Gut.«

»Gehen Sie wieder nach hinten! Hat jemand eine Karte?«

»Nein«, antwortete der Leutnant.

Er sprang vom Geschütz. »Wie weit ist es bis Ostpreußen, Herr Hauptmann?«

»Tausend«, rief der Mann von der Kanone herab.
»Ach, du große Scheiße«, murmelte der Leutnant. Dann blieb er stehen und ließ die Menge an sich vorüberziehen.

III

Sie waren 20 Kilometer marschiert, als es Morgen wurde. Bei anbrechendem Licht machten sie im Buschwerk auf einer Bodenwelle halt.

Sie bedeckten das Sturmgeschütz und die Kanone mit Zweigen, um sie allen Blicken zu verbergen, krochen dann unter die Sträucher und deckten sich selbst mit Laub zu. Sie fielen sofort in tiefen Schlaf.

Vier Mann hielten Wache. Sie sahen, wie es Tag wurde und wo sie waren. Vor ihnen lag eine endlose Ebene in der grellen Sonne. Einer der Wächter ging durch die Reihen der Schläfer und zählte sie. Es waren 73.

Gegen 9 Uhr abends dunkelte es. Man konnte sehen, wie die Bauern, Greise und Frauen in der Ferne die Felder verließen und heimwärts zogen. Aus einem Dorf stieg Rauch aus den Kaminen, Lichter in kleinen Fenstern entzündeten sich, Hunde kläfften, und in großer Entfernung blitzte ab und zu der Scheinwerfer eines Autos auf.

Die Posten sahen auf die Uhr. Einer erhob sich und weckte die Männer.

Da er nicht rufen durfte, tat er es, indem er ihnen mit dem Stiefel ins Kreuz trat.

Der Leutnant kam, setzte sich neben Pax auf die Erde, und Pax reichte ihm die Hand.

»Gut geschlafen?« sagte der Leutnant.

»Wie Viehzeug. Ausgezeichnet.«

»Vor uns ist flaches Land«, fuhr der Leutnant fort.

»Aha.«

»Danach stoßen wir wahrscheinlich auf den ersten Ring, den sie um Witebsk gelegt haben.«

»Wahrscheinlich.«

»Hoffentlich ist die Front noch in Ostpreußen.«

»Hoffen wir's«, sagte Pax. »Was ist mit den Verwundeten?«

»In Ordnung. Aber was machen wir mit dem Mädchen, das wollte ich Sie fragen.«

»Was heißt das?«

»Mit dem Mädchen«, wiederholte der Leutnant.

»Mit welchem Mädchen?«

»Mit der Russin, die bei der Bataillonsküche war. Sie ist mitgegangen«, sagte der Leutnant.

Der andere schien gar nicht zu wissen, wovon gesprochen wurde.

Der Leutnant stand auf, entfernte sich wortlos und kam mit einem Mann zurück, der Feldwebelrang hatte.

Pax, auf der Erde ausgestreckt, sah zu ihm auf und sagte: »Was ist?«

Der Leutnant machte eine Handbewegung zu dem Stehenden und wiederholte: »Die kleine Russin, die bei der Bataillonsküche war, ist mitgegangen.«

»Mit ihm?« fragte Pax.

Der Feldwebel lächelte.
»Warum?«
»Aus Liebe«, antwortete der Feldwebel ruhig.
Der Leutnant lachte und sagte: »Auf Ihre Liebe ist geschissen.«
»Warum gerade auf meine?« fragte der Feldwebel.
»Weil es keine ist«, sagte der Leutnant.
»Das ist wahr. Es ist keine.«
»Also.«
»Aber ihre ist es.«
»Meine?«
»Nein. Majas.«
»Halten Sie mich für einen Idioten?«
Der Feldwebel betrachtete den Leutnant einen Augenblick. »Kätchen von Heilbronn kennen Sie wohl, Herr Leutnant?«
»Nein«, sagte der Leutnant, »ich will sie auch nicht kennenlernen. Wir befinden uns tausend Kilometer tief in Rußland, die Front ist in Ostpreußen, der Krieg verloren. Vielleicht ist es möglich, daß Sie das der Russin klarmachen?«
»Das ist sicher möglich, Herr Leutnant. Wollen Sie mit ihr sprechen?«
»Nein.«
»Es ist so schade, daß Sie Kätchen von Heilbronn nicht kennen, Herr Leutnant.«
»Geschenkt.«
Pax stand auf. Der Feldwebel überragte ihn um zwei Kopflängen.

»Sind Sie verheiratet?« fragte Pax.
Der Feldwebel überlegte.
»Sie müssen doch wissen, ob Sie verheiratet sind«, sagte der Leutnant.
»Ich überlege, ob *Sie* es wissen müssen, Herr Leutnant«, antwortete der Feldwebel.
Er sagte es ganz sachlich, aber der Leutnant bekam einen roten Kopf. Da er offenbar nicht wußte, was er tun sollte, drehte er sich um und ging weg.
»Das Mädchen«, sagte der Feldwebel, »ist über das, worüber wir gesprochen haben, schon hinaus; der Herr Leutnant versteht es nicht, schade. Maja ist überzeugt, daß wir alle sterben müssen auf diesem Marsch.«
»Wenn sie das glaubt, ist sie schon tot«, sagte Pax. Er klopfte sich den Sand von der Hose und stieg in seine Schaftstiefel. Der Feldwebel hielt ihn mit der ausgestreckten Linken dabei im Gleichgewicht.
»Noch nicht«, sagte der Feldwebel, »aber das wird der Höhepunkt ihres Lebens sein.«
Der Hauptmann lachte.
»Ich lache aus Nervosität, nicht weil –«
»Vielen Dank«, sagte der Feldwebel.
»Wir können dieses eine Drama unter Millionen auch nicht mehr verhindern. Ob es sich bei Witebsk oder bei Stallupönen abspielt, ist wohl dasselbe.«
»Ja«, sagte der Feldwebel.
»Das Leben ist etwas Seltsames, nicht?«
»Ja, zum Fürchten.«
»Wie spät ist es?«

Der Feldwebel sah auf die Uhr. »9 Uhr 30, Herr Hauptmann.«
»Es ist Zeit«, sagte Pax, »lassen Sie fertig machen.«
Es war dunkel geworden. Um sich nicht zu verlieren, drängte sich die Menge um das Sturmgeschütz. Pax sprang auf die Lafette und rief dem Fahrer gedämpft »Panzer marsch« zu. Hinter dem Geschütz setzte sich die Masse in Bewegung. Man konnte in der Finsternis nicht sehen, wo das Mädchen ging, aber irgendwo marschierte sie mit kleinen, hastigen Schritten an der Seite des Mannes mit, den sie liebte.
Es war Neumond, die Sicht reichte kaum drei Schritte weit. Man konnte nur ahnen, daß es über flaches, zum Teil unbebautes Land ging. Nach einigen Stunden kamen weite, sanfte Bodenwellen, die mit kleinen Waldstücken abwechselten. Nach Mitternacht wurde das Gelände buschiger. Es war von Rinnsalen und Bächen, die kühles, erfrischendes Wasser führten, durchzogen. Das Sturmgeschütz überquerte sie ohne Schwierigkeit, blindlings in Richtung Westen. Von Zeit zu Zeit hielt der ganze Trupp an, der Motor wurde abgestellt, und man horchte. Aber die Nacht war totenstill.
Gegen 1 Uhr stieß die Spitze auf einen breiten Graben. Er schien tief zu sein und hatte Steilufer. Einige Männer tasteten sich an der Böschung entlang nach rechts und links, um eine Furt zu finden, aber das Ufer blieb steil und hoch. Pax ließ nach Süden abdrehen.
Das Sturmgeschütz ratterte am Ufer entlang und stieß nach einiger Zeit auf eine starke Holzbrücke. Es

schwenkte ein und befand sich mitten auf den schwingenden, federnden Bohlen, als das gegenüberliegende Ufer plötzlich lebendig wurde. Feuerstöße leuchteten auf, eine Salve von Maschinengewehrkugeln prasselte gegen die Panzerplatten des Wagens, und eine Pak-Granate pfiff über das Sturmgeschütz hinweg. Die Überraschung war so groß, daß die Menge augenblicks, wie gefällt, zu Boden sank. Die Geschützmannschaft reagierte sofort. Ehe die russische 7,65 cm-Kanone noch einmal feuern konnte, war sie mit einem Schuß in die Luft gesprengt. Man hörte Schreie und Rufen, dann war es still. Auch das Summen der Gewehrkugeln, die wie Drähte in der Luft surrten, hörte auf.

Das Sturmgeschütz fuhr wieder an und erreichte das andere Ufer. Die Masse der Soldaten sprang hoch und quoll über die Brücke nach. Sie warfen sich hinter die Steilböschung und brachten die wenigen Gewehre, die sie hatten, in Anschlag. Der Feldwebel war zur Kanone gelaufen, koppelte sie mit Riesenkräften los und riß sie in Stellung.

In diesem Augenblick machten die Russen einen neuen Feuerüberfall. Aber die Einschläge lagen auf dem anderen Ufer. Pax stand aufrecht auf dem Sturmgeschütz und zählte, was man unterscheiden konnte. Dann ließ er das Geschütz und die Kanone allein antworten. Sie jagten aus den Rohren, was nur möglich war. Das hielt einige Minuten an. Mit dem letzten Schuß trat wieder lautlose Stille ein.

Die Männer lagen regungslos an der Böschung, horchten

und blickten in die Richtung, in der sie den Hauptmann vermuteten.
Der Leutnant kam angekrochen. Er tastete sich vorsichtig auf den Panzerwagen.
»Das war sehr gut«, flüsterte er, »Hochachtung.«
»Hoffentlich glauben sie es«, sagte Pax.
»Sie *müssen* es glauben. Hochachtung.«
»Haben wir Verluste?« fragte Pax.
»Nein. Es ist alles tadellos. Wirklich tadellos. Es ist kein Gewehrschuß gefallen, es ist gar nicht anders möglich, als daß die Russen glauben, eine Panzerspitze vor sich zu haben.«
Eine Stimme im Dunkeln sagte »Ach so!«
»Wer ist das neben Ihnen?« fragte der Leutnant.
»Der Oberstabsarzt«, antwortete Pax.
»Ja«, sagte der Arzt, »wieder ich.«
»Sie halten sich an den Ofen, was?« lachte der Leutnant leise.
»Wie meinen Sie?« fragte der Arzt.
»Das ist das beste Plätzchen.«
Der Arzt antwortete stockend: »Sie müssen verstehen, Herr Leutnant, ich begreife nichts von dem, was hier vor sich geht.«
»Kann ich mir nicht vorstellen«, sagte der Leutnant, »frieren Sie?«
»Nein«, sagte der Arzt hastig und zog seine Hand fort, mit der er den Arm des Leutnants berührt hatte.
»Sie sollten sich nicht spazierenfahren lassen, Doktor, sondern mit uns marschieren.«

»Das wird er«, sagte Pax. »Unser Benzin ist zu Ende.« Der Leutnant fluchte, daß das ausgerechnet vor dem Durchstoß des ersten Ringes geschehen mußte.

»Sind Sie sicher, daß es der Ring ist?« fragte Pax.

»Sie nicht?«

»Doch.«

»Wenn es der Ring ist, werden sie ihn um keinen Preis öffnen. Wenn wir zu Fuß durchbrechen, kostet es die Hälfte Tote. Wenn wir bei Sonnenaufgang noch hier sind, holen sie Verstärkung und machen uns fertig. Was wollen Sie tun, Herr Hauptmann?«

»Wie sieht es drüben Ihrer Meinung nach aus?«

»Ich vermute, hundert Meter vor uns ein paar Beobachter, zweihundert Meter weiter zwischen dem Buschwerk und den Bäumen Infanteriegruppen.«

»Ja«, sagte Pax. »Ich schätze, eine oder zwei mit zwanzig Mann, MG und Pak auf einen Kilometer.«

»Die Pak ist erledigt, Herr Hauptmann, das andere wird stimmen.«

Pax überlegte. Endlich sagte er: »Es bleibt uns keine Wahl.«

Der Leutnant schien zu wissen, was er meinte. Er sagte: »Eben.«

»Wie spät ist es?«

»Halb zwei. Wir haben drei Stunden Zeit. Wir sind 77.«

»Ja, ich rechne gerade.«

»Schade um das Sturmgeschütz und das Puste-Rohr. Ich lasse es ungern stehen.«

»Ich nicht.«

»Haben Sie mal Karl May gelesen, Herr Oberstabsarzt?« sagte der Leutnant.
»Ja«, antwortete der Doktor.
»Wie gefiel er Ihnen?«
»Warum fragen Sie so zynisch? Ich werde meine Haut genauso verteidigen wie jeder andere. Und wenn Sie«, fügte er hinzu, »einen Bauchschuß bekommen sollten, werde ich Sie mit meinem Taschenmesser operieren.«
»Unke«, lachte der Leutnant.
»Wollen Sie nun die Männer informieren?« fragte Pax.
»Machen Sie die Spitze?« erwiderte der Leutnant, von dem Arzt ablassend.
»Ja. Und Sie den Schluß. Der Feldwebel und Maja in die Mitte.«
»Scheiß auf Maja.«
»Bitte schön«, sagte Pax.
Der Arzt lachte nervös.
»Sturmgeschütz und Kanone bleiben stehen. In Reihe mit Abstand von je drei Metern kriechen wir auf dem Bauch Zentimeter für Zentimeter zwischen den Russen durch. Sagen Sie allen Männern, daß wir verloren sind, wenn ein Geräusch entsteht. Niemand hebt den Kopf. Sagen Sie ihnen auch, daß das Stunden dauern wird. Sie sollen sich darauf gefaßt machen.«
»Wie weit, glauben Sie, werden wir sicherheitshalber rechnen müssen?«
»Einen Kilometer.«
»Ich glaube auch«, sagte der Leutnant. »Feiner Krieg. Wie die Kellerasseln.«

Er tastete sich davon.
Der Arzt suchte in der Dunkelheit nach seiner Mütze und berührte dabei die Hand des Hauptmanns.
»Was suchen Sie denn?« fragte Pax.
»Meine Mütze. Aber das ist wohl Unsinn, wie? Was brauche ich eine Mütze!«
»Natürlich brauchen Sie eine Mütze! Warum denn nicht?«
»Es kommt mir so merkwürdig vor, von einer Mütze zu reden«, sagte der Arzt unsicher. »Sie können das nicht begreifen, wie das ist. Sie sind ein ganz anderer Mensch. Sie sind Soldat und wissen, was hier geschieht. Ich werde aber genau so zu sterben wissen, glauben Sie mir das.«
»Wieso?« sagte Pax. »Hier will doch niemand sterben?«
Da der Arzt schwieg, brachte Pax sein Gesicht nahe an den anderen heran und versuchte, dessen Ausdruck zu erkennen.
»Was ist?« fragte der Oberstabsarzt. Aber Pax gab keine Antwort.
»Mit dem Grade des Erkenntnisvermögens«, sagte der Arzt, »wächst die Furcht. Es ist nicht der Tod, es sind die Bilder, die Vorstellungen von dem, was möglich ist, es ist die Klarheit über das, was alles an Scheußlichkeiten noch bevorstehen kann, was ängstigt. Ich habe Angst, ja. Ich bin nicht feige, aber ich habe Angst. Es ist der verfluchte Intellekt.«
»Hier ist Ihre Mütze«, sagte Pax.
»Vielen Dank.«
Pax stieg vorsichtig vom Sturmgeschütz herab, und der Oberstabsarzt folgte ihm nach.

Sie sahen, daß die Männer schon Verbindung hergestellt hatten und offenbar zwei Ketten bildeten.
Pax setzte sich die Mütze fester auf und knöpfte die Taschen zu.
»Sie können als zweiter hinter mir kommen«, sagte er.
»Jawohl«, antwortete der Arzt.
Pax ließ sich auf die Erde nieder. Er sah noch einmal auf die Uhr, dann begann er, vorwärts zu kriechen.
Er kroch vom ersten Meter an vorsichtig und lautlos.
Nach einiger Zeit merkte er, daß er sich zwischen Bäumen befand. Er hatte offenbar das Waldstück erreicht. Es begann Unterholz, und er mußte von nun an jeden Zentimeter zuvor mit den Fingern nach Zweigen absuchen. Er entfernte jeden Ast und jeden Stein, indem er ihn behutsam wie eine Glühbirne beiseite legte. Die Minuten vergingen sehr langsam. Es schien nicht zu ertragen.
Endlich sah er den schwachen Schein eines Lagerfeuers vor sich. Er mußte zu einem großen Bogen ansetzen, um aus dem Lichtkreis zu kommen. Das beschäftigte ihn nun. Er verlor das Gefühl für die Zeit. Auch die Müdigkeit und die Schmerzen in den Armen ließen nach.
Er berechnete den Bogen sehr genau, obwohl er kaum den Kopf zu heben wagte. Als er endlich auf der Höhe des Lagers war, ließ er sich erschöpft niedersinken und legte sein Gesicht auf die Erde. So lag er eine ganze Weile und ruhte sich aus. Der Waldboden war kühl und duftete stark. Er gewahrte es erst etwas später, als die Anspannung seiner Sinne nachließ. Zugleich spürte er,

wie ihn der Wunsch überfiel, liegen zu bleiben, und die unsinnige Vorstellung, daß sich dann nichts mehr ereignen könne und ihn das alles nicht mehr beträfe. Er konnte nicht hören, ob die anderen ihm folgten. Er hatte das Gefühl, allein zu sein.

Da berührte eine Hand seinen Fuß. Er tastete zurück zum Zeichen, daß er verstanden hatte. Dann stemmte er sich auf die Ellbogen und begann wieder, vorwärts zu kriechen.

Das Feuer, das die Russen entzündet hatten, war in der Richtung zum Graben hin mit Zweigen abgeschirmt. Sobald Pax die Höhe des Lagers hinter sich hatte, wurde der Schein heller, und man konnte die Silhouetten der russischen Soldaten erkennen.

Pax schien es, als könnte er auch zu seiner linken Seite einen schwachen Feuerschein sehen, aber die Entfernung mußte sehr groß sein. Er hatte Infanteriegruppen und wahrscheinlich auch die Maschinengewehre passiert. Wenn ein schwacher Windhauch aufkam, wehten ein paar russische Worte herüber. In den Baumkronen raschelten für einen Augenblick die Blätter, dann versiegten wieder alle Geräusche, und es war totenstill.

Pax ertappte sich, wie er schneller und schneller zu kriechen anfing. Er hatte nicht mehr die Steine und Äste weggeräumt. Er konnte sich zwar nicht entsinnen, ein Geräusch gemacht zu haben, aber der Gedanke brachte ihn ins Schwitzen. Er hielt an und wollte den Kopf auf den Armen ausruhen, aber sofort berührte wieder die Hand seinen Fuß.

Der Feuerschein wurde schwächer und war endlich verschwunden. Nach zweihundert Metern richtete sich Pax auf. Seine Glieder schmerzten, und er verlor fast das Gleichgewicht. Er mußte sich an einen Baum lehnen, um den Schwindelanfall zu überwinden.

Als er die Augen wieder öffnete, stand der Oberstabsarzt neben ihm, und eine dritte Gestalt erhob sich gerade. Sie faßten sich an den Händen und gingen langsam, Schritt für Schritt, weiter. Nach einer Weile setzten sie sich nieder und ließen die Kette aufrücken. Niemand von ihnen sprach ein Wort.

Nach einer halben Stunde kam das russische Mädchen an. Es ging an der Hand des Feldwebels. Das Kleid war zerrissen, und sie blutete an den Händen. Aber man konnte sehen, daß sie lächelte.

Es dauerte eine Stunde, ehe der Leutnant als letzter erschien. Sie zählten durch und marschierten dann nach Westen weiter. Als es Morgen wurde, krochen sie im Buschwerk unter. Einige besaßen Zwieback, den sie teilten. Das geschah wortlos. Pax reichte sein Stück dem Arzt, der es nahm, aber auch weitergab. Viele aßen nicht, aber man konnte nicht sagen, wo der Zwieback geblieben war. Pax schlief lange nicht ein, so schmerzhaft verkrampfte sich sein Magen vor Hunger. Gegen Mittag wachte er wieder auf. Er erhob sich und setzte sich an den Rand des Gebüsches, wo er einen Teil des Waldes nach Osten hin überblicken konnte.

IV

Der Tag war drückend heiß, und auch nach Sonnenuntergang fühlte sich die Luft, sobald man sich von dem kühlen Waldboden erhob, auf der Haut wie kuhwarme Milch an.

»Machen Sie die Flaschenpost fertig?« sagte der Leutnant und trat aus dem Gebüsch zu Pax heraus.

Pax lächelte etwas. »Sind alle wach?«

»Ja, sie machen sich gerade schön. Wollen Sie sich mal die Monturen ansehen?«

»Wieso?«

»Die meisten sehen aus wie die Abruzzenräuber. Warum haben Sie mich nicht geweckt, um sich ablösen zu lassen, Herr Hauptmann?«

»Sagen Sie allen, daß sie peinlichst genau auf ihre Uniformen achten sollen. Wir müssen alle Orden und Abzeichen behalten, damit man uns im Notfall sofort als reguläre Truppe erkennt. Wir dürfen auf keinen Fall in die Gefahr kommen, als Partisanen zu gelten.«

»Donnerwetter«, sagte der Leutnant und verschwand sofort in den Büschen. Nach einiger Zeit kam er in Begleitung des Oberstabsarztes zurück. Er sah, daß Pax noch schrieb und sagte wieder:

»Machen Sie die Flaschenpost fertig?«
»Ich bin der Meinung«, sagte Pax, »daß wir Tagebuch führen sollten.«
»Und das tun Sie?«
»Das tue ich, ja«, sagte Pax.
»Das ist für die Nachwelt, Doktor«, lachte der Leutnant.
»Wahrscheinlich wirklich«, antwortete der Arzt.
»Das geht die Nachwelt einen Scheißdreck an«, sagte der Leutnant.
»Ich habe früher einmal einen Bericht gelesen«, fuhr der Arzt fort, »wie eine Gruppe von Schiffbrüchigen in der Südsee auf eine kleine Insel kommt und eine Holzhütte findet, aber keinen einzigen Menschen. Und wie sie zu spät merken, daß sie von entarteten, riesigen Termiten, so groß wie Ratten, eingeschlossen sind. Einer führte genau Tagebuch und verschloß es in einer Blechbüchse.«
»Und wie ging das aus?« fragte der Leutnant.
»Die Termiten-Abart ging in einem Sommer zugrunde, und das Tagebuch wurde gefunden.«
»Nun lassen Sie schon Ihr Tagebuch!« sagte der Leutnant. »Ich meine die Männer.«
»Sie wurden aufgefressen.«
Der Leutnant wandte sich an Pax. »Gibt es denn das? Er weiß lauter unerfreuliche Sachen.«
»Leider«, sagte der Arzt.
»Wahrscheinlich«, antwortete Pax. »Lassen Sie sich doch bitte sämtliche Namen und Adressen von unseren Leuten geben. Aber schreiben Sie sie selbst ein. Können Sie recht klein schreiben?«

»Geben Sie her, Doktor«, sagte der Leutnant. »Die Ärzte-Klaue kann doch niemand lesen.«
Der Arzt übergab ihm das Notizbuch von Pax und den Bleistift.
»Sie meinen unsere Rezepte? Das scheint Ihnen als Laie nur so.«
»Alle fünf Minuten wird ein Patient vergiftet, weil der Apotheker eure Schrift nicht entziffern kann.«
»Das ist doch überhaupt nicht wahr!«
»Sagen Sie bitte auch allen«, wandte sich Pax an den Leutnant, »daß der letzte, wenn es soweit kommen sollte, das Buch dann an sich nimmt.«
Der Leutnant sah ihn aufmerksam an. »Ach – *so* stellen Sie sich das vor!«
»So ungefähr, ja«, sagte Pax. Der Leutnant nickte ein paarmal vor sich hin und ging dann, die Namen einzusammeln.
Der Oberarzt setzte sich neben Pax nieder. »Wie soll das bloß mit der Verpflegung werden. Ich meine jetzt nicht mich«, fügte er hastig hinzu, »sondern uns alle.«
»Sie können ruhig sich meinen«, sagte Pax.
»Ich habe keinen Hunger.«
»Wie kommt das?«
»Die Beeren haben mich satt gemacht. Aber es wird nicht vorhalten.«
Pax sprang auf. »*Wo* sind Beeren?«
»Haben Sie denn keine gegessen?«
»Nein.«
»Aber es wurde doch durchgegeben!«

»Nun sagen Sie es doch schon, zum Donnerwetter!« schrie er ihn an.
Der Arzt war ganz erschrocken, taumelte in die Höhe und ging dem anderen wortlos zu dem Beerenschlag voran.
Die Sträucher waren fast kahl. Von den Männern war niemand mehr drin, nur Maja pflückte noch in eine Rinde, die sie offenbar von einem Ast wie eine Röhre abgeklopft hatte. Als Pax kam, schien sie zu erraten, was vorgegangen war, und half ihm pflücken. Später, als er gesättigt war und zum Lagerplatz zurückging, suchte sie immer noch und stopfte die Beeren mit einem Stein fest. Der rötliche Saft lief ihr über die Finger, und sie sah aus wie am Abend vorher nach dem Kriechen.
Als die 77 aufbrachen, war es dunkel geworden. Sie zogen in langer Prozession durch die Nacht westwärts.
Der Wald hörte auf, und es folgte wieder eintönig flaches Land. Gegen Mitternacht überquerten sie eine Fernstraße und begegneten dem ersten Schild, an dem sie sich orientieren konnten. Sie befanden sich südlich Lepel. Die Menge umstand den Wegweiser, der alle in Unruhe und Erregung versetzte. Niemand wußte genau, wo Lepel lag. Pax schätzte, daß sie bisher 40 Kilometer zurückgelegt hatten, der Leutnant sagte 60, der Arzt 100.
In dieser Nacht berührten sie zweimal russische Posten. Es geschah beide Male unerwartet, und es wurden einige Schüsse gewechselt. Dann setzte sich der ganze Haufe in Laufschritt und verschwand in der Dunkelheit.
Als es zu dämmern begann, befanden sie sich auf offe-

nem Felde. Es dauerte noch bis zum Sonnenaufgang, ehe sie eine Schonung fanden. Sie lag unmittelbar neben einem Dorf. Aber der Tag ging ohne Störung vorüber. Die Posten lösten sich alle zwei Stunden ab. Es war nicht schwer zu wachen. Nur der Hunger war im Wachen schwerer zu ertragen.

Bei Einbruch der Dunkelheit gingen die Posten durch die Reihen und weckten, indem sie die Schlafenden in die Hüfte stießen oder gegen die Stiefel traten. Manche hatten keine Schuhe mehr an, weil die Sohlen abgefallen waren. Sie hatten die Füße mit Lappen umwickelt.

In dieser Nacht wurden fünf Männer krank. Sie hatten Fieber, schwitzten vor Schwäche und fielen mehrmals zu Boden. Der Feldwebel kam nach vorn gelaufen und hielt die Spitze an.

Die Menge umstand die auf der Erde Liegenden, bei denen Maja kniete und Beerenmus aus ihrer Rinde verteilte. Die es beobachten konnten, starrten auf die Happen und kauten. Alle kauten.

Pax erinnerte an den Beschluß, den sie selbst gewollt hatten. Er sagte: »Wir haben es alle gewußt, und nun ist es soweit.« Die Menge hörte ihm schweigend zu.

Er riß ein Blatt aus seinem Notizbuch, reichte Maja den Bleistift und sagte: »Schreibe: Wir sind deutsche Soldaten. Krank. Hungrig. Helft uns. Unterstreiche hungrig.«

Maja schrieb.

»Sollen wir Gott erwähnen?« fragte Pax.

Maja schüttelte den Kopf.

»Gut«, sagte Pax, »also dann so.«

Während die Menge sich wieder zum Marsch ordnete, schleppten fünf Männer die Zurückbleibenden in Rufnähe eines Gehöftes. Sie legten sie wortlos nieder und kehrten um.

Dann ging der Marsch weiter.

»Hören Sie?« fragte der Arzt und legte die Hand hinter das Ohr.

»Nein«, sagte Pax.

»Sie rufen!«

»Ich höre nichts.«

»Sie rufen uns!«

»Ich sagte, ich höre nichts«, wiederholte Pax schroff.

V

Die Nächte hellten sich auf. Mit zunehmendem Mond schien die Einsamkeit nicht mehr so groß. Die Orientierung war leichter, die Männer gingen nicht mehr in langer Kette, sondern schwärmten aus. Sie marschierten auch nicht mehr stumm. Nur die, die für sich das Ende herannahen fühlten, sprachen nicht. Man konnte sich darauf verlassen.

Sie suchten sich aber auch untereinander nicht. Die, die schon gezeichnet waren, erkannten sich, aber um es zu verbergen, wiesen sie sich gegenseitig ab und waren in solchem Fall voller Haß. Erst wenn es soweit war, fielen sie zusammen auf einen Haufen.

In der sechsten Nacht erreichte die Menge die Ausläufer der Beresina-Sümpfe. Aber dieser Möglichkeit erinnerte sich zunächst niemand. Alle hielten sie für ein Seen-Gebiet und begannen, es zu umwandern. Aber es nahm kein Ende. Das verwirrte sie. Erst in der Morgendämmerung sahen sie, wo sie sich befanden. Sie standen gedrängt auf einer Grasinsel wie auf einem Floß, als die Sonne aufging und das glitzernde Wasser bis zum Horizont enthüllte.

Pax ließ sich zu Boden sinken, und alle folgten ihm. Die

letzten, die noch aufrecht standen, waren eine Gruppe von vier Männern, die später nicht mehr gefunden wurden. Sie standen zuerst einzeln, dann beisammen. Zu diesem Zeitpunkt wachte aber außer ihnen niemand mehr.

Es war wieder Nacht, als Maja weckte. Sie rief ihr gutturales »Aukstähn, Aukstähn!« und schüttelte Pax. Sie hatte ein Feuer entzündet und ließ in einem Becher Rinde zu einem dickflüssigen Schleim kochen. Die Flammen flackerten, und es sah aus, als schwankte der mit Menschen übersäte Boden.

Sie nahm ihren Schal, den sie über den Feldwebel gebreitet hatte, faßte damit den heißen Becher und brachte ihn dem Hauptmann. Pax stand auf. Er nahm das Gefäß, aber die Notdurft drängte ihn plötzlich so sehr, daß er »Drehe dich um!« sagte, was Maja tat. Zugleich schlürfte er vorsichtig aus dem Becher, vor allem die festen Stücke, an denen er kauen konnte.

»Nicht alles«, sagte das Mädchen.

Da Pax nicht antwortete, drehte sie sich um und nahm ihm den Becher fort.

Später, während sie neue Rinden von den Pflanzenstengeln schälte, in das Gefäß tat und mit etwas Wasser wieder auf das Feuer setzte, sprach sie noch einmal ein paar Worte mit Pax. Sie fragte:

»Wieviel nach Deutschland?«

»Tausend«, sagte Pax.

»Tage?« fragte sie, ohne daß ihr Gesicht einen Zweifel zeigte. Jemand lachte, und sie lächelte mit.

»Kilometer«, sagte Pax, »hundert Tage.«
Sie wandte sich darauf wieder dem Feuer zu.
Während ein Teil der Männer aß oder noch wartete, erbrachen sich einige, auch der Arzt, aber er ging noch einmal zum Feuer und versuchte, etwas von der heißen Brühe zu bekommen. Der Aufbruch verzögerte sich bis Mitternacht.
Der Leutnant, der im Besitz eines starken, dürren Astes war, ging jetzt neben Pax an der Spitze und tastete mit dem Stecken den Boden ab. Sie gingen bis zu den Knien im Wasser. Der Untergrund schien fest und gleichmäßig, aber das Moor nahm kein Ende. Das dünne Mondlicht täuschte hartnäckig in der Ferne Hügel vor, die nie kamen.
Am Ende des Zuges herrschte beständige Unruhe. Jemand fiel hin, lief dann wieder plötzlich vor, stieß einen anderen mit um und weigerte sich aufzustehen. Er war böse und bestand darauf, aufgehoben zu werden, was alle verwunderte. Man zog ihn aber hoch, und er ging eine Weile zwischen den anderen her. Dann wiederholte sich das. Er lief bis zum Feldwebel vor und sprach auf ihn ein.
»Was?« fragte der Feldwebel.
»Ich bin bloß weggelaufen«, sagte der andere, »nichts weiter. Gar nichts. Ich wollte bloß weg. Da hinten ist jemand, der gleich fertig ist, Feldwebel, ich kann es nicht sehen, ich werde noch ein Stück weiterlaufen, bis zu den Hügeln, kommen Sie!«
»Was ist los?« fragte der Feldwebel und blieb stehen.

»Bleiben Sie doch nicht stehen!« rief der Mann. »Die lassen Sie hier liegen! Bleiben Sie nicht stehen!«
Der Feldwebel wollte ihn unter dem Arm fassen, aber in diesem Augenblick kam noch jemand vom Ende des Zuges durch das Wasser angelaufen und stieß dem Mann die Faust vor die Brust. Der Schlag war nur schwach, aber beide sanken darauf zu Boden.
Während die Nachrückenden einen Kreis um sie bildeten, verhielten sich die im Wasser Liegenden so ruhig, als schliefen sie. Sie hatten die Augen geschlossen. Nur wenn einer eine Handbewegung machte und sie sich berührten, stieß der andere mit dem Fuß nach ihm.
Man rief nach dem Oberstabsarzt, aber es dauerte einige Zeit, ehe Pax, der Leutnant und der Arzt ankamen. Der Arzt, der doch etwas hätte sagen müssen, schwieg, er sah auch nicht die beiden am Boden Liegenden an, sondern die anderen. Maja zeigte, daß sie noch einen Zwieback besaß. Der Arzt wollte ihn nehmen, aber sie schloß die Hand und trat einen Schritt zurück. Sie wollte wissen, was geschehen würde. Als sie hörte, daß die beiden Kranken von dem Leutnant, dem Feldwebel und zwei anderen getragen werden sollten, brach sie den Zwieback in vier Teile und gab sie den Trägern. Das Unverständliche war, daß sie dabei weinte. Man hatte sie noch nie weinen sehen.
Pax ging langsam voraus, den Untergrund mit dem Stecken abtastend. Der Leutnant und die anderen Träger kamen hinter ihm. Sie schwankten beständig auf dem unsicheren Boden und machten jeden Schritt doppelt,

um nicht zu fallen, obwohl sie den Zwieback bekommen hatten. Später meldeten sich noch andere, um sie beim Tragen abzulösen, und es wurde ein ewiges Herunterlassen, Ins-Wasser-Legen und wieder Aufheben. Einige, die nach vorn kamen, waren gar nicht imstande, etwas zu tragen, sie zitterten dabei vor Furcht so, daß man es sehen konnte, aber wenn der Feldwebel sie beiseite schob, rissen sie die Augen groß auf und schüttelten bedenklich den Kopf oder sagten, man solle es sie wissen lassen, wenn sie kommen sollten. Dann blieben sie zurück, mitunter weit hinter Maja, die als letzte ging.

Als es Tag wurde, machte Pax auf einem Rasenstück halt, das höher als der Wasserspiegel lag und fast trokken war. Es ähnelte der Stelle, wo sie zuletzt gelagert hatten. Pax ließ sich auf die Knie und dann zu Boden gleiten, das Gesicht zur Erde. Alle, so wie sie ankamen, sanken zu Boden und fielen sofort in Schlaf.

Es war sehr schwierig, mit dem Einbruch der Nacht wieder aufzuwachen. Nicht nur Pax, viele waren, als es dunkel wurde, wach und bei Bewußtsein, sie hatten auch die Augen auf, aber ständig verwischte sich die Vorstellung von Aufstehenmüssen und von endlich Einschlafenmüssen, und es war Pax lange nicht ganz klar, ob es Morgen oder Abend war. Dann stand Maja über ihn gebeugt, und er hörte deutlich, daß sie »Aukstähn« sagte.

In den ersten Nachtstunden lag Nebel über dem Sumpf und durchfeuchtete alles. Auch als die Dunstschwaden sich aufgelöst hatten, waren die Gräser und Stengel so naß, daß kein Feuer entzündet werden konnte. Lange Zeit waren dann alle damit beschäftigt, den Tau von den Halmen zu lecken. Die ganze Menge kniete, den Kopf tief in das Gras gedrückt. Manche begannen auch schon mit dem Essen. Sie kauten die Spitzen der Halme oder die Graswurzeln. Das alles geschah lautlos, außer wenn sich jemand erbrach und die Gräser wieder herauswürgte.

Bei Mondaufgang entdeckte der Arzt am Rande des Grasfleckens die Asche einer alten Feuerstelle. Er war sehr aufgeregt, weil er an die beiden Kranken dachte. Er lief zwischen den Knienden hindurch zu Pax und zeigte ihm seine mit Ruß beschmierten Hände.

»Das ist Asche«, sagte er, »frische Asche, sehen Sie! Sehen Sie sie?«

»Ja, ich sehe sie.« Pax drehte die Hände des Arztes hin und her.

»Sie sehen es, nicht? Das ist frische Asche, hier waren Menschen! Gestern oder heute waren hier Menschen, das sehen Sie!«

»Ja«, sagte Pax.

»Wir sind ganz in der Nähe von Menschen«, wiederholte der Arzt.

Der Leutnant war hinzugekommen und nahm auch die Hände des Arztes und sah sie sich an.

»Mein Gott«, sagte einer der Knienden, und darauf standen alle auf und kamen heran. Der Arzt drehte sich im Kreise zu ihnen herum und zeigte die Asche.

»Sehen Sie?« rief er. »Sehen Sie es?«

Der Leutnant war bei der Feuerstelle gewesen, kehrte zurück und sagte: »Es ist kein Weg da, es ist nichts zu finden. Aber es waren Menschen hier.«
»Sie haben es auch gesehen? Die Asche ist neu?« fragte der Arzt. Der Leutnant nickte.
»Ja«, sagte der Arzt befriedigt.
»Es ist kein Weg da. Nichts«, wandte sich der Leutnant an Pax, aber der Doktor sagte überlegen: »Die brauchen keinen Weg. Im Sumpf gibt es keinen Weg. Hier können viele Leute gehen, viele, vielleicht dauernd, das ist möglich.«
Die Menge wurde von dieser Vorstellung sehr erregt, und alle begannen durcheinander zu sprechen. Der Arzt schien erschöpft von der Rede und sagte nichts mehr. Er hatte sich die Finger an der Hose gereinigt und wartete, was geschehen würde. Die Männer liefen hin und her, einige hielten in dem schwachen Mondschein Ausschau wie auf einem Schiff, aber sie entdeckten nichts. Die beiden Kranken, die in Agonie lagen, zog man zur Feuerstelle. Dort sollten sie zurückgelassen werden. Ja, es war sogar die Frage, ob man nicht den Marsch aufgeben und hier geschlossen warten sollte. Viele beneideten die Kranken.
Maja drängte unausgesetzt zum Aufbruch. Sie umkreiste alle einzeln und hob die Hände zu ihnen auf. Schließlich ging sie zur Feuerstelle und zertrampelte sie vor aller Augen.
Es war Mitternacht geworden. Pax nahm seinen Stecken und stieg als erster in das Wasser. Der Leutnant folgte

ihm, dann der Arzt, dann der Feldwebel mit Maja. Die lange Prozession zog wieder durch den Sumpf.
Aber zwei hatten es geschickt angestellt und waren als Krankenwärter zurückgeblieben. Man konnte weithin ihr Schwatzen hören, denn die Nacht war totenstill.
Die Kette der Männer ging tief im Wasser. Pax tastete nicht mehr mit dem Stock vor, er hatte es vergessen.
Der Mond gab ein gutes Licht, obwohl er erst im Zunehmen war. Es schien, als ob die Sicht in dieser Nacht besonders gut war. Später bemerkten sie, daß es am Wasser lag, es war klarer geworden und spiegelte. Der Sumpf verlor sich in einen See. Man konnte es nicht genau erkennen, aber der Boden fiel beständig ab. Er wurde unregelmäßig, und es fühlte sich an, als würden die Füße keinen Halt mehr finden.
Pax begann nun wieder, mit dem Stecken vorzufühlen. Das Wasser stieg rasch, und er ging bereits bis zu den Hüften im See. Mitunter war es, als fände er mit dem Stock keinen Grund, aber wenn er den Fuß hinsetzte, trug es ihn. Der Leutnant, der als zweiter ging, achtete darauf, daß er die gleichen Schritte machte. Alle warteten nun immer ab, bis der nächste Fußstapfen frei wurde. Man konnte ihn nicht sehen, es war zu tief, aber man versuchte, sich die Stelle in dem dunklen, quirlenden Wasser zu merken. Alle hatten das Gefühl, daß das sehr wichtig sei. Sie waren unsicher geworden.
Der Boden fiel weiter beständig ab. Der See reichte ihnen bis zur Brust. Sie ruderten mit den Armen und stießen das Kinn weit vor. Die ein Gewehr oder eine

Pistole hatten, hielten sie über den Kopf. Sie konnten dann nicht mit den Armen arbeiten und stöhnten vor Anstrengung. Das Wasser trug sie fast, es hob und senkte sie, aber wenn sie einen Augenblick stehen blieben, gab der Untergrund langsam unter ihnen nach.

Nach einer Stunde sah Pax das Ufer vor sich. Er sah es verschwommen als dunklen Streifen über der schaukelnden Fläche, er wußte nicht, ob es eine Täuschung war. Als er erkannte, daß die Böschung immer näher kam und deutlicher wurde, versuchte er, sich aus dem Wasser herauszuheben und zu springen. Er sah Bäume und Sträucher, aber er konnte vor Erregung nicht sprechen, sondern peitschte nur das Wasser und versuchte zu laufen. Auch der Leutnant hatte das Ufer entdeckt, er rief es zurück und begann keuchend sich vorzuarbeiten, alle fingen plötzlich an, um sich zu schlagen und mit kleinen schnellen Schritten den Grund zu stampfen, um vorwärts zu kommen.

Die lange Kette der Männer steppte den Moorboden wie eine Naht. Als Pax das Ufer erreicht hatte und sich an den Zweigen der Sträucher hochzog, tönte von der Mitte des Sees her ein langgezogener Schrei. Der Ton brach rasch ab, aber dann kamen viele Schreie und hörten nicht mehr auf.

Pax fiel mit dem Gesicht zur Erde. Er blieb so liegen und breitete die Arme aus und packte das trockene Gras. Er war vor Erschöpfung fast besinnungslos.

Der Leutnant und der Arzt stiegen zugleich aus dem Wasser, der Arzt hielt sich die Ohren zu und rannte

querfeldein. Der Leutnant kniete am Ufer nieder und zog die Ankommenden heraus. Später half ihm der Feldwebel, der die Hälfte der Strecke mit Maja vor sich an die Brust gepreßt gegangen war.
Die Leute, die schrien, kamen immer näher. Sie bildeten den Beschluß der langen Kette. Sie hatten mitangesehen, wie auf der Mitte des Sees der perforierte Grund riß und die Männer hinter ihnen in der Tiefe verschwanden, immer einer nach dem anderen, in langsamen, regelmäßigen Abständen der nächste, sechs oder acht, oder vielleicht auch zehn.
Der letzte, der auf das Ufer kletterte, benahm sich, als hätte er den Verstand verloren. Er schrie weiter, drehte sich im Kreise und griff mit seinen Händen nach allen, die ihm zu nahe kamen. Dann fiel er endlich hin und schwieg.
Als Stille eingetreten war, richteten sich einige in die Höhe, um den See sehen zu können. Die kräftigeren, auch Pax, der Leutnant und der Feldwebel, standen auf und blickten auf das Wasser, in dem sich der Mond spiegelte.
Später, im Schlaf, begann der eine wieder zu schreien. Der Leutnant schlug ihm eine Ohrfeige. Da er nicht genau wußte, wer geschrien hatte, schlug er dem, der daneben lag, auch eine.

VI

Als Pax erwachte, war es Abend. Er öffnete die Augen und sah den Blick des Leutnants auf sich gerichtet, dessen Kopf so dicht neben seinem lag, daß er den Atem spürte. Der Leutnant sah, ohne sich zu rühren, dem Erwachen des anderen zu. Auch Pax bewegte sich nicht, nur sein Gesicht wachte auf. Er wünschte dabei, ins Leere zu blicken, das war ein Wunsch, der ihn wie ein Appetit überfiel, er wußte, daß das wohltuend gewesen wäre, aber er blickte doch in die Augen vor ihm.

Der Leutnant sah eigentlich fremd aus. Er sah unbekannt aus. Aber es war natürlich der Leutnant. Pax betrachtete ihn lange, die Adern auf dem Augapfel, die Iris, die Wimpern. Der Mann hatte lange, seidige Wimpern. Auch die Poren der Haut waren wert, einige Zeit angesehen zu werden. Auch die Stirn. Pax stellte sich vor, daß sie durchschossen war und ein Loch hatte. Sie hätte gut ausgesehen, sie war so sauber, aber er konnte es sich dennoch nicht deutlich vorstellen. Es war kein Gesicht zum Totvorstellen. Pax versuchte es mit anderen Möglichkeiten, und als er an Ertrinken dachte, was aber auch gar nicht paßte, kam ihm plötzlich die Erinnerung an das Moor und den See. In diesem Moment sagte der

Leutnant, wobei er so leise sprach, daß Pax ihn fast nicht verstehen konnte:
»Haben Sie gewußt, daß hier ein Ufer ist?«
Pax dachte nach, was der Leutnant meinte. Seine Gedanken ordneten sich schwer.
»Nein«, sagte er dann.
Der Leutnant nickte.
»Wenn es zu tief geworden wäre, hätten wir nicht mehr umkehren können. Haben Sie daran gedacht?«
»Nein.«
»Ich ja.«
Das ist kein Gesicht zum Totvorstellen, dachte Pax; das gelingt nicht. Er wird am Leben bleiben.
»Schlafen die anderen noch?« fragte er den Leutnant.
»Ja, entweder schlafen sie noch, oder sie sind tot. Haben Sie gewußt, daß es unsere eigene Feuerstelle war, die wir gestern gefunden haben?«
»Nein«, flüsterte Pax.
Der Leutnant nickte wieder.
Pax wollte fragen, seit wann es der Leutnant wußte, aber er brachte die Worte nicht heraus, weil er die Antwort fürchtete. Die beiden Augenpaare sahen sich an, der Leutnant zuckte nicht ein Mal.
Nach einer Weile sagte Pax: »Ob sie tot sind?«
»Noch nicht.«
Sie sahen sich unentwegt an.
»Wie wir«, sagte Pax.
»Wir werden durchkommen.«
»Glauben Sie es?«

»Ja.«

»Maja glaubt es nicht.«

»Maja!« sagte der Leutnant verächtlich.

Er will leben, dachte Pax, sieh!

Ihm war, als könnte er das vermitteln. Es war ein seltsames, mildes Gefühl.

»Sie möchten gern leben, ja?« fragte er.

»Ja. Ich habe nichts weiter als dieses Scheißleben.«

»Gerade Sie?«

»Gerade ich«, sagte der Leutnant hartnäckig.

»Ich bin müde, ich verstehe Sie nicht, entschuldigen Sie, ich weiß nicht, was Sie eben gesagt haben.«

»Sie dürfen nicht schlappmachen!«

»Nein, nein, ich mache nicht schlapp.«

»Fressen Sie das Gras nicht mehr, das vergiftet uns.«

»Nein, ich werde es nicht mehr essen. Aber ich weiß nicht, wie lang ich es aushalte.«

»Noch diese Nacht. Halten Ihre Stiefel?«

»Ja.«

»Meine Sohlen sind abgefallen. Sind Ihre nicht aufgeweicht?«

»Ich habe sie im Sumpf ausgezogen.«

»Hochachtung.«

»Ich dachte, wir werden sie brauchen können, wenn wir wieder durch Wald kommen.«

»Ja, Sie sind fein heraus.«

»Wollen Sie meine Fußlappen haben?«

»Nein, ich gehe barfuß. Ich habe Füße wie Hufe.«

»Haben die anderen noch Schuhe?«

»Nein, niemand.«
»Was rauscht eigentlich so, der See?«
»Es ist in Ihrem Ohr. Das macht der Hunger.«
»Ja, das kann sein. Haben Sie heute schon den See gesehen?«
»Der See ist mir wurscht.«
»Ja, ja.«
»Jetzt kommt Sand.«
»Ich habe nicht verstanden?«
»Sand.«
»Was ist mit Sand?«
»Jetzt kommt Sand.«
»Ach so«, sagte Pax leise.
»Jetzt kommt Sand«, wiederholte der Leutnant, »jetzt kommt Wasser, jetzt kommt Wald, jetzt kommt Sand, immer nur ein bißchen, ist das zu denken, was die aus uns machen!«
»Die Russen?«
»Ach, die Russen!« sagte der Leutnant wegwerfend. Dann fuhr er wütend fort: »Mit dem Finger bin ich früher über diesen Zentimeter Landkarte gefahren! Dieses Stückchen Mist, dieser gleichgültige Zentimeter will uns verrecken lassen, als wäre er der Himalaya oder der Atlantik. Mit dem Finger bin ich drüber weg gefahren, nicht einmal angehalten habe ich. So ein Stückchen Mist. Aber ich werde es nach hinten trampeln, egal wo es auf der Landkarte liegt.«
Pax sah unausgesetzt in die Augen vor ihm und hörte der Stimme zu, die lauter geworden war. Dabei rührte

sich der Leutnant nicht, sondern lag unbeweglich da. Nur seine Zehen, die aus den verfilzten Strumpfresten herausragten, bewegten sich, als gingen sie ohne Pause.
»Der Hunger«, sagte Pax. Als er das Wort ausgesprochen hatte, drehte er sich plötzlich hastig auf Ellbogen und Knie, er schien nicht schnell genug hochzukommen, so strengte er sich an.
»Der Hunger auch nicht«, antwortete der Leutnant und richtete sich ebenfalls auf, um in die Richtung zu blikken, in die Pax sah.
»Da müssen doch Fische sein«, stieß Pax hervor.
Der Gedanke war dem Leutnant noch nicht gekommen. Er schwieg überrascht und beide gingen, indem sie über die Schlafenden hinwegstiegen, zum Ufer. Sie legten sich auf die Erde, hielten sich an den Zweigen der Sträucher fest und beugten sich weit über die Böschung. Sie starrten, ohne sich zu rühren, ins Wasser.
Während die Minuten verstrichen, wurde ihr Tun deutlich sinnlos. Die Äste schnitten in ihre Hände, das Wasser war dunkel und undurchsichtig, und es gab auch keine Möglichkeit, einen Fisch zu fangen. So stand es um sie. Es bedurfte keiner Antwort mehr. Ja, wenn man etwas hätte in Frage stellen können, so wäre es leicht gewesen, nun aufzustehen und irgend etwas zu sagen. Das wäre gewesen, als hätte man Berufung eingelegt und es sei noch längst nicht alles entschieden.
Da erhob sich der Leutnant.
Er reichte Pax die Hand, um ihn hochzuziehen, und sagte: »Würden Sie einen Molch essen?«

Die Frage war reiflich zu überlegen. Sieh mal an, dachte Pax, es liegt durchaus noch manches in unserer Entscheidung, so ist es nun nicht.
»Frosch«, verbesserte der Leutnant.
»Man ißt Frösche«, sagte Pax. »Ich habe noch nie Froschschenkel gegessen, daran liegt's.«
Es beschäftigte ihn sehr. Er ging durch die Reihen der Liegenden und suchte Maja. Er weckte sie, auch der Feldwebel erwachte, und durch die laute Unterhaltung erwachten noch andere. Sie sprangen auf und liefen zum See. Die ganze Wiese geriet in Bewegung. Die nicht aufstanden, richteten sich wenigstens auf und beobachteten die Gestalten, die am Ufer standen und auf den See starrten. Auch der Oberstabsarzt war darunter. Er hatte nicht mitangehört, worum es ging, und ließ es sich mehrmals berichten.
»Fressen Frösche Fleisch?« sagte er zum Leutnant.
»Ach, der Doktor«, bemerkte der andere nur und fuhr fort, das Wasser zu betrachten.
»Fressen Frösche Fleisch?« wiederholte der Arzt.
Der Leutnant sah ihn erstaunt an und sagte: »Ich weiß es nicht.« Der Arzt fragte dann nicht mehr.
Man versuchte, Tiere aufzuscheuchen, indem man mit Zweigen durch das Gras fuhr oder ins Wasser schlug, aber es rührte sich nichts. Allmählich ließen die Männer davon ab und kehrten zu den anderen zurück.
Viele bohrten mit den Fingernägeln Wurzeln aus, und wenn es saftige waren, aßen sie sie. Aber sie gaben sie alle wieder von sich. Der Schweiß stand ihnen dann auf

der Stirn, und sie waren danach so geschwächt, daß sie sich nicht erheben konnten. Man wartete, jedoch nach einigen Stunden war es sicher, daß drei Männer zurückbleiben mußten. Pax ließ Maja wieder einen Zettel schreiben, den er ihnen in die Hand gab. Die Seiten aus dem Notizbuch wurden knapp, später bedauerte er, das Blatt nicht geteilt zu haben.

Fünfundfünfzig setzten kurz vor Mitternacht den Marsch westwärts fort.

Pax trug seine Stiefel noch geschultert, denn der Boden war sandig und ohne Steine. Die Füße sanken weich ein, wie in Dünensand. Er war noch warm vom Tage; für die, deren Zehen von Fäulnis befallen waren, fühlte es sich wie heilend. Aber dieses Gefühl verschwand bald, und der Sand begann in den Wunden zu schmerzen. Sie hofften immer, daß sie noch einmal auf Wasser stoßen würden, um die Füße kühlen zu können, aber der tiefe Sand hörte während der ganzen Nacht nicht auf. Erst gegen Morgen wurde der Boden fester. Das Land wurde wellig und war mit verkrüppelten Birken bestanden. Mitunter trat der Fels aus der Erde hervor. Vor Sonnenaufgang überquerten sie ein Kleefeld und dann eine Landstraße. Beides versetzte sie in große Aufregung. Sie suchten die Straße aufwärts und abwärts und fanden einen Meilenstein mit der Inschrift Klypocki und der Zahl 25, niemand konnte sich jedoch an den Namen erinnern. Sie sprachen aber darüber, standen lange Zeit um den Stein und redeten, und dann schienen nun doch zwei Männer Klypocki zu kennen. Was sie sagten, hatte nicht Hand noch Fuß, es war lächerlich, aber sie ließen sich neben dem Stein nieder, um auf Leute aus Klypocki zu warten, und baten Pax um einen Zettel. Auch auf den Zettel ließen sie schreiben, wie sie sich freuten, wieder nach Klypocki zu kommen. Der Leutnant erinnerte Pax daran, daß er das Blatt teilen müßte. Er drängte zum Aufbruch, er wollte von der Landstraße weg.

Sie marschierten noch lange, ehe sie ein großes Stück Buschwerk fanden. Als sie sich niederlegten, war es schon heller Tag.

VII

Im Laufe des Tages erschien eine Frau mit einem Panje-Pferd und pflockte es am Rande des Gebüschs an. Dann ging sie wieder fort. Das Pferd schnob und keilte aus, die Frau drehte sich noch einmal um, nahm einen Erdklumpen und bewarf das Pferd damit.

Aus dem Erdklumpen löste sich ein Stein, fiel in die Sträucher und traf einen der Schlafenden ins Gesicht. Der Mann fuhr erschrocken in die Höhe. Er hörte ein Geräusch, das wie Schritte klang, sprang auf und weckte mit zwei Fußtritten seine Nebenleute. Sie besaßen keine Gewehre, aber der eine zog sein Messer und trat vorsichtig aus dem Gebüsch heraus.

Er sah das Pferd.

Im ersten Augenblick wußte er mit der Erscheinung nichts anzufangen. Er ging zurück und sagte: »Ein Pferd.« Die beiden anderen traten darauf auch heraus und vergewisserten sich, indem sie den Rand des Buschwerks absuchten, daß kein Fremder in der Nähe war. Dann kam dem Mann mit dem Messer zum Bewußtsein, was er gesehen hatte.

Zu dieser Zeit schlief Pax noch. Er schlief sehr sorgfältig, sofern dieses Wort ausdrückt, mit welchen Vorsätzen er sich niedergelegt hatte. Bei jedem Anflug eines Traumes machte er sich gewissenhaft sofort wieder von ihm frei. Dies schien ihm nicht nur nützlich, sondern auch geeignet, auf das Schicksal einen guten Eindruck zu machen. Er trug nicht, wie viele andere der Männer, einen Stein oder ein Blatt in der Tasche, das sie einmal aufgehoben hatten, ohne zu wagen, es wieder wegzuwerfen; aber es war klar, daß eine genaue Pflichterfüllung auch zu Hoffnungen auf eine Gegenleistung berechtigte. Je weiter er sich mit jedem neuen Tage von den letzten Möglichkeiten des Lebens entfernte, desto größere Sicherheit fand er in der gewissenhaften Erledigung aller Dinge. Er achtete genauestens auf den Stuhlgang und das Wasser und bemühte sich, seit das eine weggefallen war, beim Wasserlassen regelmäßige Zeiten einzuhalten. Daß er unrasiert war, schien ihm nicht gut. Der Leutnant ging sogar noch weiter. Er reinigte sich täglich Zehen- und Fingernägel mit einem Holzspan. Dies alles hatte der Oberarzt zum Beispiel abgetan.

Pax erwachte von der Unruhe, die sich plötzlich erhoben hatte. Er öffnete die Augen und richtete sich hoch. Die Büsche vor ihm brachen auf, der Kopf eines Pferdes erschien, in den Nüstern, in der Mähne und im Maul staken die Fäuste von Männern. Das war das erste, was Pax sah, während er noch vom Schlaf benommen war.

Dann trat das Pferd heraus. Es war umringt von den Soldaten, die es vorwärts schoben, drückten und zerrten. Dabei fiel kein Wort. Die Gesichter der Männer zeigten

nur Geschäftigkeit. Auch das Tier war von jener Willfährigkeit, die man vor dem Gelynchtwerden beobachten kann. Es schlotterte in kleinen Schritten vorwärts.
Plötzlich hob der Mann, der das Messer in der Hand trug, den Arm. Es war gar kein Übergang da, er schien mit einem Male wie von Sinnen, öffnete den Mund zu einem Gurgeln und stieß die Klinge von oben herab in den Schenkel des Pferdes. Er riß das Messer im Kreise herum, packte das Fleisch und brach es aus dem blutigen Krater heraus. Das Pferd brüllte in einem langanhaltenden Ton auf.
Der Schrei wirkte wie ein Signal. In allen Händen blitzten Messer auf und fuhren auf das Fleisch los, und während einige Männer das Tier tiefer in die Büsche zu ziehen versuchten, war sein Hinterteil nur noch eine dampfende rote Masse. Das Pferd schrie nicht mehr, es hatte den Kopf auf seltsame Weise tonlos gegen den Himmel gestreckt. Es trippelte weiter mit kleinen Schritten vorwärts.
Die Luft füllte sich schnell mit dem Geruch des warmen Blutes. Es war ein ekliger Geruch, der würgte und der sich mit dem Hungerwürgen des Magens vermengte. Man hörte auch schon das Geräusch des Schlürfens und Schleckens, denn die ersten hatten bereits von dem Tier abgelassen, saßen auf dem Erdboden und nagten an dem Fleisch.
Pax war aufgesprungen. Er hielt die Pistole in der Hand und zitterte am ganzen Leibe. Er umklammerte die Waffe und hielt sie auf den Kopf des Pferdes gerichtet,

aber sein Zittern kam daher, daß er wußte, er würde niemals abdrücken.
Die Menge wich auseinander, weil das Pferd zusammenbrach. Der Oberstabsarzt war beim Zurückspringen zu Fall gekommen und mit dem Gesicht in die Blutlache gestürzt. Das Gras war verschmiert und so glatt, daß mehrere fielen. Sie lagen neben dem Pferd, das jetzt etwas stöhnte.
Da sah Pax, daß der Leutnant sich einen Weg durch die Menge bahnte. Er hielt ein Klappmesser in der Faust, setzte den Fuß auf den Hals des Tieres und durchschnitt die Kehle. Als er sich wieder aufrichtete, hatte er in der Linken ein Stück Fleisch. Er wischte die Klinge im Sand ab, ließ sie einspringen und steckte das Messer weg. Dann packte er das Fleisch mit beiden Händen und drückte das Blut aus. Er schwenkte es in der Luft. Darauf setzte er sich nieder und biß hinein.
Pax stand noch mit der Pistole in der Hand da. Er dachte nicht mehr an das Pferd, er dachte nur noch an das Fleisch. Er stand da und beobachtete den Haufen Männer, die wie Schmeißfliegen auf dem Kadaver saßen.
Er war unfähig, mit der Pistole, die er immer vor sich hielt, etwas anzufangen, denn er wußte, wenn er sie wegstecken und eine Bewegung machen müßte, würden seine Füße dorthin gehen, wo das Fleisch lag.
Der Feldwebel kam mit mehreren Stücken beladen heran. Er stellte sich vor Pax hin, suchte das beste Fleisch aus seiner Auswahl aus, prüfte es noch einmal und sagte:

»Ich dachte mir, Sie werden von Pferden nichts verstehen. Die Hinterbacken sind natürlich gut, man macht Rouladen daraus, aber besser ist der Übergang vom Lendenrücken zur Krupphöhe. Er hat bei Pferden nichts zu tun. Er ist sein Lebtag sozusagen arbeitslos. Er ist daher zart und nicht widerstandsfähig. Meh dareis, ou paideuetai. Ich weiß nicht, ob Sie Humanist sind. Es ist gegenwärtig nicht unbedingt notwendig. Ich bin auch erst in zweiter Linie Humanist, in erster Linie hungrig.«
Er hielt Pax das Fleisch hin und sagte traurig:
»Sie müssen jetzt essen, sonst sehen Sie Deutschland nicht wieder.«
Pax steckte die Pistole in die Tasche und setzte sich an der Stelle, wo er stand, nieder. Der Feldwebel tat dasselbe, er hielt dem anderen immer noch das Fleisch hin. Da Pax nicht antwortete, sagte er wieder:
»In unserer Lage wird alles sehr einfach. Manchmal habe ich das Gefühl, wir näherten uns Tag für Tag mehr einer Flamme. Ich hatte gar nicht gewußt, daß es dasselbe ist, wenn man sich der Natur so nähert, wie wenn man sich dem Feuer nähert. Die Alten hatten doch recht, wenn sie sagten: Die Welt besteht aus Feuer, Wasser, Luft und Erde. Wie richtig. Ich würde an Ihrer Stelle jetzt das Fleisch essen.« Er reichte es ihm.
Pax nahm es. Er nahm es in beide Hände, biß hinein und verzehrte es, bis nur noch das Fell übrig war, das aussah wie ein Stück Bezug von einem Schaukelpferd.
Der Feldwebel nahm es ihm aus der Hand und warf es hinter sich ins Gebüsch.

»Wir müssen Wachen ausstellen«, sagte Pax. Ihm fiel jetzt eine Menge ein, was zu tun war. Der Feldwebel lächelte und sagte: »Richtig.«
Er stand auf, rief Maja und zwei Männer und schickte sie als Posten weg, dann suchte er den Leutnant und ordnete mit ihm zusammen die weitere Verteilung des Fleisches. Die Männer stellten sich in Reihen an und hängten sich die Stücke an die Koppelschlösser. Manche legten sich noch einmal zum Schlafen nieder, einige setzten sich ins Gras und widmeten sich den Dornen und Splittern, die sie sich in ihre Füße eingerissen hatten und nun mit den Messern zu entfernen versuchten, oder sie wickelten ihre fauligen Zehen in frische Blätter, und als einer sie mit Fleischstücken bepackte, machten es ihm viele nach. Das feuchte Fleisch kühlte.
Der Oberstabsarzt kam und brachte Pax den Teil, der ihm noch zustand. Der Arzt war aufgelebt und lachte darüber, wie er seine eigenen Stücke seitlich an den Taschenknopf geknüpft hatte.
»So ist der Krieg«, sagte er. Er stellte sich vor Pax hin und wippte in den Knien, so daß ihm das Fleischstück wie eine Säbeltasche an den Schenkel schlug.
»Danke«, sagte Pax und nahm ihm seine Ration ab. »Haben Sie das Empfinden, im Krieg zu sein?«
»Weiß Gott«, lachte der Arzt.
Pax antwortete nichts mehr, er beschäftigte sich damit, das Blut aus den Stücken zu pressen. Aber sie näßten weiter, und er konnte sie nicht in den Taschen unterbringen.

Der Oberstabsarzt sah ihm zu. Ab und an warf er dabei einen zufriedenen Blick auf seine eigene Lösung. Beim dritten oder vierten Male konnte er nicht widerstehen und begann, mit den Nägeln kleine Fasern abzuzwicken, die er sich auf die herausgestreckte Zungenspitze legte. Er stand da und wippte dabei.
Pax gab seine Versuche auf und hakte sich das Fleisch ebenfalls an den Taschenknopf. Dann legte er sich zurück ins Gras und schlief noch zwei Stunden, bis ihn die Posten weckten.
In dieser Nacht marschierten sie dreißig Kilometer.

VIII

Die Nächte waren nun hell. Sobald die Sonne unterging, stieg der Vollmond auf. Die Männer schwärmten wieder aus und gingen, wo es ihnen paßte. Die einen marschierten auf den sandigen Feldwegen, die anderen hatten das Gras lieber und freuten sich allein schon über das zirpende Geräusch, wenn ihre Zehen durchstrichen. Die mit den faulenden Füßen konnten beides nicht verstehen. Sie waren, seit das Fleisch aufgegessen war und sie nichts mehr für die Kühlung ihrer Wunden tun konnten, dauernd damit beschäftigt, sich Lumpen und Hemdfetzen an- und abzubinden. Einige hatten ihren Waffenrock in zwei Teile gerissen und über die Füße gebunden. Sie gingen miteinander, und ihre verfaulten Beine bildeten den einzigen Gesprächsstoff. Das breitbeinige Gehen strengte sie sehr an, vor allem, als der Hunger wieder begann. Sie waren am Morgen immer in Schweiß gebadet und hatten Schüttelfrost. Aber sie gingen noch lange mit, ehe sie, einer nach dem anderen, abfielen. Sie legten sich dann an den Wegesrand, umklammerten mit den Fingern den Zettel, den Maja geschrieben hatte, und schlossen die Augen, bis die Menge verschwunden war. Wenn sie dann allein waren, sprachen sie wieder über ihre Füße. Manchmal schrien sie auch den anderen nach. Aber das war selten.

Mitunter schienen sie ganz glücklich. Sie sahen sich listig an, und es stimmte sie heiter, wenn der eine von ihnen, der etwas davon verstand, sagte, der Hauptmann und die meisten anderen hätten Trichinen gegessen. Er erklärte, wie das mit den Trichinen war:

»Die Trichinen«, sagte er, »die Trichinen führen unweigerlich zum Tode. Nach fünf Tagen zeigt es sich beim Menschen. Manche sind behaftet, manche sind nicht behaftet. Wer behaftet ist, hat Erbrechen und kann nicht schlafen, möchte immer gehen und marschieren und hat blutige Durchfälle.«

»Der Leutnant hat Blut geschissen«, sagte der andere.

»Natürlich. Er ist behaftet.«

»Ich habe kein Erbrechen und werde prima schlafen.«

»Natürlich. Ich auch. Es sind nicht alle behaftet. Es ist aber lächerlich, daß es die anderen nicht wissen. Sie kommen nicht weit.«

»Ich glaube, daß unser Platz hier günstig ist.«

»Natürlich. Vor allem, wir sind gesund! Die Embryonen von den Trichinen sitzen nämlich in den Chylusgefäßen des Menschen, und von da geht's in den Lymphstrom. Das müßte heute sein. Ich brauche bloß jemand anzusehen, dann weiß ich es.«

»Der Hauptmann auch?«

»Auch.«

»Der tut mir leid.«

»Mir tun sie alle leid«, sagte der andere.

Dann zog er die Hose hoch, steckte die nackten Arme hinein, um nicht zu frieren, und legte sich zum Schlafen zurecht.

Das Land, das die Männer immer nur nachts im Mondschein oder im Halbdunkel sahen, war einsam und blieb lange so, die Felder lagen brach, und die Wiesen waren sehr trocken. Die kleinen Kornstreifen, die vereinzelt dazwischen lagen, standen niedrig, und die Ähren hatten noch immer nicht angesetzt. Das lag an der Trockenheit. Alles durstete. Wenn vor Sonnenaufgang Tau fiel, war er, ehe man sich versah, vom Erdboden und von den Pflanzen aufgesogen, und die Männer konnten fast nicht schnell genug die Gräser und Steine ablecken. Wenn der Wind vom Osten kam, aus der Richtung der Sümpfe, dann schmeckten die Tropfen modrig. Aber wenn er von Westen kam, schmeckten sie mitunter auch modrig, und der Leutnant war der Meinung, man würde wieder auf Sümpfe stoßen.

Wald zu riechen, das war ja nun kein Kunststück mehr. Bevor man ihn sah, fühlten ihn alle schon an der Haut. Manche rochen ihn eine halbe Nacht lang voraus. Maja hörte Geräusche oder sah die Nachtvögel in weiter Ferne über Dörfern und konnte sich danach richten, aber sie brauchte nicht mehr lange zu reden, es hörten und sahen jetzt viele, sie war nicht die einzige.

Mit der Sonne verhielt es sich so, daß viele sie fürchteten. Sie hatten den ganzen Tag über Angst, wenn sie Wache standen. Das stimmte; wer auf Wache gewesen war und einige Stunden in der Sonne gelebt hatte, der war, wenn

die Nacht und das Gehen wieder begannen, ganz verändert. Zum Beispiel stolperte er fortwährend. Oder er behauptete, nichts sehen zu können. Der Mond, auch wenn er nun schon im Abnehmen war, schien aber hell, und es war keine Erklärung, daß der Oberstabsarzt sagte, es sei Hemeralopie. Es war ein Wort und nichts wert. Sie konnten nicht sehen!
Aber das waren nur wenige. Sie wurden in die Mitte genommen und geführt. Es war kein Grund, sich hinzulegen mit einem Zettel in den Händen. Dazu gab es keinen Grund. Die Landschaft bekam gerade jetzt ein freundliches Gesicht. Kleine Waldstücke wechselten mit Wiesen und Brachland ab, und immer wieder tauchten Bauernhäuser auf, vielleicht waren es sogar Dörfer, es war aus der Entfernung nicht zu erkennen.
Die Nähe der Menschen stieß sie ab. Sie sprachen auch nicht darüber. Nur der Oberstabsarzt schien sich fortgesetzt damit zu beschäftigen. Immer, wenn er von fern einen Schornstein oder ein Dach sah, begann er, die Reihe entlang hin und her zu traben. Die Männer gingen stumm vorwärts. Das Sprechen war beim Gehen anstrengend, der Mund wurde wund und die Zunge dick. Sehr schlecht stand es um Maja. Sie vertrocknete. Sie weinte jetzt oft vor sich hin, weil sie nicht begreifen konnte, warum die Männer noch nicht tot waren. Der Feldwebel kam an einem Morgen nach vorn gelaufen. Er trug Maja auf dem Rücken. Er trug sie schon seit einigen Stunden, er ging weit vornüber gebeugt und pfiff jedesmal aus der Kehle, wenn er atmete.

Pax hielt an, als er den Feldwebel sah. Er war erschrocken und brach den Marsch vorzeitig ab, damit sich im Moment nichts entscheiden sollte. Der Leutnant sagte gar nichts.

Der Feldwebel hatte den Kopf Majas in seinen Arm gelegt, und sie hatte die Augen geschlossen, damit er sie nicht ansehen mußte. Er wußte, daß sie nicht schlief. Das Einschlafen war für alle sehr schwierig wegen der Krämpfe und Schmerzen.

An diesem Abend traten die Dinge in ein neues Stadium. Maja stand in der Dämmerung auf und entfernte sich vom Lager. Die Posten und einige andere Männer, die auf waren und, wie es immer irgend jemand tat, die Sträucher und den Erdboden absuchten, sahen sie weggehen.

Sie fühlte sich besser als am Morgen, aber sie war sehr schwach. Sie wäre gern ganz langsam gegangen, und sie wußte nicht, ob sie es durchhalten würde, aber die Angst, nicht rechtzeitig zurück zu sein, trieb sie vorwärts. Sie ging auf ein Bauernhaus zu. Man konnte sehen, daß es allein stand und daß sonst nichts in der Nähe war. Es war ungefähr zwei Kilometer entfernt.

Während sie ging, murmelte sie vor sich hin, und zwar immer das gleiche, weil sie sich einprägen wollte, was sie sagen mußte. Von Zeit zu Zeit drehte sie sich auch um und schaute zurück, um sich zu orientieren. Vielleicht war es auch Furcht. Das alles zusammen strengte sie sehr an, und als sie das Haus erreicht hatte, fiel sie um. Sie verlor die Besinnung und fiel mit der Schulter gegen die Tür.

Die Frau, die sie fand, war alt und allein nicht imstande, die Liegende auf die Bank zu heben. Sie bemühte sich eine Weile, dann unterzog sie die Taschen und Röcke einer Untersuchung, und als sie sie ergebnislos untersucht hatte, ging sie zum Brunnen, schöpfte eine Kelle voll Wasser und goß es über das Gesicht des Mädchens. Davon erwachte Maja. Sie wußte sofort, wo sie war und was geschehen war.

Das Wasser und ein Stück Brot, das sie auf der Bank liegen sah, versetzten sie in große Erregung. Sie schlug die Finger gegeneinander und stammelte. Sie machte, wie sie so im Sand dasaß, sicherlich den Eindruck einer Irren. Aber das war die Erregung, in der sie sich befand, denn sie hatte nur die Vorstellung, die Entscheidung für sich abwenden zu müssen, da der Mann, den sie liebte, noch nicht soweit war.

Die alte Frau führte sie ins Haus und ließ sie am Ofen niedersetzen. Hinter den Kacheln kam ein Kind hervor und beobachtete sie von der Höhe herab. Die alte Frau ging zu einem Schrank, an dessen Türen Köpfe mit goldenen Strahlen gemalt waren, sie holte ein Gefäß heraus, das mit Schafsmilch gefüllt war, und reichte es ihr. Während Maja trank, entzündete die Frau eine Lampe. In diesem Augenblick befiel Maja eine ungeheure Angst, die Männer nicht mehr zu finden. Sie warf das Blechgefäß fort. Sie war im ersten Moment ratlos. Dann rannte sie davon.

Die Männer standen am Rande des Gebüsches und sahen sie über die Felder kommen. Sie ging sehr schnell, und zwischendurch lief sie, so daß man es sich nicht erklären konnte. Einige, die noch Gewehre besaßen, holten sie herbei und luden sie durch, andere waren der Meinung, das Mädchen hätte etwas zum Essen oder Trinken besorgt. Als Maja ankam, stellte sich heraus, daß nichts war.

Die Männer umringten sie. Sie wunderten sich hauptsächlich, wie schnell sie gegangen war. Sie selbst sagte nichts.

Sie hielt diese Nacht gut durch. Aber sie bekam eine Art Darmkrämpfe, die sie dauernd zwangen, weit zurückzubleiben, weil sie nicht wollte, daß der Feldwebel sie so sah. Wenn sie dann am Boden hockte und sich vor Schmerzen krümmte, horchte sie ängstlich auf die Schritte, wie sie sich entfernten. Darauf lief sie wieder den anderen nach.

Inzwischen kam der Feldwebel zu Pax nach vorn, wo auch der Leutnant und der Oberstabsarzt gingen, offenbar, weil er etwas sagen wollte, aber der Arzt kam ihm zuvor. Er sagte: »Was ist denn mit ihr los? Sie hat etwas gegessen.« Pax wußte nicht, inwiefern etwas los sein sollte, und der Arzt klärte ihn auf. Merkwürdigerweise sah er immer alles.

»Ich weiß es nicht«, sagte der Feldwebel, ging an dem Oberstabsarzt vorbei und zu Pax vor.

Der Arzt kam nun auch näher heran und wiederholte: »Sie hat etwas gegessen. Das ist ganz klar.«

Der Leutnant sah den Feldwebel gespannt an.

»Jeder Medizinstudent«, sagte der Arzt wieder, »jeder

Medizinstudent im ersten Semester erklärt Ihnen den Unterschied zwischen Ruhr und Diarrhöe. Wo war sie eigentlich?«

»Ich weiß es nicht«, antwortete der Feldwebel.

»Wieso kann sie wieder gehen?«

»Ich weiß es nicht, zum Donnerwetter«, schrie der Feldwebel den Arzt an.

Der Leutnant betrachtete ihn interessiert. Er sagte nichts. Pax drehte sich zum Oberstabsarzt um: »Jeder Mann im ersten Semester, Doktor, kann Ihnen sagen, daß eine Frau, die ihn liebt, nicht etwas allein frißt.«

»Eben«, sagte der Arzt.

»Muß ich meinen Magen vor Ihnen auskotzen, damit Sie sehen, daß ich nichts gegessen habe?« erwiderte der Feldwebel.

»Es hat Sie niemand gefragt«, sagte Pax, »es hat auch niemand ein Recht dazu.«

»Sind Sie dieser Meinung?« fragte nun der Oberstabsarzt, »das ist interessant. Ich wußte nicht, daß wir lauter Einzelgänger sind.«

»Es ist überflüssig, was Sie sagten, Doktor. Wenn jemand ein Kiebitz-Ei findet, teilt er es, mit wem er mag, oder gar nicht. Wenn er zehn Eier findet, teilt er sie mit allen.«

»Und wenn er vier findet?«

»Dann bietet er drei Ihnen an, und Ihre drei teilen Sie dann mit allen«, lachte Pax.

»Warum lachen Sie?« fragte der Leutnant.

»Ich weiß es wirklich nicht«, antwortete Pax.

»Maja«, fing der Feldwebel noch einmal an, »kann nichts gegessen haben. Sie würde nichts allein essen.«
»Als Arzt sage ich Ihnen«, erwiderte der Oberstabsarzt friedlich, »sie hat etwas gegessen.«
»Ich verstehe es nicht!«
»Was ist denn da zu verstehen?«
»Mein Gott!« sagte der Feldwebel.
Er verlangsamte seine Schritte und blieb zurück. Auch der Leutnant und der Oberstabsarzt reihten sich ein. Der Feldwebel ließ alle an sich vorüberziehen. Als letzte ging Maja, die wieder nachgekommen war. Sie schien ganz glücklich, als sie den Feldwebel sah, und nahm seine Hand.
Nach Mitternacht, als der abnehmende Mond untergegangen war und es sehr dunkel wurde, kam der Feldwebel noch einmal nach vorn. Er arbeitete sich bis zu Pax vor und sagte: »Morgend abend wird Maja in ein Dorf gehen und versuchen, etwas zu essen zu bekommen.«
»*Was* ist?« fragte Pax, aber der Feldwebel war zurückgegangen und hörte es nicht mehr.
Bis zum Morgen redeten alle über diese Sache. Sie war keine Kleinigkeit. Manche dachten an Brot und Fleisch, manche aber auch nur daran, daß in ihrer Einsamkeit wieder Menschen auftreten sollten.
Die Posten warteten begierig auf den Sonnenaufgang, nicht nur wegen des Taues, sondern weil sie ein Haus zu sehen hofften. Aber es war keines in der Nähe.
Alle verbrachten den Tag in unruhigem Schlaf. Beson-

ders sorgten sich fünf Männer, daß sie den Abend noch bei Bewußtsein erleben würden. Sie waren sehr schwach und besaßen schon den Zettel.
Maja hatte sich für ihren Gang die Stunde zwischen Sonnenuntergang und Dämmerung ausgesucht. In den Gehöften waren oft Frauen und alte Männer allein und wagten in der Dunkelheit nicht mehr zu öffnen. Am Tage waren sie auf den Feldern. Vielleicht waren auch Soldaten im Hause. Es war ungewiß.
Die Posten weckten früher als sonst, und der Aufbruch ging schnell vor sich. Die fünf Männer, die schon den Zettel hatten, waren nicht mehr aufgewacht. Aber sie lebten noch. Man zog sie aus dem Gebüsch und legte sie in Reihe und Glied auf einem Feldweg nieder. Soweit war alles in Ordnung. Pax setzte sich an die Spitze und nahm den Marsch wieder auf. Er ging sehr langsam.
Alle gingen sehr langsam. Maja war so schwach wie in der Nacht, als der Feldwebel sie tragen mußte. Auch die Stolperer waren reichlich unterwegs, obwohl sie doch nun nicht sagen konnten, daß sie nichts sahen. Sie kamen dauernd nach vorn gestolpert und fragten, ob es dabei bliebe, ob Maja gehen werde. Sie machten es so auffällig, daß es klar war, sie würden als Nächste dran sein.
Nach einer halben Stunde tauchte zur linken Hand ein Bauernhaus auf. Die Männer machten halt. Alle, die aufrückten, umstanden Maja und blickten sie an, ohne ein Wort zu reden. Maja stand allein in der Mitte, auch der Feldwebel stand bei den anderen. Sie wollte noch mit ihm sprechen, das sah man deutlich, vielleicht dachte

sie, sie müßte seine Hand noch einmal anfassen. Das tat sie doch immer. Da sagte der Leutnant: »Halali, Maja.« Sie sah ängstlich auf den Feldwebel, und als er lächelte, lächelte sie auch, trat durch den Kreis, der sich öffnete, und ging in Richtung des Hauses davon. Die Gestalt wurde kleiner und kleiner und war dann nicht mehr zu erkennen. Dann setzten sich alle.

Der Feldwebel kam zu Pax herüber. Er ließ sich auf dem Erdboden nieder und sagte:

»Haben Sie ein Messer?«

»Nein«, antwortete Pax.

Der Leutnant zog sein Klappmesser heraus und reichte es dem Feldwebel hin.

»Wozu?« fragte der Oberstabsarzt.

Der Feldwebel erwiderte nichts, zog seinen linken Fuß nahe an seine Augen heran, um besser sehen zu können, und begann, einen Dorn herauszuschneiden.

»Ein Dorn?« fragte der Leutnant. Der Feldwebel nickte.

Der Oberstabsarzt warf einen kurzen Seitenblick auf ihn und sagte:

»Sie haben ein Gemüt.«

»Ja«, sagte der Feldwebel, »ich habe ein Gemüt.«

»Sie können das jetzt machen?«

»Ja«, sagte der Feldwebel wieder.

Der Arzt beobachtete dann das Haus, von dem man nur den Giebel sehen konnte. Nach einer Weile sagte er:

»Was meinen Sie, was sie bringt?«

»Hoffentlich kommt sie überhaupt wieder«, warf der Feldwebel ein.

»Wieso? Glauben Sie, daß sie uns verrät?«
Der Feldwebel erhob sich und ging weg.
»Sie sind ein Idiot«, sagte der Leutnant.
Der Oberstabsarzt schien verwirrt. »Sie irren sich. Sie können nicht verstehen, daß ich keine Erfahrung habe, wie diese Dinge im Kriege sind.«
»Sagen Sie doch nicht immer dasselbe«, sagte der Leutnant ärgerlich.
Der Arzt schwieg darauf. Er sah wieder zu dem Hausgiebel hin. Aber dann stieß er plötzlich hervor:
»Lieber Himmel, ich wünsche doch wirklich, daß wir alle am Leben bleiben!«
Über diese Worte lachte der Leutnant so, daß er zu husten und zu würgen anfing. Es war das erste Mal, daß ihn dieser Krampf befiel, und er war erschrocken.
»Das hat nichts auf sich«, versicherte der Arzt, »das ist lediglich die Trockenheit. Sie brauchen nicht erschrocken zu sein.«
»Ach, lecken Sie mich am Arsch«, antwortete der Leutnant. Er stand auf und ging zum Feldwebel hinüber.
Der Oberstabsarzt hielt wieder eine Weile Ausschau, dann erhob auch er sich und setzte sich zu den Stolperern, um mit ihnen zu erörtern, ob Maja Brot oder Fleisch oder Wasser oder alles zusammen und wieviel bringen würde. Aber das Sprechen strengte sie entsetzlich an. Wenn sie anfingen zu husten, hörten sie auf zu reden.
Später lagen alle schweigend da und warteten. Es war inzwischen dämmrig geworden.

Es dauerte noch lange, bis Maja kam.
Die Männer standen auf und gingen hin und her, während das Mädchen immer näher kam. Sie war allein, es folgte ihr niemand, und sie trug etwas im Arm. Sie hielt es vor sich mit beiden Händen umklammert. Als sie dann da war, sahen die Männer, daß es zwei Brote waren. Die Brote waren naß und trieften vor Wasser, denn sie hatte sie vorher in den Brunnen getaucht.
Die Männer standen mit lang hängenden Armen da und hielten den Kopf schief, daß sie aussahen wie vor der Kommunion.
Maja hatte die Brote an die Brust gepreßt, das Wasser tropfte auf ihre Beine, und das ganze Kleid war vorne naß. Die Nässe roch, aber am meisten das Brot, und alle waren wie betäubt.
Der Feldwebel trat auf Maja zu, er beugte sich aus seiner Höhe zu ihr herunter, es sah für die, die in seinem Rücken standen, so aus, als hätte er das Mädchen geküßt. Aber das hatte er nicht getan. Er hatte von der weichen braunen Rinde der Brote mit zwei Fingern etwas abgedrückt und es Maja in den Mund geschoben. Dann gab er die Brote Pax.
Pax und der Leutnant schnitten sie in zweiundvierzig Teile.

IX

In diesen Nächten legten sie weite Strecken zurück, obwohl an jedem Abend durch Majas Gänge in die Gehöfte viel Zeit verloren ging und obwohl Neumond war und das Gehen schwieriger wurde. Aber es war gut, daß Neumond war, denn die Dinge kamen jetzt anders.

Sie sahen Patrouillen, die durch das Land streiften, Bauern im Watterock, aber mit umgehängten Gewehren. Man konnte sehen, daß sie nicht in die Dörfer gehörten, es waren Fremde. Sie schwärmten in dichten Klumpen um die Häuser, schienen sich dort niederzulassen und trieben Frauen und Kinder umher. Am Abend saßen sie vor den Türen und schossen in die Luft. Es war gut, daß die Nächte wieder dunkel waren.

Auch in einzelnen Gehöften steckten sie. Maja kam dann zitternd zurückgelaufen, und man hörte hinter ihr Rufe und Türenschlagen und mitunter Schüsse. Es war nicht mehr möglich, in die Dörfer zu gehen.

So lagen plötzlich die Dinge. An manchen Abenden war aus allen Richtungen das Geschieße zu hören; dann nahm sich Pax von einem der Männer ein Gewehr und schoß auf die wenigen Tiere, die zu dieser Stunde noch in der Luft waren. Das war ein Gedanke, dem der Leutnant wieder große Hochachtung zollte. Aber es wurde nur einmal ein Tier getroffen. Es war ein Storch, den man gar nicht bemerkt hatte, er fiel aus Versehen aus der Luft.

Es gab auch Tage, wo es ringsum totenstill war. Dann tappte sich die lange Reihe der Männer lautlos durch die Dunkelheit. Man sah in der Ferne die Lichter der Häuser, auch die Scheinwerfer von Autos, und immer Gestalten, die aussahen, als trügen sie Sensen vom Felde nach Hause. Aber es waren keine Sensen, es waren Gewehre.

Es blieb unerklärlich, warum das Gebiet so in Aufruhr war. Das ganze Land war übersät mit Posten. Sie standen nachts auf Feldwegen und Straßen, die jetzt häufig waren, an Bäume gelehnt oder auf Steinen sitzend, das Gewehr zwischen den Beinen und Machorka rauchend. Das konnte man riechen und sehen. Aber manchmal tauchten sie auf wie Schiffe im Nebel. Sie mußten getötet werden, indem man sie anfiel, niederriß und mit den Körpern zudeckte, während einer sie erstach. Man konnte auch, wie es Pax getan hatte, die Hände wie Hörner über den Kopf halten, heulen und winseln und an ihnen vorbeilaufen. Das ging auch, es war in den Fällen gut, wenn ein Graben dazwischenlag oder wenn sie auf der untersten Gabel eines Baumes saßen. Dann war es gut, aber das andere war sicherer.

Pax und der Leutnant gingen jetzt immer zehn oder zwanzig Meter voraus. Auch der Feldwebel ging oft an der Spitze. Der Oberstabsarzt, der sich schlecht zurecht-

fand, blieb dann bei Maja. Er verteilte in seiner Umgebung Roggenkörner, die er immer in Mengen in der Tasche trug und selbst knabberte. Das Land war jetzt oft mit Roggen und Gerste bestellt, und die Körner bildeten ihre Nahrung. Jeden Morgen und Abend fielen sie in die Felder ein. Nur der Durst war unerträglich. Sie lagen wieder auf den Knien und leckten den Tau von den Blättern und Steinen. Die Bäche, die nicht ausgetrocknet waren, waren schlammig und wimmelten von Tieren. Die Roggenkörner zu kauen, war leicht, aber das Schlucken bereitete Schwierigkeiten. Es war, als wenn man Pulver atmete. Man durfte sich nicht vorstellen, wie es sein würde, wenn die Körner naß wären und hätten quellen können. Dabei war das Korn gut, und es war so einfach. Pferde leben auch davon. Jedesmal, wenn der Leutnant bemerkte, daß der Oberstabsarzt seine Notdurft verrichtete, fragte er ihn, ob es schon Roß-Äpfel seien.
Pax, der Leutnant und der Oberstabsarzt waren die einzigen, die man noch miteinander sprechen sehen konnte. Wenn die anderen hörten, daß der Leutnant etwas so Überflüssiges sagte, wunderten sie sich, warum er das tat, denn das Reden verursachte Schmerzen bis in die Lunge. Es gab einige, die hatte man seit einem Monat nicht mehr reden hören. Der Feldwebel sprach jetzt auch nicht mehr und Maja auch nicht. Sie hielt seine Hand gefaßt und ging neben ihm. Sie war, seit sie das Korn aß, wieder kräftiger. Es beunruhigte sie nun nichts mehr.
Im Morgengrauen, wenn die Männer den Horizont nach

Wald und Sträuchern mit den Augen absuchten, sahen sie, daß sich große Roggenfelder vor ihnen ausbreiteten, aus denen vor Sonnenaufgang Nebelschleier aufstiegen wie über Teichen. Aber es gab keine Teiche, es gab nirgends Wasser, der Boden wurde immer sandiger. Die Tage waren heiß, und wenn das Korn, in dem sie schliefen, lange in der Sonne lag, war es stickig darin, und die Luft stand zwischen den Halmen wie flüssiges Blei. Der Schlaf war unruhig wie bei Schwerkranken im Hochsommer. Oft weckten die Posten auch zweimal oder dreimal am Tage, weil die Bauern wieder mit ihren Gewehren durch die Felder streiften. Man konnte nichts machen, aber man mußte wachen. Dann war es, als ob man Feuer atmete. Nach Sonnenuntergang wurde es besser; das war vielleicht eine Stunde.
Der Leutnant war überzeugt, daß sie noch einmal mit den Patrouillen in einem Feuergefecht zusammenstoßen würden, aber Pax, der Nacht für Nacht an der Spitze ging, wich der Gefahr immer wieder aus. Das zu beobachten, erfüllte den Leutnant mit der Bewunderung des Fachmannes. Natürlich war es eine Art Handwerk; es war müßig, etwas anderes darin zu sehen, wie es der Oberstabsarzt tat. Es war ein Handwerk, zu leben, auch wenn es dem Oberstabsarzt nicht gefiel.
»Wenn wir«, konnte der Arzt sagen, »es seelisch ertragen, können wir mehr als die Tiere.«
»Es kommt auf die Verdauung an«, antwortete der Leutnant, »wie steht es heute, Doktor? Sind es schon Roß-Äpfel?«

Der Arzt schwieg dann, ging zurück zu Maja und dem Feldwebel und verteilte Roggenkörner.

Die Nächte waren warm und der Himmel sternenklar, es blieb auch nach dem Mondwechsel so. Es war der zweite Neumond; die Männer befanden sich einen und einen halben Monat unterwegs. Pax strich in seinem Taschenbuch jeden Tag ab und trug alle Ereignisse ein, die wichtigeren entsprechend ausführlich, so zum Beispiel, als Maja damals zum erstenmal das Brot holte, »Maja besorgt Brot«, und als man das Korn fand, »essen Korn«. Es war auch notiert, als sie den ersten Posten beseitigten; später, bei größerer Gewohnheit, dann nur noch »Zwei Posten« oder »Ein Posten«. Die Namensliste war sorgfältig abgestrichen und stimmte ziemlich genau. Es war nur ein Name zuviel. Niemand konnte sich an den Mann erinnern, und niemand wußte, wo er geblieben war. Er war dagewesen, aber jetzt war er, anscheinend seit langem, nicht mehr da.

Im Morgengrauen konnte man mitunter in der Ferne Kolonnen von Lastwagen fahren sehen. Die Wagen waren nicht zu erkennen, man sah nur die wehenden Staubfahnen. Es mußten große Straßen in der Nähe liegen, vielleicht sogar eine Stadt, und eines Nachts stießen die Männer auf einen Eisenbahndamm.

Er lag zwischen abgeernteten Gerstefeldern, die Kornpuppen verdeckten ihn, bis man davor stand.

Er machte einen toten Eindruck. Die Telegraphenmasten waren leer, die Gleise überwuchert, es war kein Schild und kein Meilenstein in der Dunkelheit zu finden, alles sah tot aus, aber der Anblick schien auf einige bestürzend zu wirken und ihre Widerstandskraft von einer Sekunde auf die andere zu brechen. Das kam so plötzlich und war bei dem schwachen Licht des frühen Mondes so schlecht zu sehen, daß man zuerst nicht verstehen konnte, was vor sich ging. Während Pax, der Leutnant und die meisten anderen ohne Interesse den Bahndamm auf und ab blickten, warfen sich einige auf die Schienen, betasteten das Eisen, rochen an den teerigen Bohlen und legten das Ohr an die Telegraphenstangen, um zu horchen.

Es waren zum großen Teil die Männer darunter, von denen man seit einem Monat kein Wort mehr gehört hatte. Sie sprachen auf einmal, und zwar laut und hastig, zunächst einfach vor sich hin, indem sie ein dutzendmal »Ach, die Schienen«, »Ach, die Eisenbahn, die Eisenbahn« oder nur Deutschland sagten, dann riefen sie nach Pax und dem Leutnant, aber die Erklärung von Pax und die Aufforderung, aufzustehen hatten gar keine Wirkung, und der Leutnant trat ihnen daher einfach hinten hinein.

Der eine von ihnen sprang auf und stand mit einem Satz vor dem Leutnant. Der Leutnant sah, daß es der Mann mit dem Messer war, der das Pferd angeschnitten hatte, aber es besorgte ihn anscheinend gar nicht, er drehte sich um und ging weg. Der Mann machte einen unschlüssigen Schritt hinter ihm her, da rief einer der auf den Schienen Liegenden »Ein Zug! Ein Zug!«, worauf sich auch der Mann mit dem Messer wieder hinwarf und das Ohr an

die Schiene legte, um auf das Geräusch der rollenden Räder zu horchen, das tatsächlich zu hören war.
Obwohl man noch kein Licht sehen konnte, war nicht daran zu zweifeln, daß sich ein Zug näherte. Pax stieg vom Bahndamm herunter und setzte sich am Feldrand in eine Kornpuppe, um das Schauspiel zu beobachten, und die meisten anderen taten dasselbe. Nur die auf dem Gleise horchten weiter oder starrten die Strecke entlang nach Norden und Süden. Dann begann einer von ihnen, dürres Gras auszureißen und zwischen den Schienen aufzuhäufen, und das bewirkte, daß nun alle fieberhaft einen Feuerhaufen errichteten. Jemand riß eine Patrone auf, schüttete das Pulver in das Gras und entzündete es. Die Männer in den Kornpuppen hatten die Vorbereitung zu dem Feuer nicht sehen können. Als die Flamme hochschoß, war der Leutnant rasend vor Wut.
Er schrie Pax etwas zu, auch der Feldwebel sprang auf, ohne auf Maja zu hören, die ihm etwas russisch nachrief, und alle drei waren im Begriff, auf den Bahndamm zu laufen, aber in diesem Augenblick tauchte der Zug auf, man konnte nur ahnen, daß er aus einer Kurve kam, er fuhr ohne Lichter, und es war nur der Umriß der Lokomotive vor dem Widerschein der Feuerung zu erkennen. Er kam rasch näher. Dann zogen die Bremsen an, man hörte, wie die Waggons aneinanderstießen und sich das Geräusch des Aufpralls wie ein Echo nach hinten fortpflanzte. Die Männer auf dem Bahndamm stießen in das Feuer, um es zu schüren, und liefen darauf rechts und links in den Gräben dem Zug entgegen.

Er rollte langsam vorüber. Die Lokomotive blies Gebirge von weißen Dampfwolken ab und zog wieder an. Auf der Zeltplane des ersten Wagens saßen Soldaten und hielten die Gewehre im Anschlag. Sie wurden vom Feuerschein der Heizung geblendet, schirmten mit der linken Hand die Augen ab und spähten angestrengt in die Umgebung. Der Zug gewann wieder Geschwindigkeit, überfuhr das Feuersignal und verschwand in der Dunkelheit nach Süden.
Das spielte sich in wenigen Minuten ab. Das Grasfeuer war erloschen, die Rauchfahne des Zuges gegen den Mond verflogen. Der Bahndamm war leer. Die Männer, die dem Zuge entgegengelaufen waren, fehlten.
Pax und der Leutnant gingen das Gleis noch ein Stück nach beiden Richtungen ab. Sie fanden keinen mehr.
Pax las, als sie sich am Morgen in einem Roggenfeld zum Schlafen niederlegten, die 41 Namen vor und strich die Fehlenden aus. Es waren sieben. Später versuchte er vor dem Einschlafen, sich die Landkarte vorzustellen und sich zu entsinnen, wohin die Bahnlinie führen könnte, aber seine Erinnerung war wie ausgelöscht.

X

Es war nicht gut, vor dem Einschlafen zu denken, wenn man sorgfältig schlafen wollte. Aber in der Nacht, beim Gehen, konnte es nicht schaden.
Der Oberstabsarzt dachte viel, und merkwürdigerweise schien es ihm wertlos zu sein, wenn er es nicht auch aussprach. Seit sie zwischen Kornfeldern steckten und es ihnen gut ging bis auf den Durst, der sie von innen her verbrennen ließ, kam der Arzt in jeder Nacht mehrmals nach vorn, wo Pax und der Leutnant gingen. Er hatte verschiedene Themen, die immer wiederkehrten. Er wurde nicht fertig mit der Frage, wo sie sich befanden und ob sich wirklich niemand an die Landkarte erinnern konnte. Der Leutnant antwortete ihm, rückwärts könne er sich tadellos erinnern, falls es sich herausstellen sollte, daß sie sich ein wenig geirrt hätten und noch einmal von vorn beginnen müßten. Der Oberstabsarzt ging dann zurück zum Feldwebel und zu Maja und verteilte schweigend Roggenkörner.
Sobald er fort war, fragte der Leutnant Pax leise: »Können Sie sich an nichts, an gar nichts erinnern?« und Pax antwortete: »Nein.«
»Haben Sie an die Generalstabskarte gedacht?«

»Ja.«
»Und an den Diercke?«
»Ja.«
»Es war ein Blatt auf der rechten Seite.«
»Ja.«
»Eine Teilkarte.«
»Ich weiß.«
Oder der Leutnant antwortete in der nächsten Nacht dem Arzt auf die Frage, wo sie sich befanden und ob sich wirklich niemand an die Landkarte erinnern könne: »Das ist völlig gleichgültig, Doktor. Wir müssen dreimal um die ganze Erde gehen, das ist klar, und dann sind wir zu Hause.«
Und wenn der Oberstabsarzt wieder zurückgeblieben war: »In der Schule bei uns hingen an der Wand Karten, große Karten. Ich habe heute darüber nachgedacht.«
»Perthes«, sagte Pax und nickte.
»Ah, sehen Sie: Perthes! Das stimmt. Ich wußte es nicht mehr. Können Sie sich an nichts erinnern?«
In der zweiten Vollmond-Nacht wechselte die Landschaft. Die Kornfelder hörten auf. Das Gelände wurde, so weit man im Mondlicht sehen konnte, buschig, und dann begann Wald.
Maja hatte ihn einen Tag voraus angesagt, und sie sagte auch jetzt, daß sie Wasser finden würden. Sie war es nicht allein, die es spürte, aber Pax hielt es für eine Täuschung. Nach Mitternacht nahm die Unruhe zu, Maja drängte immer mehr nach Norden ab, sie und einige der Männer blieben von Zeit zu Zeit stehen, streckten den

Kopf vor, horchten, atmeten tief und schossen dann in neuer Richtung weiter. Die letzte Stunde wurde ein beständiger Zickzack-Weg, es war jetzt ganz deutlich, daß Wasser in der Nähe war, und man war nur noch besorgt, daran vorbei zu laufen.
Gegen Morgen standen sie plötzlich davor.
Es war ein breiter, flacher Waldbach. Rechts und links von ihm lag ein Teppich von Wegerich, Ampfer, Igelkolben, Pfeilkraut und Binsen, und darüber stand dick der Duft des Wassers.
Die Männer, die unter den Bäumen hervorgetreten waren und einen Augenblick gestockt hatten, sprachen kein Wort, sie gingen hin, knieten am Rande des Baches nieder und ließen mit vorgestreckten Händen ihr Gesicht in das Wasser fallen.
Sie tranken es, bis sie sich blähten, und als sie nicht mehr trinken konnten, ließen sie es durch den Mund laufen und über die Augen und die Zunge. Sie bohrten ihre Finger in den Sand auf dem Grunde und liebkosten stöhnend das Wasser wie eine Frau.
Dann lagen sie ausgestreckt in den Gräsern und Blättern und fielen so in Schlaf.
Pax wachte im Laufe des Tages mehrere Male auf. Da er wußte, daß keine Posten standen, war sein Schlaf voller Unruhe. Er war die Geräusche des Waldes nicht mehr gewohnt und erschrak, wenn ein Vogel durch die Baumkronen schlug oder die trockenen Äste knarrten.
Am späten Nachmittag erwachte er noch einmal. Er hatte das Gefühl, daß sich jemand über ihn beugte und

ihn beobachtete. Er öffnete die Augen, sah aber niemand. Er bemerkte, daß der Himmel abendlich fahl wurde und, als er den Blick senkte, daß die Bäume lange Schatten warfen. Einer der Schatten bewegte sich. Pax sprang auf, und mit der gleichen jähen, lautlosen Bewegung antwortete der Mensch, den er erblickt hatte, er sank in die Knie vor Pax.

Es war ein alter Mann. Er trug die Lumpen armer russicher Bauern, an seinem Arm hing ein Körbchen, aus dem eine Handvoll rote Beeren auf die Erde gerollt waren. Der alte Mann, dessen Gesicht von weißen Haaren umrahmt war, sah Pax leer an, dann faltete er langsam und mit Umstand die Hände und begann zu murmeln.

Während dieser Verrichtungen, die etwas Zeit in Anspruch nahmen, vergewisserte sich Pax, indem er sich nach allen Seiten umsah, daß der alte Mann allein gekommen war. Darauf rief er leise den Namen des Leutnants, der sofort erwachte und sich aufrichtete. Sein erster Blick war, ob Pax die Pistole in der Hand hatte. Als er sah, daß das nicht der Fall war, erhob er sich ohne Eile und kam heran. Zugleich schien er alles, was sich ereignet haben konnte, zu übersehen, denn er weckte von selbst noch den Feldwebel und Maja. Durch das Rufen wurden auch der Oberstabsarzt und zwei andere Männer wach, die nun alle herankamen und den knienden alten Mann umstanden.

»Was ist das?« fragte der Leutnant.

Pax zuckte die Achseln.

»Ist er allein?«
»Ich weiß es nicht.«
Der Leutnant drehte sich auf der Stelle um, der Feldwebel folgte ihm, und beide umgingen den Lagerplatz in weitem Bogen. Sie fanden nichts und kehrten zurück. Pax sagte: »Ich nahm an, daß er allein ist. Wir brauchen die anderen nicht zu wecken. Er stand hier und starrte mich an. Ich bin davon aufgewacht.«
»Donnerwetter«, sagte der Oberstabsarzt.
Der Leutnant blickte mißmutig auf den Knienden herab und murmelte: »Das ist doch zum Kotzen.«
»Was?« fragte der Arzt, aber der Leutnant gab darauf keine Antwort.
»Wir müssen ihn abmurksen«, sagte einer der Männer.
Der Oberstabsarzt fuhr auf und rief: »Pfui Deibel.«
»Wieso?« erwiderte der Mann. »Das nützt doch alles nichts! Warum sagen Sie Pfui Deibel? Wegen Abmurksen?«
»Ach, hören Sie doch auf«, antwortete der Oberstabsarzt. Der Mann war aber nicht befriedigt und fuhr zu Pax gewandt fort: »Mein Gott, ich sage das so, wie man so was sagt. Er hat uns entdeckt, infolgedessen muß er weg. Er weiß es auch.«
Die anderen sahen schweigend auf den alten Mann.
Nach einer Weile sagte der Oberstabsarzt: »Es ist Krieg. Allerdings.«
Pax blickte auf und fragte den Arzt:
»Wollen Sie das übernehmen?«
»Ich?«

»Ja.«
»Wenn es sein muß?«
»Es muß nicht sein.«
»Doch! Doch! Das muß schon sein!« mischte sich der andere Mann wieder ein.
»Man muß ihn von weitem erschießen«, sagte der Arzt zögernd.
»Man?«
Als der Arzt schwieg, fuhr Pax fort:
»Erschießen dürfen Sie ihn nicht. Wir können hier nicht herumknallen. Sie müssen ihn erstechen. Das heißt, das ist natürlich Ihnen überlassen, Sie können ihn auch erwürgen.«
Der Leutnant betrachtete den Oberstabsarzt mit Interesse, sagte aber nichts.
»Sehen Sie, Herr Oberstabsarzt!« meldete sich der Mann noch einmal.
»Er betet«, sagte Maja auf russisch, weil sie das deutsche Wort nicht wußte.
»Maja sagt, er betet«, wiederholte der Feldwebel.
»Sie soll ihn fragen, wer er ist und woher er kommt.« Der Feldwebel übersetzte. Der Alte hob den Blick zu Maja, behielt die Hände gefaltet und sprach mit derselben Stimme, mit der er gebetet hatte.
»Er soll nicht beten, er soll antworten«, sagte Pax.
»Er antwortet«, nickte der Feldwebel. Er wartete auf Maja, weil er nicht alles verstanden hatte. Als der alte Mann schwieg, wiederholte Maja seine Worte auf deutsch:

»Er sagt, er sei in den Wald gegangen, um Beeren zu sammeln. Sein Sohn ist ein Bauer, aber er ist im Kriege. Das Haus liegt eine halbe Stunde von hier. Er hat große Angst vor uns, er hat die Uniformen erkannt und weiß, daß wir Deutsche sind.«
Maja sagte »wir«.
»Er glaubt, daß er erschossen wird«, fügte sie hinzu. Der Alte blickte von einem zum anderen.
»Quatsch«, sagte der Mann, der vorhin von Abmurksen gesprochen hatte, »Quatsch, erschossen! Wie der sich das vorstellt.«
Der Alte redete wieder mit Maja in seinem Murmelton, Maja hörte zu, übersetzte es aber nicht. Der Feldwebel sah sie verwundert an.
»Was ist denn?« drängte der Oberstabsarzt ungeduldig.
»Ich kann ihn so schlecht verstehen«, antwortete der Feldwebel, »er sagt, er will keinem Menschen etwas verraten, wenn wir ihn gehen lassen. Er schwört es bei allen Heiligen.«
»Maja!« rief Pax.
Sie trat aber zum Feldwebel, faßte seinen Arm und redete russisch auf ihn ein. Der alte Mann, der es mitanhörte, kam auf den Knien angerutscht und hob seine gefalteten Hände hoch, und als Maja ihn finster ansah, warf er sich auf die Erde und küßte ihre Zehen.
»Es ist zum Kotzen«, sagte der Leutnant, »warum muß uns das passieren.«
»Glauben Sie ihm?« fragte Pax. Der Feldwebel unterbrach Maja und rief dazwischen: »Ja.«

Darauf ließ das Mädchen von dem Feldwebel ab, lief zu Pax, hob genau so die Hände, wie es der alte Mann getan hatte, der jetzt im Grase lag, und schüttelte voller Angst den Kopf.
»Und?« fragte Pax. »Du sagst nein. Und was soll geschehen?«
Sie sah die Männer verzweifelt an.
»Kaputt, nicht?« fragte der eine.
»Halten Sie das Maul«, fuhr ihn der Leutnant an.
»Maja«, sagte Pax, »der Mann ist sehr alt. Du verstehst ihn nicht. Er glaubt noch an Gott.«
Maja sah den Feldwebel fragend an. Er versuchte, ihr das Wort Gott zu übersetzen.
Da sie nichts erwiderte, fuhr Pax fort: »Wenn jemand in der Not betet, dann muß er an Gott glauben, Maja, an das Allmächtige und das Allwissende und an ein Jenseits.«
Er wollte weitersprechen, aber Maja machte eine Handbewegung und fragte wieder den Feldwebel.
»Maja sagt«, wiederholte der Feldwebel, »sie weiß nicht, wovon Sie reden. Der alte Mann, sagt sie, will nicht sterben, er bittet gar nicht einen unsichtbaren Gott, sondern uns, ihn leben zu lassen. Aber Sie sollen ihn töten.«
»Maja«, sagte Pax geduldig, »er bittet uns, natürlich. Er hofft, daß wir auch an Gott glauben, an eine Gerechtigkeit, an eine Vergeltung –«
»Ich kann Vergeltung nicht übersetzen«, warf der Feldwebel ein.
»Wasdajanije«, sagte Maja.

»– an eine Vergeltung im anderen Leben. Wenn er schwört, uns nicht zu verraten, wird er es nicht tun, verstehst du das nicht? Herrgott, hoffentlich haben wir recht«, sagte Pax plötzlich nervös. Er drehte sich zu dem Leutnant und dem Oberstabsarzt um und schien innerlich sehr erregt. »Wir können doch den Mann nicht töten«, stieß er hervor.
»Zum Kotzen«, sagte der Leutnant, »zum Kotzen.«
»Er betet, ich komme nicht darüber hinweg, er betet. Maja, du glaubenloses Tier, der alte Mann liebt Gott vielleicht so, wie du den Feldwebel liebst.«
Maja hatte offenbar verstanden, sie lächelte nachsichtig über den Vergleich, der ihr unsinnig schien.
Pax trat zu dem Alten, der wieder kniete und murmelte. »Maja, sage ihm, er soll bei Gott schwören, daß er uns nicht verraten wird.«
»Väterchen«, übersetzte Maja, »hier im Walde sind gestern Nacht zweitausend deutsche Soldaten und fünfzig Panzer angekommen. Heute kommen noch Kanonen und Flugzeuge. Morgen ziehen wir weiter zu einer großen Schlacht an der Eisenbahn. Wir werden dich nicht erschießen, aber wenn du jetzt nach Hause gehst und uns verrätst, werden wir alle Bauern töten und alle Häuser verbrennen und dir die Augen ausstoßen und deine verfluchte Zunge ausreißen und dich ersäufen als Vergeltung, wasdajanije.«
Pax nickte bei diesem Wort. Der Feldwebel rief:
»Maja!«
»Ja«, sagte Maja, »wir werden dich und alle, die wir fin-

den, langsam ersäufen und den Schweinen geben, wenn du nur ein Wort über uns sagst. Ich selbst werde solange suchen, bis ich deinen Sohn finde, und werde ihn mit einem Beil erschlagen. Hast du eine Tochter?«
»Ja«, flüsterte der alte Mann.
»Deine Tochter werde ich auch selbst erschlagen. Und dein Enkelkind auch.«
»Ich habe doch kein Enkelkindchen.«
»Das ist egal. Und nun schwöre.«
»Ich schwöre es bei allen lieben Heiligen, mein Töchterchen.« Er küßte ihr wieder die Füße.
Pax gab ihm das Zeichen, daß er gehen sollte. Der alte Mann erhob sich mühsam, schlug vor jedem das Kreuz und griff nach Majas Hand. Aber sie drehte sich weg. Sie stellte sich neben den Feldwebel und umklammerte seine Finger so, daß er sie verwundert ansah. Ihr Gesichtsausdruck war traurig, und sie schien in Gedanken abwesend. Der alte Mann, mit dem Körbchen am Arm, ging langsam davon.
»Legen Sie sich noch einmal hin«, sagte der Leutnant zu Pax, »Sie haben schlecht geschlafen. Ich bleibe auf. Zwei Posten genügen. Vielleicht noch Sie, Doktor?«
»Jawohl«, antwortete der Oberstabsarzt.
Über den alten Mann wurde nicht mehr gesprochen. Pax bedauerte nur, daß sie vergessen hatten, ihn nach den Namen der Orte zu fragen. Der Mann, der vorhin vom Abmurksen geredet hatte, erbot sich sogleich, dem Alten nachzulaufen, obwohl er offensichtlich nicht russisch verstand.

»Sie bleiben schön hier«, sagte der Leutnant. Er setzte sich mit dem Oberstabsarzt an den Bach, etwa dreißig Meter in der Richtung weg, in der der alte Mann verschwunden war.
Pax schlief noch einmal ein.
Aber er schlief wieder unruhig, und nach einiger Zeit stand er auf, in der Vorstellung, sie müßten doch den Lagerplatz wechseln. Er aß eine Handvoll Körner, die er in der Tasche hatte, er kaute sie sorgfältig, dann trank er Wasser und wusch sich das Gesicht. Er reinigte auch ein Tuch, das er noch für den Notfall aufbewahrte, indem er es mit Sand scheuerte und im Bach ausrieb.
Oberhalb des Lagerplatzes sah er den Leutnant und den Oberstabsarzt an Bäume gelehnt sitzen. Es hatte den Anschein, daß sie eingeschlafen waren. Dahinter, etwa siebzig Meter weiter, schritt eine Kette von russischen Soldaten, das Gewehr an der Hüfte, langsam und ohne Geräusch vorwärts.
Pax sah es deutlich, aber der Anblick war so unglaubwürdig, daß es einige Sekunden dauerte, ehe er seinen Augen traute. Es war sogar so, daß er mit den Augen den Weg zurückging und noch einmal bei dem Tuch in seinen Händen über den Bach zum Leutnant zu sehen anfing. Aber hinter dem schlafenden Leutnant und Oberstabsarzt kamen die russischen Soldaten heran. Auch rechts und links, jenseits des Baches, waren sie, er sah es jetzt, und sie waren wahrscheinlich auch hinter ihm.
Er blickte sich nicht um. Er würde es später tun. Es war

noch Zeit dazu. Er konnte nur nicht begreifen, warum der Leutnant und der Arzt nichts hörten, und ihm kam der Gedanke, sie seien tot.

Er faltete das Tuch, das er in der Hand hielt, zusammen und steckte es in die Tasche. Dann ließ er sich auf die Erde nieder.

Im Sitzen konnte er die Soldaten nicht mehr sehen. Er lief auf Händen und Knien zum Feldwebel und weckte ihn auf. Er sagte ihm, was er gesehen hatte, und kroch zu dem nächsten und wiederholte es, er rutschte und rannte gebückt von einem zum anderen, es mußte schnell geschehen, denn jede Sekunde bedeutete zwei Schritte der anderen, er hechelte vor Anstrengung und schwitzte am ganzen Leibe. Um ihn herum, auf dem Boden, krochen die Männer in westlicher Richtung, dort, wo der Wald dichter und dunkler wurde, auf einen Haufen zusammen.

Nachdem das getan war, mußte auf irgendeine Weise die Sache mit dem Leutnant und dem Oberstabsarzt geklärt werden, die immer noch, an die dicken Baumstämme gelehnt, dasaßen. Aber es war zu spät. Die Soldaten standen schon wenige Schritte hinter ihnen.

In diesem Augenblick erhoben sich die beiden Sitzenden, der Leutnant zuerst, er ging, die russischen Gewehre im Rücken, langsam, aufrecht und merkwürdig gravitätisch ein paar Schritte voraus, dann folgte der Oberstabsarzt, holte ihn ein, und beide kamen in ihrem steifen Gang direkt auf Pax und die am Boden kauernden Männer zu. Sie gingen dann schneller, ihre Gesichter waren starr, das des Arztes leichenblaß, und die Augen standen ihnen in den Ecken. Sie sprachen kein Wort, und nichts, keine Veränderung, schien sie zu wundern. So sah Pax sie auf sich zukommen. Als sie vor ihm standen, ließ sich der Leutnant zur Erde fallen, und der Arzt tat sofort das gleiche.

Ehe Pax etwas sagen konnte, flüsterte der Leutnant, wobei er versuchte, die furchtbare Anstrengung zu verbergen: »Die Kette ist ganz dünn, aber alle haben Gewehre. Wollen Sie hier durchbrechen?«

»Ja«, sagte Pax.

»Die Stelle ist gut. Ich habe es gesehen. Aber es ist Zeit.«

»Jetzt sofort.«

»Gut. Können Sie noch, Doktor?«

Der Oberstabsarzt nickte.

Der Feldwebel, der die Worte gehört hatte, nahm Maja bei der Hand. Alle richteten sich auf die Knie und machten sich fertig zum Sprung.

Die russischen Soldaten waren auf dreißig Meter herangekommen. Sie mußten die Männer sehen, aber es geschah immer noch nichts.

Pax zog die Pistole und schoß die beiden vordersten nieder, dann schnellte er in die Höhe und durchstieß brüllend die Kette. Hinter ihm erhob sich ein tosender Lärm und ein dumpfes Getrampel. In das Knallen der Pistolen fielen die ersten Gewehrschüsse ein, und gleich darauf feuerte die andere Seite der Postenkette eine Salve ab, die wie Erbsen in den Haufen der schreienden Männer prasselte. Die gegenüberliegende Seite schoß ohne Rücksicht auf die eigenen Soldaten in das Knäuel hinein. Die Laufenden kamen über die Verwundeten und Toten zu Fall, rafften sich wieder auf und rannten brüllend weiter. Pax und der Leutnant ließen nach ein paar Metern die Männer an sich vorbeilaufen, duckten sich hinter Baumstämme und schossen die Posten aus dem Rücken nieder.

Der Feldwebel hielt Maja gepackt und riß sie mit sich fort. Plötzlich jedoch zuckte sie zusammen, die Beine versagten ihr, und sie fiel zu Boden. Ihre Hand wurde schlaff, aber er hielt ihr Gelenk noch umklammert und schleifte sie auf der Erde weiter, bis sie mit den Füßen an einer Wurzel hängen blieb und von ihm losgerissen wurde. Er kehrte wieder um und beugte sich zu ihr herab, da wurde sie noch einmal von einer Kugel getroffen. Er wollte sie aufheben, konnte es nicht gleich, weil er ihren Fuß nicht freibekam. Dann stürzte ein Verwundeter über sie, er stieß ihn beiseite, nahm Majas Arme und wollte sie hochziehen, da schlug sie ihm die Hand weg.

Einer der russischen Soldaten legte auf den Feldwebel, der einen Augenblick ratlos dastand, an, aber Pax schoß schneller. Darauf sprang der Leutnant vor, versetzte dem Feldwebel einen Schlag in den Rücken und riß ihn vorwärts. An der Hand des Leutnants lief der Feldwebel dann in den Wald hinein.

Pax folgte ihnen. Er war der letzte, nach ihm kam keiner mehr.

XI

Alle hatten die gleiche Richtung eingehalten, denn jeder lief dem anderen nach. Der erste war ein kleiner, magerer Mann, dem ein Finger weggeschossen worden war. Er besaß ihn aber noch. Er trug ihn in der anderen Hand, während er den Stumpf gegen seine Brust drückte, um das Blut abzusperren. Der Mann war jung und sehr behende, daher holte ihn trotz der Behinderung niemand ein. Er lief mehrere Kilometer, dann machte er in einem Dickicht halt.

Einer nach dem anderen kam an seinem Platz an. Manche gingen das letzte Stück im Schritt, weil ihre Kräfte nicht mehr ausreichten. Sie konnten kein Interesse für den Mann mit dem losen Finger aufbringen, so daß der Verwundete in seiner Verwirrung einen Streifen von seinem Hosenbein riß und den Finger damit wieder an die Hand band.

Dann kam der Oberstabsarzt. Er nahm den Finger, warf ihn in die Büsche, ließ die Hand stark bluten und band sie neu ab. Der Verwundete war sehr dankbar, aber er stand noch einmal auf und suchte in den Sträuchern. »Lassen Sie doch den verfluchten Finger!« schrie ihn der Oberstabsarzt an. Darauf setzte sich der Mann wieder.

Alle warteten nervös auf Pax, und der Finger interessierte gar nicht.

In dem einzigen Gedanken, daß kein zweiter Fehler gemacht werden dürfe, verwandte Pax alle Mühe darauf, die russischen Soldaten irrezuführen. Er schlug einen Bogen und lief in südlicher Richtung, solange man ihn verfolgen konnte. Als es dunkel zu werden begann und er umkehrte, hatte er die Orientierung verloren. Er versuchte, den Kampfplatz wiederzufinden. Das dauerte so lange, daß es Nacht wurde.

Der Platz war leer. Die Toten und Verwundeten waren verschwunden.

Später kam ihm der Leutnant entgegen, der ihn gesucht, aber fast aufgegeben hatte. Er legte die Hand auf die Schulter von Pax und sagte: »Und Gott sah alles, was er gemacht hatte, und siehe da, es war sehr gut.« Pax antwortete nicht.

Der Leutnant führte ihn zu den anderen. Es waren acht Männer da. Der Feldwebel fehlte. Der Leutnant sagte, er sei wieder zum Lagerplatz gegangen. Er fände aber allein zurück, er sei schon zweimal dort gewesen. Nach einiger Zeit kam der Feldwebel tatsächlich. Sicherlich sah er Pax, aber er schwieg und setzte sich etwas abseits nieder.

Sie lagen da und schienen zu warten, obwohl es unerklärlich war, worauf sie warten konnten. Mittlerweile schliefen zwei Männer ein, und der Feldwebel ging zum drittenmal fort und kam erst kurz vor Mitternacht wieder. Als dann der Mond etwas Licht gab, brachte Pax sein Notizbuch in Ordnung. Er las die 34 Namen nicht vor, weil das zu lange gedauert hätte und auch, weil er sich fürchtete. Er machte Häkchen bei sich, dem Leutnant, dem Oberstabsarzt und dem Feldwebel und ließ sich die anderen sieben Namen sagen. Dazu mußten die beiden Schlafenden geweckt werden, denn man kannte den einen nicht. Das heißt, man kannte ihn natürlich, man wußte, es war der, der alle Beeren unterscheiden konnte, der das Wasser gut roch und der bald auf dem linken, bald auf dem rechten Fuß stärker ging, um, wie er sagte, sich zu schonen. Nur den Namen hatte man vergessen.

Der Mann mit der verstümmelten Hand machte sich bei dieser Gelegenheit an den Oberstabsarzt heran und fragte ihn vertraulich, inwiefern es unmöglich sei, daß ein Finger wieder anwachse. Das Wort inwiefern sollte zeigen, daß der Mann im Prinzip selbstverständlich den Arzt medizinisch respektierte, auch wenn der Doktor nicht imstande war, im Dunkeln eßbare Wurzeln zu finden oder mit einem einzigen Griff eine Roggenähre zu entkörnen. Der Oberstabsarzt antwortete, er solle dankbar sein, daß er seinen Kopf noch habe. Darauf mischte sich der Beerenkenner ein und sagte:

»Wem?«

»Was heißt, wem?« fragte der Oberstabsarzt.

»Wem dankbar?«

»Er vermutet, Sie meinen Gott«, warf der Leutnant ein, »er ist ein kluges Köpfchen und möchte in diesem Falle lachen.« Er drehte sich zu dem Mann um. »Glauben Sie,

das wüßten wir nicht selbst, Sie Roß? Seien Sie froh, daß Sie Ihren Arsch gerettet haben.«
Hier sagte Pax:
»Vielleicht irren Sie sich, vielleicht meint er *mich*.«
»Das habe ich mir gedacht!« fuhr der Leutnant hoch, »darauf habe ich die ganze Zeit über gewartet! Das lag ja auf der Hand, daß der Augenblick kommen würde, wo ein hirnloses Schalentier einen anderen verantwortlich macht. Aber das eine sage ich Ihnen: Ehe ich das dulde, werde ich dafür sorgen, daß wir uns alle trennen. Dann werden wir sehen, wen diese gottverdammte Erde auffrißt.«
»Glauben Sie mir, Herr Hauptmann«, sagte der Mann, »ich habe Sie nicht gemeint.«
»Das ist unwichtig geworden«, schrie ihn der Leutnant an, »der Scheißgedanke ist in der Welt und jetzt da.«
Aber der Mann war verbittert über den Leutnant und wandte sich nochmals an Pax:
»Herr Hauptmann, wenn ich jetzt tot wäre und da hinten liegen würde, ich würde Ihnen bestimmt keine Vorwürfe machen.«
Pax stand daraufhin auf. Der Leutnant sah es und erschrak anscheinend. Er war nicht mehr aufgebracht, sondern fragte ruhig:
»Was tun Sie?«
»Sie wissen es doch«, sagte Pax, »Sie wissen es genau wie ich, wir müssen uns alle trennen.«
Er fühlte in seinen Taschen nach, ob er nichts verloren hatte. Dabei fiel ihm das Notizbuch ein. »Das Tagebuch

werde ich behalten. Ich habe es geschrieben, und es nützt ja auch niemand etwas. Vielleicht komme ich durch.«

Der Leutnant erhob sich und trat zu ihm.

»Ich habe alles falsch gemacht«, sagte er, »ich wollte es verhindern.«

»Sie konnten es nicht verhindern. Wir wollen nicht mehr davon sprechen.«

Die meisten Männer waren aufgestanden oder hatten sich aufgerichtet.

»Sie gehen allein?« fragte der Beerenkenner verwirrt.

»Ja.«

»Sie können uns doch nicht verlassen«, sagte der Mann ratlos.

»Warum nicht?«

»Wir wissen ja gar nicht, wo wir sind.«

»Ich weiß es auch nicht.«

»Aber Sie haben es doch immer gewußt.«

»Nie.«

»Wir haben geglaubt –«

»Das war eine große Erleichterung für Sie.«

Der Mann konnte es offenbar nicht fassen. Nach einer Weile fragte er:

»Was soll nun geschehen?«

»Gehen Sie immer so, daß der Stern dort an Ihrer rechten Seite ist. Da irgendwo liegt Deutschland. Wenn es sein muß, gehen Sie ein Leben lang. Das ganze Kunststück besteht darin, zu leben.«

»Es ist doch nicht möglich, Sie können uns nicht verlassen!«

Pax erwiderte ernst:
»Ich frage Sie noch einmal: warum nicht?«
Der Mann schwieg darauf.
Pax machte ein paar Schritte, es sah aus, als wollte er zu dem Feldwebel gehen, der immer noch abseits auf der Erde saß und nicht aufgestanden war. Aber er besann sich und wandte sich wieder ab.
»Haben Sie keine Furcht?« fragte der Leutnant.
»Doch, große«, antwortete Pax.
Dann sagte er: »Bleibt am Leben«, und ging.

XII

Der Mond gab ein gutes Licht. Der Wald war fast ohne Unterholz und hatte einen weichen, federnden Boden. Es ging sich schwer, aber die Füße wurden geschont und ruhten sich aus. Das alles ließ sich sehr gut an, jedoch ein ander Ding war es, allein zu gehen.

Es mußte nun alles sehr sorgfältig geschehen, auch deshalb, weil es notwendig war, wieder in ein klares Verhältnis zum Schicksal zu kommen. Wie es damit stand, war nur zu übersehen, wenn alles einfach war. Man mußte das Verhältnis vereinfachen. Das war geschehen, und man mußte nun sorgfältig alle Pflichten erfüllen. Man konnte nicht sagen, daß das eine oder das andere wichtiger war. Es konnte das Schlafen sein oder das Wasser, aber auch das Gehen oder der Hunger, da durfte man sich nicht durch den Augenblick täuschen lassen; die Angriffe würden aus allen Richtungen kommen. Auch von den Russen natürlich, aber das war etwas anderes.

Pax ging mit kleinen Schritten, die bei dem federnden Boden besser waren als große, er ging eine Stunde lang ziemlich schnell. Dann wurde er müder. Er setzte sich eine Weile an einen Baum und aß von den Körnern, die

er noch besaß. Er hätte gern getrunken. Der Roggen würgte ihn im Halse. Er stand bald wieder auf und ging weiter.
Auf den Lichtungen lag in den Morgenstunden dichter Nebel, der später auch in den Wald eindrang. Das war ungünstig. Die Feuchtigkeit hängte sich an den Leib. Sie erfrischte nicht, sie war nur kühl und klebrig. Es war nicht daran zu denken, sich jetzt schon hinzulegen.
Bei Sonnenaufgang schlug sich der Dunst nieder. Dort, wo die ersten schrägen Strahlen in die Blößen einfielen, begann der Waldboden zu dampfen. Er trocknete sehr schnell, und die Luft wurde warm.
Als Pax eine Mulde mit Farnkraut fand, kroch er unter die Stauden und legte sich in einem Loch, das voll von Federn und Haaren von Tieren war, zurecht. Er hatte ein Gefühl der Wohligkeit und schlief ein.
Der Tag verging ohne Störung. Als Pax erwachte, war die Sonne untergegangen.
Er wartete mit geschlossenen Augen, bis er seine Glieder zu spüren begann. Er hatte Hunger und starken Durst, aber er fühlte sich gut. Er öffnete die Augen und blickte um sich.
Es bereitete ihm im ersten Moment Schwierigkeiten, sich zu erinnern, was in der letzten Nacht geschehen war. Neben ihm stand ein Becher mit Wasser, angelehnt an eine Handvoll Beeren. Vor ihm saßen der Leutnant, der Oberstabsarzt, der Feldwebel und der Mann dem der eine Finger fehlte.
Pax richtete sich auf. Der Leutnant griff nach dem

Becher, um ihn festzuhalten, und der Oberstabsarzt hielt eine Hand schützend über die Beeren.

Der Leutnant tat belustigt, oder er war es wirklich. Er sagte:

»Ihr Rat, den Polarstern immer rechts liegen zu lassen, ist ausgezeichnet. Auf diese Weise kann man sich tatsächlich nie verfehlen.«

Der Mann mit dem abgeschossenen Finger lachte.

»Ist er nicht nett?« fuhr der Leutnant fort. »Er kann so herzig blöde lachen, deswegen haben wir ihn mitgenommen. Er ist noch in ambulanter Behandlung des Doktors.«

Pax antwortete nicht. Er blickte von einem zum anderen und sah zuletzt den Feldwebel an. Aber der Feldwebel sagte nichts.

»Das Frühstück dort ist für Sie«, redete der Leutnant weiter, »hundert Meter von Ihnen ist ein kleiner Beerenschlag. Haben Sie ihn heute morgen nicht gesehen?«

»Tollkirsche«, sagte Pax der Ordnung halber.

»Was?« fragte der Leutnant den Arzt.

»Keine Spur«, lachte der Oberstabsarzt, »sie sehen nur genauso aus. Atropa ist säuerlich. Die hier schmecken süß. Kosten Sie mal.«

»Danke«, sagte Pax. Er aß von den Beeren und seinen Körnern und trank das Wasser, das sehr gut schmeckte.

»Ich habe noch ziemlich viel Roggen«, der Arzt griff eifrig in seine Tasche.

»Danke. Ich brauche nichts.«

Als er gegessen hatte, fragte der Leutnant:

»Gehen wir? Ich nehme an, Sie haben denselben Weg wie wir.«

Der Mann mit dem fehlenden Finger lachte wieder, und das gab ein merkwürdiges, gutes Gefühl.

Der Feldwebel nahm den Becher an sich, und alle standen auf.

Sie waren fünf.

In dieser Nacht legten sie eine Strecke zurück, die etwa dreißig Kilometer betragen haben wird. Sie stießen auf dichtes Unterholz und schliefen darin. Der Leutnant meinte, der Wald würde morgen aufhören.

Tatsächlich wechselte in der nächsten Nacht die Landschaft. Das Gelände wurde buschig, und nach Mitternacht, als der Mond kam, sahen sie wieder Kornfelder. Die Streifen waren nicht groß, sie lagen zwischen kahlen, ausgedörrten Wiesen und waren schon geschnitten. Aber die Puppen standen überall noch da. Die Körner waren vor der Vollreife und schmeckten kräftig und gut. Nur mit dem Wasser wurde es schwierig.

Diese Nächte gingen sie ohne Pause durch. Die Luft war trocken und schwüler als in den Wäldern. Aber es drängte alle vorwärts. Der Mann mit dem abgeschossenen Finger und der Feldwebel gingen zeitweilig an der Spitze. Beide sprachen überhaupt nicht. Sie gingen sehr schnell.

Vielleicht hatte sich auch die Bevölkerung geändert. Wenn man in den Gehöften Männer erkennen konnte, waren es alte. Man sah niemand mehr mit einem Gewehr, und in den Dörfern war es abends ruhig.

Es gab auch noch andere Zeichen, und die waren dergestalt, daß sie das Herz mit wahnsinniger Hoffnung aufhetzen konnten. Als Pax eines Abends erwachte, fand er neben den Schlafenden einen Laib Brot und ein steinernes Gefäß mit Wasser. Er hatte zuerst die Vorstellung eines Trugbildes, aber das war es nicht. Es war auch nicht, wie der Mann mit dem fehlenden Finger sagte, Maja gewesen, natürlich nicht, denn sie war tot.

»Sie ist tot«, sagte der Feldwebel ruhig, »aber sie war es sicher.« Das war das erste Mal, daß er seit den Ereignissen im Walde sprach, und ausgerechnet das.

Sie aßen das Brot, das gar keine Erinnerung an das Korn gab, das sie seit fast einem Monat gegessen hatten, und tranken dazu das Wasser. In die leere Steinschüssel legte Pax einen Zettel, auf dem sie sich bedankten. Der Feldwebel schrieb ihn.

Drei Tage später begegnete ihnen das gleiche noch einmal. So seltsam und gut das alles war und so sehr es sie erregte, so sehr beunruhigte Pax die Tatsache, daß sie zweimal entdeckt worden waren, ohne es zu bemerken. Er sprach in der Nacht mit dem Leutnant und dem Oberstabsarzt darüber, während der Feldwebel mit dem anderen Mann in der Art, wie sie es nun schon seit Tagen taten, vorweg ging. Der Arzt konnte nicht einsehen, warum man Posten ausstellen sollte. Aber man tat es nun doch in den nächsten Tagen. Jeder wachte zweieinhalb Stunden. Das war anstrengend, weil sie in den Nächten sehr schnell gingen.

Es war schwer zu sagen, wie die Dinge lagen. Der Oberstabsarzt war der Meinung, daß sie alles überstanden hatten und daß sich nichts mehr von dem wiederholen würde, was sie durchgemacht hatten. Er sagte, daß jetzt nur noch die Auseinandersetzung mit den Menschen kommen würde. Vor allem in den ersten Stunden, am Abend, meditierte er, wenn er neben Pax ging und die anderen eine Strecke voraus waren. Er suchte eine metaphysische Gliederung der Angriffe, die die Natur auf sie unternommen hatte, etwa so, wie der Feldwebel es einfach Feuer, Wasser, Luft und Erde genannt hatte. Er glaubte, daß die großen Leiden vorüber waren, daß man in ein neues Stadium, in das letzte, eingetreten sei.

Er war offensichtlich guter Dinge und sagte, sie würden bald Φάλαττα, ϑάλαττα* rufen. Er sprach immer häufiger davon, und es war nun schon beinahe merkwürdig. Er ging jetzt mitunter sehr unsicher, und manchmal faßte er Pax am Arm, was das Gehen nur erschwerte. In der Nacht darauf klagte er über Augenschmerzen, und Pax führte ihn eine Zeitlang, bis der Mond heraufkam. Das wiederholte sich und wurde auffälliger, obwohl er es zu verheimlichen verstand.

Die Sache war die, daß der Arzt tatsächlich kaum noch etwas sah. Am nächsten Abend stürzte er, und als Pax sich über ihn beugte, um ihm aufzuhelfen, merkte er es. Der Arzt saß am Boden, hatte die Hände auf die Augen gelegt, nahm sie dann weg und öffnete die Augen weit, bedeckte sie darauf wieder mit den Händen und wiederholte das mehrere Male.

---

* Freudenruf der zehntausend Griechen der Anabasis angesichts ihrer Rettung.

Pax rief den Leutnant an, und die drei Männer kamen zurück. Der Arzt saß immer noch auf der Erde und machte stumm seine Versuche.

Er antwortete zuerst nicht auf die Fragen, dann nahm er die Hände herunter und sagte:

»Haben Sie es nicht geahnt? Ich habe zuerst gedacht, ich täusche mich. Ich wollte es solange verbergen. Haben Sie es nicht gemerkt? Ich werde blind.«

»Ich habe es also nicht mehr geschafft«, fügte er hinzu. Die Behauptung des Arztes, er würde erblinden, war für den Leutnant und den Feldwebel, die bisher nicht das Geringste wahrgenommen hatten, nicht zu begreifen. Sie wirkte so eigenartig, weil der Oberstabsarzt ganz ruhig und gefaßt war. Er schien von einem Augenblick auf den anderen alles überwunden zu haben. Als Pax sich ihres Gespräches über die Tollkirsche erinnerte und fragte, ob er sich vergiftet haben könne, antwortete der Arzt nach einigem Nachdenken, er glaube nicht, es sei ganz anders. Der Feldwebel war dennoch überzeugt, daß es eine Vergiftung sei. Er wollte versuchen, im nächsten Bauernhaus Milch zu bekommen, und fragte Pax und den Leutnant, ob sie einverstanden seien. Er fragte auch den anderen Mann, weil er es für möglich hielt, daß der Versuch schlecht ausging. Dem Mann mit dem abgeschossenen Finger war es egal, er blieb dann bei dem Arzt zurück. Der Feldwebel, der Leutnant und Pax machten sich in Eile auf den Weg, um ein Haus zu finden. Sie gingen, so schnell sie konnten, weil es dunkel wurde. Der Feldwebel konstruierte während des Gehens russische

Sätze, die er sagen wollte, wie Maja es damals getan hatte. Als sie auf ein Gehöft stießen, legten sie zuvor alles bis in die Einzelheiten fest, und während der Feldwebel klopfte und an der Tür sprach, gaben ihm Pax und der Leutnant, hinter dem Schuppen stehend, Feuerschutz. Aber es erwies sich als unnötig. Diese Tatsache ging bei dem schnellen Ablauf der Dinge fast unbeachtet vorüber. Der Feldwebel kam mit einem Becher Milch und mit Brot zurück. Er preßte den Handteller auf das Gefäß, um nichts zu verschütten, und lief den anderen voraus den Weg zurück. Der Oberstabsarzt saß noch da, wie sie ihn verlassen hatten. Er hatte inzwischen versucht, sich zu erbrechen. Die Milch trank er merkwürdigerweise mit Widerstreben. Sie schlug schon nach wenigen Minuten durch. Danach war der Oberstabsarzt so erschöpft, daß er einschlief. In der Ferne stand eine Frau, die ihnen nachgegangen war, und blickte herüber, so lange sie noch etwas sehen konnte.

Pax weckte nach einiger Zeit den Arzt, der erholt und zufrieden schien. Er sagte nichts, als sie ihn aufhoben und in ihre Mitte nahmen. Sie setzten schweigend den Marsch fort, und er tappte, an ihre Hände gefaßt, geschickt mit.

Sie gingen drei Nächte hindurch so. Der Feldwebel wagte noch einmal, Milch und Brot zu holen, das erleichterte vieles, aber es blieb unklar, was geschehen sollte. Der Oberstabsarzt wollte, daß man seine Hände nicht mehr berührte. Sie faßten ihn nun unter dem Arm. Die Lider seiner Augen waren dunkelrot und mit Körnern besetzt, die eitrig aussahen. Auch auf der Hornhaut saßen sie. Da der Oberstabsarzt es nicht selbst wahrnehmen konnte, denn er berührte seine Augen nicht mehr, beschrieb es ihm Pax. Der Arzt wollte es genau erklärt haben und nickte zu allem.

Bevor sie sich am vierten Morgen zum Schlafen niederlegten, sagte er plötzlich – wobei er so langsam und sorgfältig sprach, wie er sonst nie gesprochen hatte:

»Sie müssen wissen, mein Freund, ich bin bereits vollständig blind. Es ist keine Vergiftung, es ist ein Trachom. Der Name sagt Ihnen natürlich nichts. Wenn einer von Ihnen jemals die Heimat wiedersehen sollte, könnte er das Wort im Lexikon nachschlagen, aber er wird bis dahin das Wort und auch mich vergessen haben. Ich habe das Trachom zu spät erkannt. Aber das ist von geringer Bedeutung, denn ich hätte sowieso nie geduldet, daß Sie die Trachomkörner ausquetschen oder meine Augen berühren. Ich habe sogar meine Hände vor Ihnen versteckt. Vielleicht bin ich kein guter Arzt, aber wenigstens ein Arzt, der seinen Eid des Hippokrates nicht gebrochen hat. Berühren Sie mich auch später nicht. Ein Trachom ist in der Welt – ich meine die Welt der Menschen, aus der wir gekommen sind und zu der wir zurück wollten – für den Arzt anzeigepflichtig. Sie können daraus ersehen, wie ansteckend es ist und wie gefürchtet. Aber es ist beruhigend, daß es vertrocknet und steril wird. Jedenfalls erinnere ich mich so.«

Nach einer Weile fuhr er fort:

»Wie lange ist eigentlich alles her?«

»Zweieinhalb Monate«, sagte Pax.
»Und wieviel waren wir damals?«
»81.«
»Die ersten fielen schnell ab, gegen das Ende zu kleben die Abfallenden immer zäher am Haufen. Das liegt wahrscheinlich daran, daß die letzten schon eine Auswahl darstellen, eine gewisse Anerkennung übrigens vor der Urform des Existierens, nicht? Nicht?« fragte er noch einmal.
»Ich weiß nicht, worauf Sie hinaus wollen.«
»Ach, auf nichts Besonderes. Wenn es so wäre und nicht nur ein Zufall wie in unserer Zivilisation, dann könnte ich mich eventuell auch zu der Auswahl rechnen, meinen Sie?«
»Ja«, antwortete Pax.
»Hm«, machte der Arzt. Dann sagte er:
»Das war eigentlich schön, als wir durch den Sumpf gingen, als wir hungerten, als wir kein Wasser hatten, als Maja noch da war.«
»Ich könnte es entbehren.«
»Das verstehen Sie nicht. Dazu müßten Sie in meiner Lage sein. Aber nicht schön war das Abknallen im Wald. Aber es kann nicht alles schön sein. Und nun wollen Sie schlafen, nicht? Gute Nacht.«
Der Oberstabsarzt redete also wieder. Der Leutnant beugte sich zu Pax herüber und sagte, er vermute, daß sich die Erkrankung bessere. Darauf blickten alle noch einmal auf den Arzt, der mit seinen Krötenaugen still dalag.

Als er sicher sein konnte, daß die vier Männer eingeschlafen waren, erhob er sich. Indem er sich genau zu entsinnen versuchte, wie die Schlafenden, den Stimmen nach zu urteilen, liegen mußten, tastete er sich vorsichtig in entgegengesetzter Richtung davon. Er fühlte mit den nackten Füßen, daß er auf ein abgeerntetes Feld geriet. Die Stoppeln gaben ein zischendes Geräusch ab, wenn er mit den Zehen durchstrich. Er überquerte auch noch eine Wiese oder ein Stück Brachland. Als er in eine grabenartige Vertiefung geriet, machte er darin halt.
Er legte sich auf den Rücken und suchte mit den Händen die Erdränder um sich herum ab, um festzustellen, ob ihn die Mulde gut verbarg. Darauf zog er seine Pistole, prüfte das Magazin, entsicherte und lud durch. Dann zielte er auf seine Schläfe und schoß. Er hatte beabsichtigt, noch ein zweites Mal abzudrücken, aber er kam nicht dazu, er war sofort tot.

XIII

Die Schlafenden wurden durch den Schuß wach. Sie glaubten in ihrer Benommenheit an einen Überfall und griffen zu den Waffen. Es vergingen einige Sekunden, ehe sie gewahr wurden, was geschehen war. Sie begannen mit der Suche, aber nach einer Stunde hatten sie den Toten noch nicht gefunden.

Die Felder ringsum belebten sich, es war nicht mehr möglich, aufrecht zu stehen und sich zu zeigen. Ein Bauernwagen tauchte auf und kam von Süden heran, und im Westen vor ihnen zeigte sich die ungewöhnliche Erscheinung zweier Reiter, die in einer Entfernung von einigen Kilometern langsam vorüberzogen. Man konnte nicht erkennen, wer sie waren, denn der Tag war diesig und der Himmel verhangen und gewitterfarben.

Pax wollte die Suche nicht aufgeben. Obwohl die Sinnlosigkeit offenkundig war, widersprach ihm niemand. Die Reiter kehrten jedoch zu dieser Zeit noch einmal zurück und waren nun sehr nahe. Es waren unverkennbar Soldaten, sie trugen Mützen, hatten Schaftstiefel an und hielten in den Händen eine Stange oder Lanze, die sie auf den Steigbügel gestellt hatten. Sie ritten im Schritt quer über die Felder, bald nach rechts, bald nach links, ohne Grund, aber im ganzen näherten sie sich mehr und mehr.

Dadurch wurden die vier Männer noch weiter von ihrem Lagerplatz abgedrängt. Sie versuchten, kriechend aus der Nähe einer Gruppe von Birken wegzukommen und eine Wiese mit hohen Binsen und Quecke zu erreichen. Darüber verloren sie die Orientierung, wo sie am Morgen gelegen hatten. Die Reiter waren noch lange zu sehen und verschwanden erst gegen Mittag in der gleichen Richtung, aus der sie gekommen waren.

Man konnte sich wegen der Frauen, die auf den Feldern arbeiteten, nicht aufrichten und daher nichts überblicken, es war vergeblich, und die Männer gaben die Suche auf. Sie legten sich erschöpft nieder und schliefen ein.

Als sie wieder erwachten, war es Nacht. Es war sehr dunkel, der Himmel war schwarz, und es begann zu regnen. An der Gruppe der Birken erkannten sie die Richtung, in der sie zu gehen hatten. Sie hätten es auch an dem Wind gemerkt, er brachte den Regen von der See. Von dem Arzt sprach niemand.

Es ging sich schwer in der Dunkelheit und auf den Wiesen, die glitschig wurden, weil der ausgetrocknete Boden das Wasser nicht gleich aufnahm. Die vier Männer gingen in Abständen hintereinander, um nicht alle zugleich überrascht zu werden, falls sie auf ein Haus oder einen Menschen stoßen würden, denn der Regen wurde stärker, er fiel mit einem harten, prasselnden Geräusch und ließ auf wenige Schritte nichts mehr erkennen und hören.

Ihre Füße waren nicht imstande, das Wasser zu empfinden, aber auf dem Körper und im Gesicht war es ein wunderbares Gefühl. Der Leutnant ließ auch das Brot, das sie noch besaßen, auf der Hand vollregnen, und sie aßen es so.

In dieser Nacht kreuzten sie einen Bahndamm.

Später, gegen Morgen, trafen sie auf einen schmalen Streifen Wald, den sie in kurzer Zeit durchquerten. Ehe sie wieder heraustraten, machten sie halt und setzten sich. Unter den hohen Bäumen war es trocken, und es war angenehm, einen Augenblick auszuruhen und den Wind rauschen zu hören. Im Südwesten zog ein Gewitter vorbei, und es wetterleuchtete. Dann konnte man sehen, wie der Regen über die Felder wogte. Der Mann mit dem abgeschossenen Finger hatte sich lang ausgestreckt und war eingeschlafen. Alle waren müde; es war zu überlegen, ob sie den Tag nicht im Walde abwarten sollten.

Vor Sonnenaufgang hellte sich der Himmel auf, und der Regen ließ nach. Große Wolkenbänke schoben vorüber. Sie kamen im Westen grau herauf und verfärbten sich im Osten rosa. Sie wurden immer seltener, und als die Sonne aufging, war der Himmel klar. Der Tag wurde heiß und trocken.

Die Männer blieben am Waldrand. Sie krochen unter Sträucher und verschliefen den Tag.

Aber am Abend begann es wieder zu regnen. Die Luft war dick und schwül. Die Erde, die in der Sonne hart geworden war, wurde unter dem Regen schmierig, und das Gehen war wieder sehr mühsam. Wenn man beim Fußaufsetzen die Zehen krallte, hatte man mehr Widerstand und kam besser vorwärts. Man hielt es nur nicht lange aus. Es war merkwürdig, wie schnell die Kräfte jetzt immer nachließen. Sie aßen wieder Wurzeln und die jungen Eckern, die sie von den Buchen rissen. Der Wald war ohne Beeren, denn die Zeit war vorüber, und die Roggenfelder waren kahl.

Der Wind kam in Stößen, und bei jeder Böe stemmten sich die Männer nach vorn und lagen so schräg, daß sie vornüber kippten und stolperten, wenn der Windstoß plötzlich aufhörte. In den Morgenstunden wurde es kühl, die Luft begann abwechselnd zu krimpen und auszuschießen, der Regen wirbelte, daß die Tropfen so scharf wie Steine wurden, und dann kam mit dem Sturm das Gewitter.

Die Männer waren auf freiem Felde. Sie sahen vor sich im Schein der Blitze eine dunkle Silhouette, die wie ein Schuppen aussah, und liefen darauf zu. Es war ein Holzdach auf vier starken Pfosten. Darunter lagerten Pferde und an ihre Rücken geduckt Soldaten. Wie die Reiter, die am Tage zuvor aufgetaucht waren, hatten sie Lanzen; sie waren im Freien in die Erde gerammt.

Der Leutnant, der als erster an dem Schuppen anlangte, machte beim Anblick der Soldaten kehrt und riß den Feldwebel mit, indem er ihn einfach an der Brust packte und herumschleuderte. Aber Pax und der andere Mann bemerkten es nicht und liefen weiter. Der Leutnant schrie ihnen eine Warnung zu, und im Aufzucken eines

Blitzes sah er, daß sie ihn gehört hatten und ebenfalls umdrehten.
Sie liefen in großem Bogen, um die Richtung nicht zu verlieren und wieder nach Westen zu gelangen. Nach einiger Zeit hielt der Leutnant an und warf sich zu Boden. Pax, der Feldwebel und der andere Mann, die dicht hinter ihm gefolgt waren, ließen sich erschöpft neben ihn fallen.
Aber in diesem Augenblick tauchten die Reiter auf und sahen die Liegenden. Sie sprengten auf sie zu und versuchten, sie niederzutrampeln. Sie verfehlten sie jedoch in der kurzen Spanne der Dunkelheit zwischen den Blitzen. Die Männer lagen an die Erde gepreßt, das Gesicht in den Regenlachen, die Arme über den Kopf gelegt, und warteten. Als Pax die Pferde neben sich vorübergaloppieren hörte, sprang er auf und lief wieder gegen den Sturm an. Er lief, so lange seine Kräfte anhielten und ohne sich umzudrehen, obwohl er hinter sich ein Geräusch hörte und nicht wußte, ob es die Reiter waren. Er merkte, daß das Feld etwas bergauf führte und daß seine Beine immer schwerer wurden, er stampfte nur noch im Schritt vorwärts, und schließlich brach er zusammen. Er lag auf der Erde und stöhnte. Der Wind war so stark, daß es wie in einem Kamin pfiff, wenn er in der Atemnot den Mund öffnete.
Nach langer Zeit hörte er Rufe. Die Worte waren nicht zu verstehen, der Wind riß sie weg. Pax wagte nicht zu antworten. Später wiederholten sich die Rufe noch einmal, dann war es still. Auch der Wind ließ nach, und

das Tosen hörte auf. Das Gewitter zog langsam nach Osten ab.

In den Morgenstunden wurde der Himmel heller. Pax erkannte, daß er an einem langen, flachen Hang gelegen hatte. Er stand auf und ging hinauf. Er fühlte sich sehr müde.

Im Westen fiel die Erhebung steiler ab, und durch die Senke zog sich ein Fluß. Er war ziemlich breit und hatte nach dem Regen starke Strömung. An seinem Ufer entlang gingen der Leutnant, der Feldwebel und der andere Mann. Sie bewegten sich getrennt und so, als suchten sie das Gelände ab.

Pax lief den Hang hinunter. Die drei Männer bemerkten ihn und kamen ihm winkend entgegen, aber in diesem Augenblick, während sie alle aufrecht und weithin sichtbar dastanden, erschienen im Süden die Reiter wieder. Es waren sechs oder sieben. Sie trugen keine Lanzen, sondern Karabiner. Als sie die Männer sahen, begannen sie zu schreien, trieben ihre Pferde an und schwärmten aus.

Pax und der Leutnant liefen auf den Fluß zu, der Feldwebel und der Mann mit dem fehlenden Finger warfen sich zu Boden, sprangen dann wieder auf und wandten sich nach Norden, aber die Reiter kreisten sie ein, jagten sie wieder zurück und machten ein Kesseltreiben. Als sie nahe genug herangekommen waren, hielten sie an und nahmen die Karabiner hoch. Der Feldwebel und der andere Mann liefen jetzt auch auf den Fluß zu, erreichten das Ufer, ehe ein Schuß fiel, sprangen ins Wasser und schwammen Pax und dem Leutnant nach, der am weitesten voraus war. Die Reiter trabten heran und fingen an, vom Sattel aus zu schießen. Sie schienen alle auf den letzten der Schwimmenden zu feuern. Nach einiger Zeit hatten sie ihn getroffen, und der Mann mit dem fehlenden Finger versank.

XIV

Es wurde Tag, bevor die drei Männer, der Leutnant, der Feldwebel und Pax, sich so weit vom Fluß entfernt hatten, daß sie ihn nicht mehr sehen konnten. Das lag nicht daran, daß er weithin sichtbar war, sondern daran, daß die Männer sich sehr langsam vorwärts bewegten. Die Äcker, über die sie gingen, waren schwarze Brache und vom Regen so schwer, daß die Füße von den Zehen bis zur Wade große Klumpen wurden. Von Zeit zu Zeit sahen sich die Männer auch um. Obwohl das Stehenbleiben und Umdrehen die Kräfte noch mehr verbrauchte, taten sie es immer wieder. Sie standen dann da und starrten, während ihre Füße sich von den Erdklumpen zu befreien suchten und auf diese Weise storchenartig beschäftigt waren, wortlos zurück, und eben nicht nur zum Fluß und der Stelle, wo die Reiter verschwunden waren, sondern in die Erinnerung an die Nacht.

Als es ihnen schien, daß sie weit genug gegangen waren, und als sie merkten, daß sie es mehr als ein paar hundert Meter nicht mehr aushalten würden, machten sie halt. Sie legten sich unter einen Schlehendorn am Rande der Brache und fielen in Schlaf.

Am Spätnachmittag wurden sie von zwei Frauen geweckt. Es waren Bäuerinnen, sie trugen Rodehacken geschultert, an die sie Körbe gehängt hatten. In der anderen Hand hielten sie steinerne Krüge. Die Frauen standen vor den Schlafenden und sprachen miteinander, während sie die Männer betrachteten. Pax erwachte, richtete sich auf und rief den Leutnant und den Feldwebel an, jedoch hatte er nicht das Gefühl der Gefahr. Er befand sich in einem Zustand seltsamer Gleichgültigkeit, und als sein Blick auf die Krüge und Körbe fiel, machte er Zeichen und streckte die Hände danach aus in der Art, wie es sonst Kinder tun. Der Feldwebel sagte etwas auf russisch, indem er ebenfalls auf die Gefäße deutete, aber die Frauen schüttelten die Köpfe und zeigten, daß die Krüge und Körbe leer waren. Die Frauen schienen ihn auch schlecht zu verstehen, denn sie sagten »näi« und »nix«, und schließlich antworteten sie mit einigen Worten in deutscher Sprache. Sie blickten mit ernsten Gesichtern auf die Männer herab, und nur einmal, als sie sahen, daß sie verstanden wurden, klatschte die eine von ihnen sich mitsamt dem Kruge lebhaft auf den Schenkel.

Die Verständigung war jedoch schwer. Die Frauen wiederholten mehrmals das Wort »Ljetuva«. Sie deuteten in Flußrichtung und machten mit der linken Hand mitsamt dem Kruge die Bewegung des Abschneidens.

Plötzlich begriff Pax, daß Ljetuva Litauen bedeutete und der Fluß die Grenze gewesen war. Die Frauen bejahten, und als sei damit nun alles ins Reine gebracht,

setzten sie ihre Krüge ab, halfen den drei Männern beim Aufstehen und gaben ihnen Zeichen zu folgen.
Sie gingen voraus, aber die Männer waren unschlüssig, was sie tun sollten. Die Frauen drehten sich um und machten, während sie dabei rückwärts gingen, mit ernster Miene die verschiedenartigsten Gebärden des Essens und Trinkens. Die drei Männer beobachteten die Gesten mit nichts anderem als sachlicher Aufmerksamkeit, so wie Tiere bei Begegnungen mit uns Menschen ganz abwägende Wachsamkeit sind. Die Frauen gingen lächerlicherweise immer rückwärts und schaufelten unsichtbare Dinge mit der Linken in den Mund oder legten den Kopf in den Nacken und ließen etwas die Kehle herunterlaufen, was nicht existierte.
Sie schritten rückwärts und konnten die Männer beobachten. Sie sahen, daß sie nacktfüßig und ihre Beine schwarz und die Hosen bis zu den Knien abgefault waren, daß ihre Jacken voller Erde und Lehm und ebenso ihre Gesichter inmitten der Haare wie Asche waren, und nahmen das, wie es die Menschen zu tun pflegen, zugleich für Gebrechen des Verstandes. Sie machten weiter die Gebärden des Essens und Trinkens.
»Sie halten uns für wilde Tiere«, sagte Pax.
Der Leutnant lachte, und daraufhin hellten sich die Mienen der Frauen auf, sie drehten sich, anscheinend beruhigt, um und schritten schneller aus. Die drei Männer folgten ihnen langsam.
Das Gehöft, das sie erreichten, war weiß getüncht, es hatte einen Zaun und einen Garten, in dem Blumen

blühten. Auf das Geräusch der Schritte hin kam ein Mann heraus, der alt war und ein verzogenes Rückgrat hatte, so daß nicht der Kopf, sondern der Nacken die höchste Stelle seines Körpers war. Man konnte sein Gesicht nicht sehen. Er hörte sich an, was die Frauen sagten, betrachtete dann von unten herauf die Männer und sprach sie deutsch an. Er war gut zu verstehen.

Die Frauen brachten Milch und Brot, aber der Alte gab jedem der Männer nur einen Schluck, und das Brot schickte er zurück. Er ließ etwas gekochtes Fleisch holen. Auch das maß er ab. Dann erzählte er von Ljetuva und beschrieb ihnen die Häuser und ihre Zeichen und die Menschen, damit sie sie erkennen könnten, und das ganze Gelände. Als die Sonne untergegangen war, brachen die drei Männer auf. Die Frauen gaben ihnen Brot und dicke Scheiben von Wruken mit.

Das Land veränderte sich. Es war durchzogen von Feldwegen und Pfaden, obwohl kein Dorf in der Nähe lag. An den Rainen standen in Abständen Feldsteine, und die Gehöfte waren von weit her zu erkennen wegen ihres weißen Anstrichs. Es lagen auch andere dazwischen, wie man sie im Norden Rußlands findet, aber sie waren selten, und man konnte sie umgehen. Nur wenn das Tageslicht ganz weg war, wurde es schwieriger, denn die Nächte waren sehr dunkel. Auch Telegraphenstangen tauchten mitunter auf oder ein hoher Schornstein über Ruinen und ein Bahndamm, dessen Gleise von Bomben zerstört waren. Später wurde das Land waldiger und wieder einsamer.

Es war leicht zu gehen. Der Feldwebel schien ungeheure Kräfte zu haben. Er ging in dieser Zeit fast immer voraus. Aber auch die Beine von Pax und dem Leutnant waren in Ordnung und gingen tadellos. Das Fleisch und die Milch, das Brot und vor allem die Wruken, die es überall gab, machten das Gehen zu keinem Kunststück. An manchen Abenden, wenn das Gehöft, an das sie sich wandten, größer war, gab es auch Butter und Eier. Mit allen diesen Dingen war es nur anfangs schwierig, und sie erbrachen sich; dann gewöhnten sie sich daran, und es war mit ihren Zähnen, ihrem Magen und ihrer Notdurft alles sehr gut und in Ordnung.

Manchmal lachte der Leutnant geradezu. Er rupfte, wenn sie gegessen hatten und ihre Bäuche sich spannten, eine Quecke- oder Trespenwurzel aus und schenkte sie Pax zum Nachtisch.

»Es ist noch nicht zu Ende«, erwiderte Pax.

»Nein«, sagte der Leutnant, »man hat uns so nicht totgekriegt, jetzt mästet man uns, und dann wird man uns in die Arena führen. Das ist klar. Aber ich werde ihnen den Hobel blasen.«

Es war seltsam, wie böse er jetzt oft aussah, wenn er so etwas sagte.

Die Tage, die sie in Waldstücken oder im Buschwerk verschliefen, verliefen ohne einen Zwischenfall, und in den Nächten kamen sie gut vorwärts, jedoch je näher das, was der Leutnant Arena genannt hatte, rückte, desto schweigsamer wurden sie. Und alle waren nervös.

Eines Abends hörten sie zum erstenmal den Kanonendonner der Front.
Sie blieben stehen und horchten.
Der Feldwebel drehte sich um und sagte mit zitternder Stimme: Φάλαττα, ϑάλαττα.

XV

Am Morgen hatten sie die rückwärtigen Stellungen der Russen erreicht. Sie verwandten große Sorgfalt auf die Suche nach einem Versteck und legten sich schlafen, ohne gegessen zu haben. Das geschah, um die Vorräte für die letzten Nächte zu sparen, und auch, um sich den Darm leer zu halten. Das waren die Dinge, über die sie sprachen. Es war alles überlegt.

Am Abend, während sie die Dunkelheit abwarteten, vollendete Pax die Eintragungen in sein Notizbuch. Er zeigte dem Leutnant und dem Feldwebel dann noch einmal, in welcher Tasche er es trug. Als es Nacht geworden war, brachen sie auf.

Sie passierten die russischen Batterien, die anscheinend sehr weit auseinanderstanden. Im Norden rollten Autos, aber man konnte nichts sehen, auch keine Lichter. Vielleicht fuhren die Wagen ohne Scheinwerfer, obwohl keine Flugzeuge in der Luft waren. Nach Mitternacht wurde das Gehen gefährlicher. Man konnte bald rechts, bald links Schritte hören, die wahrscheinlich von Ablösungen herrührten. Die Geräusche, die das Gehen der drei Männer verursachten, waren kein Anlaß zur Besorgnis, es war nur notwendig, einen Zusammenstoß zu

vermeiden. Die Nacht war tiefschwarz, es war Neumond.
Dann mehrten sich die Anzeichen, daß die Linie der schweren Maschinengewehre in unmittelbarer Nähe war. Man konnte nicht feststellen, wo sie lagen, aber es war ein Anhaltspunkt, daß die Ablösungen wahrscheinlich in ihre Richtung gingen. Das alles wurde noch klarer, als Pax, der dem Leutnant und dem Feldwebel um ein paar Meter voraus war, feststellte, daß das Buschgelände aufhörte und ein Kornfeld anfing.
»Was meinen Sie?« flüsterte der Leutnant.
»Die MG's sind hier am Rande.«
»Ja. Ich bin sicher.«
»Wir müssen ganz nahe an der vordersten Linie sein.«
»Glauben Sie, daß die Schützenlöcher im Kornfeld liegen?«
Pax überlegte.
»Nein.«
»Ich glaube es auch nicht. Drüben am Rande, vermute ich; sie müssen Schußfeld haben. Aber was kommt danach?«
»Keine Ahnung. Wahrscheinlich Wiese. Wir werden es am Tage sehen.«
»Wollen Sie ins Korn hinein?«
»Ja.«
»Gut.«
Sie ließen sich zu Boden nieder und krochen langsam auf der Erde vorwärts.
Das Feld war nicht abgeerntet, es trug Hafer. Die Halme

waren kurz und standen dünn, so daß sie kaum deckten. Es war ungewiß, wie es am Morgen aussehen würde.
Das Kriechen war anstrengend und nahm viel Zeit in Anspruch. Man mußte die Halme vor sich einzeln zur Seite biegen und mit einer Hand halten, während man sich auf den anderen Arm stützte und um einige Zentimeter weiter schob. Wenn die trockenen Ähren raschelten, strich eine Maschinenpistole jedesmal kurz über das Feld. Gegen Morgen blieben die drei Männer an der Stelle, die sie erreicht hatten, liegen und kratzten sich eine Mulde in den Sand, um tiefer zu liegen. Als es hell wurde, sahen sie, daß sie das Feld fast durchquert hatten. Es wurde ein heißer Tag. Der Hafer gab kaum Schatten. Als ein Artilleriefeuer, das bei Sonnenaufgang von beiden Seiten eingesetzt hatte, vorüber war, wurde es wieder still, und es schien denkbar, daß man schlafen konnte. Der Leutnant, der Feldwebel und Pax wechselten in kurzen Abständen und in dieser Reihenfolge ab. Es war notwendig, daß immer zwei von ihnen wachten, von denen der eine den Schlafenden zu beobachten hatte, der keine Bewegung machen durfte.
Am späten Nachmittag fing ein deutsches Maschinengewehr an zu schießen. Es hörte nach einer Weile auf, begann später aber noch einmal. Es stand anscheinend weit hinter den Linien, denn das Tacken klang gedämpft, und die Kugeln leierten ohne Kraft heran. Sie fielen träge nieder.
Eine solche Kugel tötete am Abend den Leutnant. Sie näherte sich mit einem räuspernden Geräusch, alle hör-

ten sie kommen. Dann klackte sie herunter, der Leutnant zuckte zusammen, und sein Kopf sank auf die Erde. Der Feldwebel beugte sich erschrocken herüber und wollte ihn, da er mit dem Mund im Sand lag, auf den Rücken drehen, aber der Leutnant zischte: »Fassen Sie mich nicht an!« Der Feldwebel und Pax wagten daraufhin nicht, ihn zu berühren. Sie verfolgten seinen Kampf, der den Eindruck erweckte, als wolle er etwas aus seiner Brust herauspressen. Er flüsterte: »Die Kugel macht mir nichts aus. Ich schaffe es.« Es arbeitete in ihm weiter und dauerte noch eine ganze Weile. Endlich lösten sich seine Hände, die er zu Fäusten geballt hatte, er versuchte verzweifelt, den Kopf zu drehen, um Pax ansehen zu können, und sagte: »Nein. Ab gehts, ich merke es«, und nach einiger Zeit noch einmal: »Ich fahre ab. Aus. Schade.« Als Pax und der Feldwebel ihn umdrehten, war er tot.

Die Einschuß-Stelle war nicht zu finden, der Kopf schien unversehrt, und nirgends sickerte Blut. Der Feldwebel nahm ein paar Papiere an sich, die er in den Taschen fand. Infolge der Unruhe und Bewegung der Halme begann die russische Maschinenpistole wieder über das Feld zu streichen, und es war nun nichts weiter zu machen.

Pax und der Feldwebel legten den Kopf in die Arme und warteten auf die Nacht. Die Luft war kühler geworden, und der Sand strömte eine milde Wärme aus, die in das Gesicht stieg und beruhigte. Dicht vor den Augen standen die Halme wie ein durchsonnter Wald. Die Maschi-

nenpistole schoß immer noch, aber man konnte es vergessen.
Der Feldwebel drehte sich etwas zur Seite und betrachtete den toten Leutnant. Nach einiger Zeit legte er den Kopf zurück auf die Erde und sagte, wobei er plötzlich derart die Beherrschung verlor, daß er seine Stimme nicht mehr in der Gewalt hatte:
»Nein, genug, es ist genug! Nicht mehr! Wenn es noch einer sein muß, dann will ich es sein.«
Pax, dem dieser Ausbruch ganz unerwartet kam, war zuerst erschrocken über die gefährliche Wendung der Lage. Dann packte ihn die Wut.
»Sie sind verrückt«, sagte er.
Der Feldwebel schwieg.
»Liegen Sie gut?« fragte Pax, »graben Sie sich tiefer ein!«
»Lenken Sie mich nicht ab«, erwiderte der Feldwebel ruhig, »ich liege gut. Haben Sie das Gesicht gesehen und die Augen?«
»Ja«, sagte Pax unwillig.
»Haben Sie die Gebärde gesehen, und haben Sie gehört, wie . . .«
»Ja, ich habe es gehört.«
»Verstehen Sie, warum es so grausam sein mußte?«
Pax wußte im ersten Augenblick nicht, was er sagen sollte.
Dann antwortete er mit Langsamkeit und Entschlossenheit: »Ich will erleben, wie morgen früh die Sonne aufgeht. Zu diesem Zweck ist es notwendig, daß ich das

Gelände vor mir und die Frontlage verstehe. Sonst nichts. Sie haben ebenfalls an nichts anderes zu denken. Wir haben gehungert und gedurstet, wir waren am Ertrinken, Verfaulen und Erschossenwerden, aber sonst haben wir nichts Besonderes erlebt, merken Sie sich das. Wir haben alle, die um uns waren, sterben sehen. So geht es einem, der hundert Jahre alt geworden ist. Das ist alles. Morgen haben wir hundertsten Geburtstag.«
Der Feldwebel erwiderte darauf nichts. Er lag so still und regungslos da wie der Leutnant neben ihm.
Nach einer Weile sagte er:
»Sie hat meine Hand weggestoßen, und ich bin gegangen. An diese kleine Gebärde habe ich mich geklammert und bin gegangen. Sie hat mich weggestoßen, aber sie kann nicht geglaubt haben, daß ich sie allein sterben lassen würde. Sie war ganz sicher, daß ich es nicht tun würde, sie war ganz sicher.«
»Von wem reden Sie?« fragte Pax schroff. »Sie sprachen vorhin vom Leutnant.«
»Ich sprach nie vom Leutnant.«
Natürlich sprach er nicht vom Leutnant. Pax wußte, daß er von Maja sprach.
»Lassen Sie doch solche Worte. Maja hat gewollt, daß Sie am Leben bleiben.«
»O nein! Sie hat keine Hoffnung gehabt, daß sie mich lieben durfte, wenn wir durchgekommen wären. Sie hat so wenig gewollt. Sie hat nichts gewollt, als die Zeit nicht mehr zu erreichen, wo alles für sie zu Ende sein mußte. Sie hat es mir nie gesagt, aber, nicht wahr, so muß es

doch gewesen sein? Seit Maja zu mir kam, weiß ich, daß keine Frau mehr erleben kann als das Wunder der Liebe; sie haben sonst nichts auf der Welt. Ist es nicht so?«

»Vielleicht.«

»Ja, es ist so. Seien Sie sicher, daß alles andere mit Reue endet. Für Maja war es daher egal, wie lange sie noch leben würde. Ich weiß, es war auch egal, ob ich sie liebte. Es war egal, wo ich sein, ob ich leben würde oder tot wäre. Sie brauchte nichts von mir, und nichts von mir erreichte sie in Wahrheit und kam an sie heran. Dennoch hat sie gehofft, daß ich mit ihr sterben würde. Das widerspricht sich, nicht wahr? Aber das Leben widerspricht dem Tode immer und der Tod immer dem Leben. Auch das hat sie gewußt und sich noch einmal überwunden und hat die Gebärde gemacht, ich sollte gehen, und ich habe mich an die Gebärde geklammert und bin wirklich gegangen.«

Pax fühlte wieder, wie die Wut in ihm hochstieg. Er sagte:

»Wenn Sie heute nacht fallen, gibt es nichts Sinnloseres, ist das klar? Das hätten Sie auch bei Maja tun können«, er hob den Kopf: »Hören Sie? Die Maschinenpistole hält endlich das Maul. In zwei Stunden ist es dunkel, dann kann es losgehen. Sind Sie in Ordnung?«

Der Feldwebel öffnete die Augen und sah Pax an.

»Ja«, antwortete er, und nach einer Weile hilflos: »Ich kann nicht vergessen, daß ich sie allein sterben ließ.«

»Es ist nicht notwendig, das zu vergessen«, sagte Pax. »Mit jedem Vergessen schrumpft Ihnen das Leben unter

der Hand zusammen. Geben Sie nichts weg! Und morgen feiern wir hundertsten Geburtstag.«
Der Feldwebel antwortete darauf nichts mehr, und auch für Pax schien die Sache abgetan. Sie lagen da und warteten auf den Einbruch der Dunkelheit.

XVI

Es blieb ruhig. Die Nacht war sternenklar und still. Aus dem Rücken und von vorn drangen Geräusche von Schritten und brechenden Ästen herüber, mitunter auch ganz schwach das Laufen eines Motors. Jeder Laut war zu hören.

Es dauerte zwei Stunden, bis Pax und der Feldwebel die vordersten Schützenlöcher der Russen erreicht hatten. Das war am Rande des Haferfeldes. Es waren tiefe Mulden, die mit einem Laufgraben verbunden waren. Alles machte den Eindruck, als stünde die Front hier schon länger. Pax und der Feldwebel lagen, noch zwischen den Halmen, vor dem Graben und konnten trotz der Dunkelheit sehen, wie rechts und links neben ihnen die Russen in den Löchern steckten. Pax beobachtete sie sorgfältig. Das Gelände vor ihnen war offenbar freies Feld. Es schien unregelmäßig und mit kahlen, sandigen Stellen durchsetzt zu sein, die vielleicht von Artillerieeinschlägen herrührten. Gegen Westen, auf die deutsche Stellung zu, erhöhte sich der Boden etwas. Es war nicht mehr genau zu erkennen.

Pax hielt es für ausgeschlossen, unbemerkt über den Laufgraben zu kriechen. Er brachte seinen Mund dicht an das Ohr des Feldwebels und sagte es ihm. Der Feldwebel nickte. Pax meinte, man müsse versuchen, im Sprung das Niemandsland zu erreichen, möglichst ein Sandloch, und später, eventuell erst nach Stunden, auf die deutsche Linie zukriechen. Der Feldwebel war der gleichen Meinung.

»Fertig?« flüsterte Pax.

Der Feldwebel nickte.

Pax stemmte sich langsam auf Hände und Knie hoch. Er blickte, den Kopf in den Nacken gezogen, wie vor einem Start, nach vorn und taxierte den Graben. Dann sprang er auf.

Er nahm nichts mehr um sich herum wahr. Er setzte über den Graben, hatte nur noch den hellen, schwach erkennbaren Sandfleck auf dem Felde vor Augen und lief auf ihn zu. Er machte sechs oder sieben Sprünge, das Sandloch lag greifbar nahe, da endlich brach aus beiden Stellungen das Feuer los. Zuerst fielen auf der russischen Seite zwei Schüsse, und dann folgten in Gedankenschnelle, noch während sich Pax fallen ließ, hüben und drüben die Maschinengewehre. Pax bohrte den Kopf in das Gras und hielt den Atem an.

Die Maschinengewehre fegten ihre Garben flach über die Erde, so daß es wie unter einem Drahtnetz summte. Nach einer Minute, die eine Ewigkeit dauerte, flaute das Feuer ab. Es hörte von deutscher Seite auf, danach von russischer. Pax hob den Kopf und wischte sich den Sand aus dem Munde.

Er war keinen Augenblick in Versuchung, liegenzu-

bleiben und auszuruhen. Er hatte kein anderes Gefühl als das, eine komplizierte Arbeit fehlerlos erledigen zu müssen.
Da er sich nicht erinnerte, irgendetwas von dem Feldwebel wahrgenommen zu haben, vermutete er ihn hinter sich, und da er immer nur an den Sandfleck dachte, der wahrscheinlich eine Vertiefung war und den er erreichen mußte, richtete er sich sofort auf die Ellbogen und begann weiterzukriechen.
Zur gleichen Zeit versuchte der Feldwebel, aus der Sandmulde herauszukommen und zu der nächsten hinüberzuwechseln. Das dauerte fast eine halbe Stunde, weil er einige Male innehielt in der Meinung, vor ihm bewege sich etwas. Er konnte es sich nicht erklären, denn er war sicher, weiter als Pax zu sein. Er blieb daher längere Zeit liegen. So kam es, daß Pax ihn bis auf ein paar Meter einholte, erkannte und mitansah, wie sich das Folgende abspielte.
Aus dem Dunkel tauchten drei Gestalten auf und gingen gebückt und lautlos vorüber. Sie mußten dem Feldwebel fast auf die Hände treten. Pax sah, wie der Feldwebel sich von der Erde erhob und unterdrückt und offensichtlich in großer Erregung ein paar deutsche Worte rief. Der letzte Mann des gespenstischen Spähtrupps fuhr erschrocken zusammen und machte eine Bewegung, als winke er mit der Hand. Aber der Feldwebel reagierte ganz anders, er bückte sich blitzschnell und schien etwas von sich fort zu schleudern.
Ehe Pax die Zusammenhänge begriff, lag der Feldwebel

wieder am Boden, die Gestalten waren verschwunden, und in der Luft explodierte eine Handgranate.

Von russischer Seite brach das Maschinengewehrfeuer wieder los. Pax preßte sich in das Gras und hörte das Schütten der Kugeln bald näher bald weiter weg. Die Maschinengewehre strichen einige Male hin und her, dann setzten sie aus. Auf deutscher Seite war alles still geblieben.

Durch diese Dinge ging viel Zeit verloren. Als Pax endlich den Feldwebel erreicht hatte, war es lange nach Mitternacht, und Pax war darüber verzweifelt. Er fürchtete, es würde vorzeitig hell werden.

Der Feldwebel war ganz unglücklich über den Zwischenfall, er flüsterte, es sei ein deutscher Spähtrupp gewesen, er habe ihn deutsch reden hören, aber der letzte Mann habe bei seinem Anruf die Nerven verloren und ihm eine Handgranate vor die Füße geworfen.

Es war alles falsch verlaufen. »Sie hätten aufrecht herüberspazieren können«, flüsterte Pax, »die drüben wußten doch, daß Leute von ihnen unterwegs waren!« Der Feldwebel lächelte schmerzlich: »Da habe ich in der Schule gefehlt. Tötlich.«

Pax machte eine wegwerfende Handbewegung.

Aber durch den Zwischenfall, durch das Aufstehen und Beiseitespringen des Feldwebels, war jetzt eine Unklarheit über die Richtung entstanden. Der Spähtrupp war nach rechts entwichen, wo Norden liegen mußte, was unerklärlich war. Vielleicht machte die Front einen Bogen. Russische und deutsche Beutewaffen standen auf beiden Seiten, es war nicht möglich, sich am Klang zu orientieren, und Pax hatte auch keine Erinnerung daran. Sie richteten sich auf in der Hoffnung, einen Anhaltspunkt zu finden. In diesem Augenblick stieg in ihrem Rücken eine Leuchtkugel hoch und tauchte das Feld, in dem die beiden Gestalten aufrecht standen, in grelles Licht. Beide, Pax ebenso wie der Feldwebel, waren von der Vorstellung gepackt, laufen zu müssen, sie sprangen auseinander und versuchten in der Richtung, in der jeder von ihnen die deutschen Linien vermutete, Boden zu gewinnen. Pax nahm noch wahr, daß der Feldwebel sich viel weiter links hielt, dann setzte Maschinengewehrfeuer ein, der Feldwebel machte kehrt und lief jetzt auf ihn zu, drehte sich jedoch plötzlich wie ein Kreisel und schrie laut auf. Pax spürte etwas über die Augen rinnen, er verlor das Gleichgewicht und stürzte zu Boden, aber er sah noch, daß er sich unmittelbar vor einem Graben befand.

Die Leuchtkugel erlosch.

Das Feuer wurde eingestellt, Pax hob den Kopf, wischte sich das Blut aus den Augen und tastete nach der Wunde. Sie schmerzte nicht und war nur ein schmaler Riß an der Stirn. Nach einiger Zeit hörte sie auf zu bluten. Sie beschäftigte ihn auch nicht, er vergaß sie sogleich, als ihm die Erinnerung an den Graben zurückkam, den er noch gesehen hatte. Bei dem Gedanken daran flatterten ihm die Hände, und er fühlte sich vor Erregung nahe am Erbrechen.

Er kniete sich hin.

Die Dunkelheit war nach der Helle so tief, daß er nichts erkennen konnte.
Dann richtete er sich hoch und stand aufrecht da.
Und dann sprang er.
Er sprang in den russischen Graben.

XVII

Dies ist der Bericht von Hauptmann Pax, der nach fünf Jahren aus Sibirien zurückkehrte und in einer Stadt in Bayern lebt.